Swantje Oppermann

SALIGIA
SPIEL DER TODSÜNDEN

Swantje
Oppermann

Saligia

Spiel der Todsünden

GULLIVER
von BELTZ & Gelberg

Für Dorli

MIX
Papier aus verantwortungsvollen Quellen
FSC® C089473

Dieses Buch ist erhältlich als:
ISBN 978-3-407-74960-4 Print
ISBN 978-3-407-75783-8 E-Book (EPUB)

in der Verlagsgruppe Beltz • Weinheim Basel
Werderstraße 10, 69469 Weinheim

Dieses Werk wurde vermittelt durch die Literarische Agentur Kossack
Lektorat: Isabelle Ickrath
Neue Rechtschreibung
Einbandgestaltung: Maximilian Meinzold
Herstellung: Jasmin Kerstner
Satz: Oliver Schmitt, Mainz
Gesamtherstellung: Beltz Grafische Betriebe, Bad Langensalza
Printed in Germany
1 2 3 4 5 23 22 21 20 19

Weitere Informationen zu unseren Autor_innen und Titeln
finden Sie unter: www.beltz.de

Teil I

DIE ANKUNFT

PROLOG

Der schwarze Ford Mustang lauerte auf dem Asphalt wie ein Panther auf der Pirsch. Im Schatten der Bäume schlich der Wagen auf das schmale Reihenhaus in der Hunter's Lane zu und hielt wenige Meter von der Hausnummer 5 entfernt.

Der Fahrer stellte den Motor ab und löste den Gurt. Sein schwarzes Hemd spannte sich über seine kräftige Brust, als er sich über das Lenkrad beugte, um die triste Steinfassade des Hauses zu betrachten. Moos und Dreck bedeckten die grauen Dachschindeln. Der Schornstein thronte über ihnen wie ein buckliger Diener, der regungslos auf seinen Einsatz wartete. Im ersten Stock wehte eine weiße Gardine, als wolle sie den Fahrer mit einer sanften Bewegung hereinbitten. Eines der Erkerfenster war geöffnet. Die laue Sommerluft hatte den Stoff erfasst und zu der einladenden Geste getrieben.

Der Fahrer fixierte den Blick auf das offene Fenster. Er versuchte, eine Gestalt hinter dem weißen Schleier auszumachen. Saß *sie* dort oben – gedankenversunken, in sich gekehrt, alleine? Lauschte sie dem Singsang der beiden Vögel, die in diesem Moment über die Regenrinne hüpften? Dem Wind, der erst durch die Bäume rauschte und anschließend in ihr Zimmer tanzte? Oder war sie bei dem sonnigen Wetter hinausgegangen?

Abwarten.

Der Fahrer rieb sich den Nacken und lehnte sich zurück. Geduld war eine der wenigen Tugenden, die er in den letzten Jahren zu schätzen gelernt hatte. Er würde hier so lange ausharren, bis sie sich zu erkennen gab.

Der Geruch von Grillkohle und frisch gemähtem Gras strömte in den Wagen, als er das Seitenfenster ein Stück weiter herabließ und sich eine Zigarette zwischen die Lippen steckte. Ein paar Häuser entfernt ertönte das elektrische Knattern eines Rasenmähers.

Der Fahrer ließ sein Benzinfeuerzeug aufschnappen. Mit einer raschen, routinierten Bewegung fuhr sein Daumen über das Reibrad. Funken erhellten seine dunklen Augen, bevor sie sich in den schwarzen Tiefen seiner Pupillen verloren.

Der Fahrer blickte geradewegs in die Flamme, als er sie an das Ende der Zigarette hielt. Unten blau und bauchig, oben weißgelb und spitz, rekelte sie sich in seiner Hand. Die Flamme spiegelte sich in seiner dunklen Iris, als suche sie in seinen Augen nach Leben, einem Forscher gleich, der – die Fackel in der erhobenen Hand – eine unbekannte Höhle betrat, um sie zu erkunden.

Ruckartig ließ der Fahrer das Feuerzeug wieder zuschnappen und die Flamme erlöschen. Er inhalierte den Rauch tief bis in die Spitzen seiner Lungenflügel, lehnte den Kopf zurück und schloss die Lider. Von Licht zu Dunkel. In seinen Augen gab es nichts zu erforschen, nichts zu entdecken. Wer ihm begegnete, war verloren.

EINS

Keira Venins Augen glühten feuerrot vor Zorn.

Buchstäblich. Wütend sah sie dem Fußball hinterher, der sie um ein Haar verfehlt hatte. Das war bereits das zweite Mal, dass diese spätpubertären Vollidioten sie fast abgeschossen hätten. Einer der drei Möchtegernkicker trampelte über Keiras Decke und feuerte den Ball zurück zu seinen Freunden. Mit einem scharfen *Swish* schoss der Fußball erneut an ihrem Kopf vorbei.

Die Jungs lachten, während sie dem Ball hinterherhetzten.

Keira war jeder Grund zur Freude abhandengekommen. Sie war ursprünglich in den Park gegangen, um der Enge ihres Zimmers zu entkommen. Seit zwei Stunden malte sie Skizzen in ihren Notizblock. Anfängergekritzel, das irgendwann zu schwarzen Kreisen verschwamm. Sie nannte sie Teufelskreise.

Doch das Geplapper der anderen Parkbesucher riss sie immer wieder aus den Gedanken. Ihre fröhlichen Stimmen drangen in Keiras Ohren wie heiße Nadeln. Überall sah sie Mitschüler, die sich vergnügten, unterhielten, picknickten. Und dann waren da diese drei Vollpfosten, die Keira zu ihrer persönlichen Torwand auserkoren hatten.

Sie konnte sich nicht entscheiden, welchen von ihnen sie am meisten verachtete. Den kleinen Dicken, der kaum hinter den anderen Jungen herkam, den Blonden mit seinem selbstgefälligen Grinsen oder den Pickligen in dem Tottenham-Trikot? Nicht wichtig. Keira würde allen dreien zeigen, was es bedeutete, sich mit ihr anzulegen.

Sie griff nach ihrer Wasserflasche und nahm einen kräftigen Schluck, als stünde ihr ein 100-Meter-Sprint bevor. Fest umschloss sie das kühle Glas in ihrer Hand und verfolgte jede Bewegung der Jungen mit den Augen. Keiras schmaler Kiefer trat kräftig hervor, als sie die Wut tief in ihrem Inneren sammelte und alles um sich herum ausblendete. Ihre helle Haut spannte sich über die Wangenknochen wie Schweißfolie. Das Blut rauschte in ihren Ohren. In ihrem Magen brodelte es.

»Anstoß«, brachte sie zwischen zusammengepressten Zähnen hervor.

Die Druckwelle der Wut erreichte den kleinen Dicken zuerst. Er explodierte.

Sprichwörtlich.

»Arschloch!«, schrie er und walzte wie ein Bulldozer auf seinen blonden Kumpel zu, um ihn mit einer heftigen Grätsche von den Füßen zu mähen.

Keira hörte ihre Knochen aufeinanderprallen. Der Blonde schrie vor Schmerz auf und hielt sich das linke Knie. Fassungslos blickte er den Dicken an. »Bist du bescheuert?«

Aufgebracht sprang er auf und packte seinen Freund am T-Shirt. Der Tottenham-Fan wollte dazwischengehen, um seine Freunde zu beruhigen, doch als der Blonde ihn heftig wegstieß, lief auch er rot an vor Zorn. Seine Ohren glühten wie heißes Eisen. Der Funke der Wut war auf ihn übergesprungen. Die Sehnen an seinen Unterarmen spannten sich unter der Haut wie Seile an einem Schiffsmast. Dann verpasste er dem Blonden einen glatten Hieb ins Gesicht. Der Kampf war eröffnet.

Der Tottenham-Fan stürzte sich auf seine Freunde und riss sie gleichzeitig zu Boden. In einem Bündel aus Armen und Beinen rollten die drei über das Gras, traten um sich und schlugen aufeinander ein. Das dumpfe Aufeinanderprallen von Fäusten, Knochen und Haut erfüllte den Park und zog die Blicke der anderen Parkgäste auf sich.

Keira saß nur wenige Meter entfernt, und doch ahnte niemand, dass sie für diesen Streit verantwortlich war. Von ihrer Decke aus steuerte sie die Jungen und deren Emotionen wie Spielfiguren in einem Videospiel. Keiras Finger krallten sich fest um die Wasserflasche, als der Zorn durch ihre Gefäße pulsierte. Die Show war noch lange nicht vorbei.

»Ich mach dich fertig!«, brüllte der Dicke und zerrte den Tottenham-Fan an den Beinen über die Wiese.

In seiner Wut bemerkte er den älteren Mann nicht, der von der Seite angelaufen kam und auf die Jungs zuhechtete wie ein Rugbyspieler mit Tollwut. Er stieß einen Kampfschrei aus, als er den Dicken zu Boden warf.

Aus dem Gerangel war eine handfeste Gruppenschlägerei geworden. Bei strahlendem Himmel, mitten im Park, aus keinem ersichtlichen Grund. Schimpfwörter und Geschrei übertönten das Zwitschern der Vögel. Ein Baby begann in der Ferne zu kreischen. Immer mehr Schaulustige versammelten sich um die Gruppe. Dann drängelte sich eine Frau mit einem Obstmesser in der Hand zwischen die neugierige Meute und stürzte auf die Kämpfenden zu.

In diesem Moment zerbarst die Wasserflasche in Keiras Hand.

Keira zuckte zusammen, als würde sie aus einem tiefen Traum gerissen. Sie schluckte den bitteren Geschmack in ihrer Kehle herunter, als sie auf die Scherben zwischen ihren Fingern blickte. Hauchfeine Splitter steckten in ihrer Haut.

Die Prügelei war sogleich beendet. Keiras Zorn beherrschte die Beteiligten keine Sekunde länger. Die Wut wich kühler Ernüchterung, als sie einander fragend ansahen. Der dicke Junge zog sich vom Boden hoch und half seinem blonden Freund auf, dessen Kinn eine Platzwunde zierte. Vor wenigen Sekunden hatte der Dicke seinen Kumpel voller Zorn attackiert, jetzt reichte er ihm die Hand. Die aggressive Stimmung war wie weggeblasen.

Keira war genauso benommen wie ihre Opfer. Mit leerem Blick sah sie, dass Blut aus einem glatten Schnitt an ihrer Handinnenfläche quoll. Erst als die dunkelrote Flüssigkeit über ihr Handgelenk floss, setzte der Schmerz ein. Hastig zog Keira ein Taschentuch aus ihrem Rucksack und drückte es auf die Wunde.

»Die Leute werden immer verrückter«, murmelte eine junge Mutter, die neben ihr stand.

Sie hatte die Schlägerei mit ihrem Smartphone aufgezeichnet und hielt unbeirrt die Kamera auf die Beteiligten, die in diesem Moment prüften, ob all ihre Knochen noch intakt waren.

Keira beachtete sie nicht weiter und starrte auf ihre Hand, an der sich das Taschentuch mit Blut vollsog. Ohne ein Wort stand sie auf, ergriff ihre Sachen und lief aus dem Park.

Keira eilte gedankenversunken die Straße entlang. Der Spaziergang würde ihr hoffentlich helfen, einen klaren Kopf zu bekommen. Parsons End war eine Kleinstadt und kein Fußweg länger als vierzig Minuten. Zudem war das Wetter am Ende des Sommers mild. Der September war erst angebrochen und hatte die Wärme des Augusts noch nicht aus Südengland vertreiben können. Die Sonne kroch langsam den Horizont hinab und färbte den Himmel purpurrot. Er passte zu der Wunde an Keiras Hand.

Sie presste das Taschentuch weiter auf die verletzte Stelle, obwohl die Blutung bereits nachgelassen hatte. Die Wut war Keira bis in den letzten Nerv gekrochen. Von dort hatte sie eine ungewollte Kettenreaktion ausgelöst. Keira hatte den Dicken mit ihren Kräften zur Weißglut gebracht, um sich ein wenig abzureagieren. Sie hatte ihn dazu getrieben, seinen eigenen Freund zu foulen und damit einen Streit anzuzetteln.

Die Reaktion des älteren Mannes hingegen war nicht Teil des Plans gewesen, genauso wenig wie das Ausmaß der Schlägerei. Keira hatte den Kerl gar nicht wahrgenommen, bis er in ihr Blickfeld geraten war und sich auf die Jungs gestürzt hatte. Der Zorn hatte sie alle erfasst.

Am liebsten hätte Keira selbst zugeschlagen. Ihr war danach, etwas kaputt zu machen. Mehr als eine blöde Wasserflasche. Sie hasste diese Stadt. Sie hasste ihre Kräfte. Sie hasste ihr Leben. Hassen, hassen, hassen. Das war alles, was Keira konnte. Wie weit wäre sie gegangen, wäre die Flasche in ihrer Hand nicht zerbrochen?

Scharf sog Keira die abendliche Luft ein, als könnte sie die Gefühle damit wegatmen. Sie musste den Zorn dahin zurückdrängen, wo er herkam. Tief in ihr Inneres, um ihn vor ihren Mitmenschen zu verschließen.

Als sie zur Haustür des schmalen Reihenhauses in der Hunter's Lane hereinkam, hatte ihre Mutter bereits zu Abend gegessen. Keiras Portion Nudeln wartete auf einem Teller darauf, verzehrt zu werden. Als Soße gab es lediglich Ketchup.

Ein wahres Festmahl. Keira stach mit dem Zeigefinger der unverletzten Hand in die Nudeln. Sie hatten sich zu einem großen Teigklumpen vereint.

»Du bist zurück«, erklang die Stimme ihrer Mutter hinter ihr.

Als Ms Venin in die Küche trat, fiel ihr Blick auf das vollgesogene Taschentuch in Keiras Hand. »Was hast du wieder angestellt?«

Direkt zog sie Keira zur Spüle und hielt die blutige Hand unter den Wasserhahn. Jede ihrer Bewegungen war grob, als habe Ms Venin es mit einem Beil zu tun und nicht mit den Händen ihrer Tochter.

Keira spürte einen stechenden Schmerz, als der Wasserstrahl auf den glatten Schnitt traf, doch sie gab keinen Ton von sich. Es fühlte sich gut an. Stumm musterte sie ihre Mutter, während diese die Wunde ausspülte. Ms Venin trug ihr Lieblingsoutfit – ihre Schwesternkleidung aus dem Krankenhaus. Wahrscheinlich würde sie sich eines Tages in dem blauen Kittel beerdigen lassen. Arbeiten war alles, was ihre Mutter konnte, dachte Keira. Sie hatte keine Freundinnen. Nie kam jemand zu Besuch.

Ihr Blick fiel auf den Hals ihrer Mutter. Ms Venin hatte die Haare hochgesteckt, sodass die lange Narbe an ihrer Kehle deutlich hervortrat. Sie erstreckte sich vom Kinn bis zum Schlüsselbein. Die Jahre hatten sie verblassen lassen und doch war sie nicht zu übersehen. Für Keira war die Narbe die einzige richtige Erinnerung an ihren Vater. Eine Erinnerung, die sie nicht haben wollte.

Ms Venin zog ein Pflaster aus einer der Schubladen und klebte es auf Keiras Hand. »Es wird Zeit, dass die Schule wieder anfängt. Dieses Rumstreunen tut dir nicht gut.«

Bei dieser Bemerkung zuckten Keiras schwarze Augenbrauen nach oben. Streunen? Sie war keine Katze.

Keira wusste, dass es für sie keinen Unterschied machte, wo sie sich aufhielt. In der Schule erwartete sie die gleiche Kälte wie zu Hause.

ZWEI

Am nächsten Morgen strömten die Schüler in kleinen Grüppchen über den Rasen vor dem alten Backsteingebäude der Parsons End School. Ihre Erzählungen über den Sommer hingen in der Luft wie das Surren von Bienen. Mit ihren Geschichten hielten sie sich an den letzten Minuten der Ferien fest.

In dieses fröhliche Chaos trat Keira kurz vor Schulbeginn. Als Outfit für den ersten Tag nach den Ferien hatte sie sich eine schwarze Strumpfhose zu ihrem dunkelgrauen Schulblazer und -rock ausgesucht. Dazu trug sie einen ernsten Gesichtsausdruck.

Wie üblich war Keira alleine. Sie hatte keine Geschichten über Ferienfreizeiten oder Sommerurlaube zu erzählen. Es sei denn, schlafen und gegen die Wand starren gehörten neuerdings zu den Topaktivitäten unter Jugendlichen.

»*Creepy Keira*«, zischte jemand, als sie den Rasen betrat.

Keira schaute sich um. Ein Schwarm Neuntklässler zog an ihr vorbei. Die Beleidigung hätte von jedem Einzelnen von ihnen kommen können. Und deshalb hätte Keira am liebsten jeden Einzelnen von ihnen verprügelt.

Ihre Finger bohrten sich in die frische Wunde, als sie ihre Hände zu Fäusten formte. Sie war diese täglichen Anfeindungen gewohnt, dennoch entfachten sie immer wieder die Wut in Keira. Als sie den Jungen hinterhersah, erblickte sie Victoria

»Vicky« Walker und ihre Clique vor dem Eingang der Schule. Einer Mauer gleich, standen die Mädchen aufgereiht auf dem Treppenabsatz. Sobald sie Keira entdeckten, begannen sie zu tuscheln.

Seitdem sie auf die Secondary School gingen, hatte Vicky es auf sie abgesehen. Einmal hatte sie standhaft behauptet, Keira wäre die Inspiration für das Geistermädchen in einem japanischen Horrorfilm gewesen. *Creepy Keira*. Den Spitznamen war sie nie wieder losgeworden. Seitdem beschränkten sich ihre Aufeinandertreffen mit Vicky auf Wortgefechte und Schubsereien.

Am meisten regte Keira auf, dass ihre Mitschüler recht hatten. Zwar wussten die anderen nicht um ihre geheimen Kräfte, aber allen war klar, dass dieses schwarzhaarige Mädchen nicht den Sonnenschein mit auf den Schulhof brachte. Stattdessen zog Keira durch die Klassenzimmer wie eine Gewitterwolke, die jeden Moment ihre Blitze des Zorns um sich schießen konnte.

Wer Wind sät, wird Sturm ernten, schoss ihr ein altes Zitat in den Kopf. Keira wusste nicht mehr, wer es zu ihr gesagt hatte. Wahrscheinlich ihre aufgebrachte Mutter oder einer der Lehrer, die dachten, mit einem schlauen Spruch ließe sich jedes Problem lösen. So einfach war es nicht.

Hätte Keira nur einen Tag nicht diesen Ärger verspürt, der in ihr hochkochte, sobald man sie auf dem falschen Fuß erwischte. Aber sie konnte nicht anders. Als hätte man ihr nach der Geburt einen Chip eingepflanzt und sie darauf programmiert, immer schlecht drauf zu sein. Die anderen waren nicht das Problem. Sie war es. Und das machte Keira umso wütender.

Die Schulglocke rief die Schüler dazu auf, hineinzugehen. Vicky und ihre Clique warfen Keira letzte verächtliche Blicke zu, bevor sie sich den anderen anschlossen und in das Gebäude verschwanden.

Keira hingegen blieb wie angewurzelt stehen. Sie massierte ihre gesunde Hand und zog an jedem einzelnen Finger, bis ein befriedigendes Knacken ertönte. Sie dachte an die Jungen, die sie am Vortag in Rage gebracht hatte. Sie hatten keine Ahnung, dass ein zorniges Mädchen für ihr Verhalten verantwortlich war.

Manchmal redete Keira sich ein, dass es half, ihre Wut auf andere zu übertragen. Wie ein Ventil, über das man ein wenig Druck abließ. In Wirklichkeit ging es ihr danach schlechter als zuvor.

Keira befürchtete, auch heute die Kontrolle zu verlieren, denn der erste Schultag war jedes Mal eine Prüfung für sie. Sie war nicht bereit, getestet zu werden. Sie konnte den Drang nach Zerstörung in ihren Adern spüren. Die Wunden vom Vortag waren zu frisch.

Anstatt den anderen in das Gebäude zu folgen, machte Keira auf dem Absatz kehrt. Sie lief zu dem schmalen Pfad neben dem Schulgelände, der zu einem kleinen Park führte, in dem die Schulschwänzer rauchend ihre Vormittage verbrachten. Zwar wusste Keira nicht, wo sie hingehen sollte, aber auf engsten Raum mit ihren Schulfeinden würde sie sich heute nicht begeben.

»Sie werden es nie verstehen«, sagte jemand, gerade als sie das Schulgelände verlassen hatte.

Keira erschrak bei dem Klang der rauen, männlichen Stimme. Sie wandte sich um und musterte ihr Gegenüber. Der Mann war groß gewachsen und schlank wie ein Polospieler. Erste Lachfalten zogen sich in feinen Linien um seine eisgrauen Augen. Sein eleganter Aufzug schrie nach Geld und der goldene Aufnäher auf der Brusttasche seines anthrazitfarbenen Anzugs weckte direkt Keiras Neugier.

»Was haben Sie gesagt?«

Eigentlich sprach sie nicht mit Fremden. Sie betrachtete die Menschen lieber aus sicherer Entfernung. Sicher – für die anderen. In diesem Fall musste Keira jedoch wissen, ob sie richtig gehört hatte.

»Sie werden es nie verstehen«, wiederholte er. »Was du bist. Was du kannst.«

»Wovon reden Sie?«

»Du weißt genau, wovon ich rede.«

Keira versuchte, ihr Unbehagen mit ruhiger Miene zu verbergen. Seit über zwölf Jahren lebte sie in Parsons End und niemand war ihren Kräften auf die Schliche gekommen. Selbst ihre Mutter schien sich der Tatsache zu verwehren, dass ihre Tochter übernatürliche Fähigkeiten besaß und ihren Zorn auf andere übertragen konnte. Und jetzt tauchte dieser Snob auf und wollte über sie Bescheid wissen?

»Hast du dich nie gefragt, was hinter deiner Begabung steckt?«, fragte der Unbekannte.

»Begabung?« Das Wort blieb Keira im Halse stecken wie trockene Weihnachtskekse. »Sie meinen wohl Fluch.«

Ein Grinsen machte sich auf dem Gesicht des Mannes breit, als er sich auf seinem dunkelgrauen Regenschirm abstützte. Erst jetzt sah Keira, dass der Griff aus dem Horn eines Geweihes bestand. Damit hatte der Hirsch bestimmt nicht gerechnet, als er erhobenen Hauptes durch den Wald stolziert war.

»Kein Fluch. Eine Sünde«, sagte der Unbekannte.

Keira zuckte gleichgültig mit den Schultern. »Oder so.«

»Nein. Es *ist* eine Sünde.« Der Mann schwang spielerisch den Regenschirm um seine Finger und kam auf sie zu. »Keira, du verkörperst eine der Todsünden. Eines der sieben Hauptlaster, um die richtige Terminologie zu verwenden. Aber wer will sich mit Kleinigkeiten aufhalten? Du bist der Zorn. Und ich kann dir helfen, ihn unter Kontrolle zu bringen.«

»Die sieben –?« Keira stieß ein ungläubiges Lachen aus. »Was?«

Sie wusste nicht viel über diese Todsünden, nur dass sie irgendetwas mit Religion zu tun hatten. Ein Thema, mit dem sie definitiv nicht in Verbindung gebracht werden konnte – oder wollte. Keira schüttelte ungläubig den Kopf. »Und ich dachte, ich wäre die Verrückte in dieser Stadt.«

»Ich bin genauso wenig verrückt wie du«, sagte der Mann und stutzte. »Glaube ich zumindest.«

Er zuckte mit den Schultern. »Der Zorn bestimmt dich und du bestimmst den Zorn. Ganz einfach.«

Keira starrte ihn fassungslos an. Es konnte nicht stimmen. Der Mann log. Er war einer dieser Typen, die auf den ersten Blick arglos schienen und sich erst im Laufe des Gespräches als Psychopath herausstellten. In einem Moment erklärte man ihnen den Weg, im nächsten lag man geknebelt auf der Ladefläche eines Vans. Keira wich einen Schritt zurück.

Der Mann aber zog ein weißes Stofftaschentuch aus seiner Brusttasche und bot es ihr an. »Du blutest wieder.«

Sie sah auf ihre Hände herab. Keira hatte sie unbewusst zu Fäusten geformt und zu viel Druck auf die Wunde ausgeübt. Ein dünner Streifen Blut rann ihren linken Daumen entlang. Sie beschloss, ihn zu ignorieren.

»Wer sind Sie?«, fragte sie und sah ihr Gegenüber ernst an. Zum ersten Mal kam die Wut in ihrer Stimme durch. »Der Teufel?«

Der Mann lachte. »Schön wär's.«

»So lustig ist es echt nicht. Sie haben mit den Todsünden angefangen.«

»Der Teufel hat entgegen aller Annahmen nichts mit der Sache zu tun«, sagte der Mann. »Aber wo bleiben meine Manieren? Ich heiße Elliot. Elliot Hammond.«

Zögerlich nahm Keira seinen Handschlag an. »Was wollen Sie von mir?«

»Sagt dir dieses Logo etwas?«

Elliot deutete auf den Aufnäher an seiner Brusttasche. Erst aus der Nähe erkannte Keira das geschnörkelte *S*, um das sieben kleine Tiersymbole angeordnet waren. Sie sah es zum ersten Mal.

»Das Symbol der Saligia«, sagte Elliot, als wäre damit alles erklärt.

Nichts war klar. Keira hatte dieses Wort noch nie gehört. Saligia? Klang wie Sangria. Sie war nicht einmal sicher, welche Sprache das war.

Doch all die Fragen wurden durch Elliots darauffolgende Worte weggeblasen wie durch den Druck einer Bombe:

»Du bist eine Saligia, Keira. Und du bist nicht alleine mit deinen Fähigkeiten.«

DREI

Als Keira nach Hause kam, brummte ihr der Kopf von der Begegnung mit Elliot. Seine Worte hatten sie so unerwartet getroffen wie ein Schlag auf den Hinterkopf.

Für einen Moment glaubte sie sich das alles einzubilden. Ihr Verstand suchte krampfhaft nach Erklärungen für ihre Kräfte. In tiefer Verzweiflung gaukelte er Keira vor, es gäbe tatsächlich Antworten auf ihre Fragen. Nebenbei hatte er Elliot Hammond als imaginären Freund erfunden. Einen gut aussehenden, unsympathischen Kerl mit einem grauenhaften Lachen. Und dann dieser Schwachsinn mit den Hauptlastern. Es war so weit. Nun verlor Keira den Verstand. Oder war doch Elliot Hammond der Verrückte von den beiden?

Den Kopf voller Fragen, ließ Keira sich auf ihren Schreibtischstuhl plumpsen. Die Leere ihres eigenen Zimmers wurde ihr schlagartig bewusst. Die kahle Wand zierten lediglich die Fotografien eines schwarzen Raben, der eine Zeit lang täglich auf der Straßenlaterne vor ihrem Fenster gesessen hatte. Schwarze Kleidung quoll aus dem Wäschekorb neben der Zimmertür. Die Einrichtung war spärlich. Als wäre es Keira verboten, ihre Persönlichkeit zum Ausdruck zu bringen. Wie ihren Zorn wollte Keira sie vor der Außenwelt verschließen.

Einen Moment lang starrte sie auf das schwarze Display ihres Handys. Was waren überhaupt die sieben Hauptlaster? Und was hatte ausgerechnet sie mit ihnen zu tun? Keira nahm das Smartphone in die Hand und suchte nach den Todsünden. Schnell füllten Zeichnungen, Symbole und Malereien das Display. Die Darstellungen waren teilweise grotesk. Menschen brannten im Höllenfeuer, hässliche Fratzen lachten ihr entgegen, der Teufel griente finster. Es war gruselig.

Das sollte sie sein? Ein Laster?

Als sie den Anblick der bizarren Abbildungen nicht länger ertrug, knallte Keira das Smartphone auf den Schreibtisch. Warum konnte sie nicht normal sein? So wie ihre Mitschülerinnen mit ihren intakten Familien, der besten Freundin, dem festen Freund.

Was hatte Keira? Ihren Zorn.

Elliot behauptete, er könne ihr helfen, ihn zu kontrollieren. Doch Keira wollte ihn nicht kontrollieren. Sie wollte ihn loswerden und den Schmerz aus ihrem Körper entfernen wie ein überflüssiges Organ.

Wütend ergriff sie das Handy und schleuderte es neben die Tür. Klappernd fiel es zu Boden.

»Scheiße«, fluchte Keira, als sie erkannte, dass sie soeben ihren einzigen Freund gegen die Wand geschmissen hatte. Ein Riss zog sich quer über das Display.

Sie hob das Gerät auf und umfasste es wie einen rettenden Halm. Seit Jahren wartete Keira auf Antworten. Nun erhielt sie welche und sie gefielen ihr nicht. Sie hatte hören wollen, dass alles besser werden würde, dass sie eines Tages wie von Zauberhand als ganz normales Mädchen aufwachen würde. Unauffällig, angepasst, akzeptiert. Aber das würde nicht geschehen. Sie war anders. Es war, als glaubte man sein ganzes Leben an das Paradies, um dann festzustellen, dass es gar kein Leben nach dem Tod gab. Dumm gelaufen.

Elliot wollte Keira mitnehmen. Es gab angeblich ein Internat in einer kleinen Stadt im Norden Englands: die Canterbury School of Excellence, kurz CSE oder Canterbury. Laut Elliot war es eine Art Eton für übersinnliche Freaks wie sie. Dort würde Keira mit anderen Saligia zusammenleben und lernen, ihre Fähigkeiten richtig zu nutzen. Was auch immer das bedeutete.

Keira hatte das Angebot weder angenommen noch ausgeschlagen. Das alles kam ihr so unwirklich vor.

»Es ist der einzig richtige Ort für Menschen wie dich.« Das waren Elliots Worte.

Menschen wie mich, dachte Keira. Immerhin bezeichnete Elliot sie als Mensch. Keira war sich nach dem heutigen Tag nicht mehr sicher, ob sie einer war.

VIER

Als Keira am nächsten Schultag das Haus verließ, wartete Elliot bereits vor einem Oldtimer auf sie. Sie zog die Tür hinter sich zu und musterte den grau-oliven Flitzer, an dem er lehnte. Aus irgendeinem Grund hätte Keira erwartet, dass Elliot einen moderneren Wagen fuhr, aber bei genauerer Betrachtung passte der elegante Aston Martin perfekt zu ihm. Der Wagen war genauso abgehoben wie alles andere an dem Kerl.

Diesmal hatte Elliot sein Jackett über die rechte Schulter geschwungen und begrüßte sie mit einem strahlenden Lächeln. Nein. Der Typ entsprang definitiv nicht ihrer Einbildung.

»Hast du über mein Angebot nachgedacht?«, fragte er.

»Lassen Sie mich in Ruhe.«

Keira ging schnurstracks an ihm vorbei, woraufhin Elliot verwundert stehen blieb.

»Wir müssen ja nichts überstürzen«, bemerkte er.

Zunächst war Keira überrascht, dass er ihr nicht hinterherlief, dann schob sie den Gedanken beiseite. Vielleicht war es besser so. Ein weiterer Schultag erwartete sie, und ihr Ziel war es, ihn ohne größere Komplikationen zu überstehen. Diesmal wirklich.

Keira hatte keine Kraft, sich mit Elliots Theorien über ihre Fähigkeiten auseinanderzusetzen. Dennoch bekam sie die Bilder von ihrer Suche am Vorabend nicht aus dem Kopf. Wie Geister zogen sie hinter ihr her und spukten durch ihre Gedanken.

Hochmut. Völlerei. Habgier. Neid. Trägheit. Lust. Zorn.

Ihre Füße trugen Keira wie von alleine bis zur Schule. Als sie das Gebäude betrat, nahm sie ihre Mitschüler nicht wahr. Sie sah nur den grauen Linoleumboden vor ihren Füßen. Keira schob sich durch die Menge wie ein Maulwurf durch die Erde.

»Hast du keine Augen im Kopf?«, fuhr sie jemand von der Seite an.

»Sorry«, murmelte Keira halbherzig.

Daraufhin landete eine Hand auf ihrer Schulter. Die schmalen Finger bohrten sich in den Stoff von Keiras Uniform wie ein Schraubstock. Die Entschuldigung hatte anscheinend nicht gereicht.

Keira wurde gewaltsam herumgerissen und blickte direkt in Vicky Walkers katzenhafte Augen. Drei ihrer Freundinnen boten der Blondine Verstärkung. Sie schauten genauso böse wie ihre Anführerin. Keira fragte sich, ob sie das vor dem Spiegel geübt hatten. Sie war ein beliebter Spielball der Mädchen. Neben ihrer auffälligen Erscheinung, der blassen Haut im Kontrast zu ihren schwarzen Augen, war sie über die Jahre immer wieder durch ihr seltsames Verhalten aufgefallen. Im Kindergarten hatte Keira Bauklötze um sich geworfen. In der Grundschule zierten ihre Kratzspuren die Gesichter so mancher Mitschüler. Mittlerweile waren es die anderen, die ihre Krallen ausfuhren.

»Was denkst du dir eigentlich?«, fragte Vicky.

Die Blondine kam ihr so nahe, dass Keira ihren Atem riechen konnte. Eine Mischung aus Himbeere und Minze. Vickys fein geschminkte Augen verformten sich zu Schlitzen.

»Du denkst wohl, du kannst dir alles erlauben.«

Ohne eine Reaktion abzuwarten, stieß sie Keira heftig gegen den Brustkorb.

»Immer bist du im Weg«, fauchte Vicky. »Hier ist kein Platz für dich, Venin. Geh dahin zurück, wo du hergekommen bist.«

Keiras Kiefer versteifte sich, als ihre Mitschülerin sie ein weiteres Mal schubste. Ein Teil von ihr gab Vicky recht. Keira passte nicht hierhin. Der andere Teil verabscheute ihre Mitschülerin dafür, dass sie dies vor allen aussprach. Die beiden hatten das so oft durchgespielt, dass es Keira wie eine einstudierte Tanzroutine vorkam. Und eins und zwei und schubsen, schubsen, kratzen.

»In ihre Gruft vielleicht?«, trat eines der Mädchen verbal nach.

Ein abfälliges Grinsen breitete sich auf Vickys Lippen aus, als sie Keiras blasse Haut musterte. »Ja, hast du die Ferien im Sarg verbracht, oder was?«

Mittlerweile hatte sich eine Traube um die Mädchen versammelt. Die Mitschüler sahen gespannt zu, wie Vicky ihr Opfer über den Flur stieß. Diese wandte sich mit Genugtuung zu ihrem Gefolge um, bevor sie Keira weiter in die Ecke drängte.

»Auf den Scheißfriedhof. Da gehörst du hin«, beschloss Vicky. »Wie dein Dad.«

Die Worte trafen Keira wie ein Messer in der Brust. Sie konnte spüren, wie sie in ihre Haut fuhren und sie aufschlitzten. Doch aus ihrem Körper quoll kein Blut hervor, sondern Zorn.

Du bist der Zorn. Elliots Worte hallten durch Keiras Kopf, als sich die Wut in ihr zusammenzog wie ein elektrisches Gewitterfeld kurz vor dem Blitzschlag.

»Oh, jetzt ist sie angepisst«, verkündete einer der Schüler aufgeregt.

Für die anderen war es ein Spektakel. Keiras oder Vickys Gefühle kümmerten sie nicht. Sie wollten etwas geboten bekommen.

Wäre Keira stark gewesen, dann wäre sie einfach weggegangen. Aber sie war nicht stark. Sie spürte ihren Hass auf Vicky und alle Anwesenden überspringen. Die aggressive Spannung breitete sich aus wie ein Flächenbrand. Die Mitschüler riefen im Chor nach einem Kampf. Einige rauften sich um einen besseren Platz.

»Aus dem Weg«, brummte Colin aus der elften Klasse und schob zwei Mitschüler beiseite.

Der Kreis um die Mädchen wurde in dem Gerangel enger. Keira sah mit feuerrotem Blick zu Vicky. Deren Halsmuskeln spannten sich fest an, wie bei dem dicken Jungen zwei Tage zuvor.

»Ich hasse dich«, zischte Vicky.

Dann riss sie Keira zu Boden.

FÜNF

Aufgebracht knallte Keira die Tür hinter sich zu und setzte sich auf die Stufen vor ihrem Haus. Ein Verweis, und das am zweiten Schultag. Ihre Mutter war alles andere als glücklich über diese Mitteilung. Dabei hatte Keira sich besser geschlagen als im letzten Jahr. Da hatte sie direkt am ersten Tag einen Verweis erhalten.

Keira betrachtete die verkrustete Wunde auf ihrer Handfläche. Ihr Blick wanderte ihren Unterarm herauf. Kratzer und blaue Flecken zogen sich über ihr Handgelenk, wo Vicky Walker sie mit ihren Krallen am Boden festgenagelt hatte.

Obwohl es um die zwanzig Augenzeugen gab, die bestätigen konnten, dass Vicky den Kampf angefangen hatte, behaupteten alle das Gegenteil. Nun war es Keira, die für eine Woche der Schule fernbleiben musste. Vielleicht war es besser so. Keira wusste, dass Vicky sie nie zu Boden gerissen hätte, wenn sie ihre Kräfte nicht auf diese blonde Hyäne angewandt hätte.

»Ich wette, das war schmerzhaft«, sagte Elliot, als er vor dem kleinen Reihenhaus auftauchte.

Keira unterdrückte ein Seufzen. Bewachte der Kerl sie vierundzwanzig Stunden am Tag? Mittlerweile wünschte sie sich, er wäre doch nur eingebildet.

»Du nervst, weißt du das?«

Sie hatte keine Geduld mehr für Höflichkeiten.

Elliot jedoch lachte. »Ich freue mich auch, dich zu sehen.«

Anscheinend verstand er nicht, dass sie keine Lust auf ein Gespräch hatte, denn er setzte sich neben Keira. »Andererseits bin ich es nicht anders von euch gewohnt.«

Keira irritierte, dass Elliot den Plural verwendete. Sie war nie Teil einer Gruppe gewesen. Sie würde es nie sein.

»Was ist passiert?«, fragte er.

»Vicky Walker ist passiert. Das Miststück.«

Elliot schmunzelte. »Warum bist du es dann, die all die blauen Flecken hat?«

Darauf hatte Keira keine Antwort. Sie hatte Vicky dazu gebracht, sie zu Boden zu reißen. Es war, als hätte Keira sich selbst angegriffen, anstatt sich zu verteidigen.

»Hör mal, ich weiß, dass du irgendwie deine Wut rauslassen musst. Aber doch nicht an deinen Mitschülern. Und vor allem nicht an dir selbst.« Elliot ließ die Worte für einen Moment in der Luft hängen. »Es ist verständlich, dass du deine Ruhe haben willst. Aber du wirst sie hier nicht bekommen.«

Seine Worte waren schmerzhafter als all die Kratzer von Vickys brüchigen Fingernägeln. Wollte Elliot ihr das Leben noch schwerer machen, indem er Keira ständig die Realität vor Augen hielt?

»Die gewöhnlichen Menschen verstehen dich nicht«, fuhr er fort. »Du machst ihnen Angst. Das kann sich ändern. Die CSE kann dir so viel mehr bieten.«

»Und was soll das sein?«

»Du wirst dort lernen, deine Kräfte zu beherrschen. Sie einsetzen und nutzen zu können, wie du es willst. Ohne direkt von ihnen überwältigt zu werden«, sagte Elliot.

»Wie soll das bitte gehen?«, fragte Keira.

Sie war noch immer nicht überzeugt vom Konzept der CSE. Keira trug diese Kräfte mit sich herum, seitdem sie denken konnte. Ihr war es in sechzehn Jahren nicht gelungen, sie in den Griff zu bekommen. Wieso sollten irgendwelche Fremden in teuren Anzügen dazu in der Lage sein, das zu ändern?

»Durch mentales und körperliches Training«, antwortete Elliot. »Du glaubst nicht, was sich dadurch alles erreichen lässt.«

»Du hast recht«, sagte Keira. »Ich glaube es nicht.«

Mentales und körperliches Training. War das ein Witz? Fehlte nur noch, dass sie meditieren und ihre innere Mitte finden sollte.

»Hätte ich gewusst, dass du so skeptisch bist, hätte ich die Broschüre mitgebracht«, bemerkte Elliot trocken. »Es funktioniert, vertrau mir.«

»Warum bist du dir da so sicher?«

»Weil ich es mit eigenen Augen gesehen habe. Diese Schüler teilen etwas ganz Besonderes miteinander, das noch weit über ihre Schulzeit hinausgeht. Und jetzt schau nicht wieder so zweifelnd. Du siehst mich ständig an, als wäre ich ein Psychopath, der dich entführen will«, bemerkte Elliot.

Keira legte die Stirn in Falten. Der Typ war nicht schlecht. Und sie musste an ihrer Mimik arbeiten.

Elliot seufzte. »Keira, du kannst mir nicht weismachen, dass diese Schnittwunden und blauen Flecken das sind, was du dir unter deiner Schulzeit vorstellst.«

Ihr Blick fiel unweigerlich auf ihre geschundenen Handgelenke. Elliot verstand sie besser, als Keira zugeben wollte.

»Lass die Geister der Vergangenheit zurück und komm mit nach Canterbury«, bat er.

Für Keira gab es nur einen Geist und den würde sie niemals loswerden. Ihren Vater. Die lange Narbe am Hals ihrer Mutter. Als Keira drei gewesen war, hatte er die beiden beim Abendessen mit einem Messer bedroht und ihre Mutter schwer verletzt. Ms Venin war keine andere Wahl geblieben, als sich und ihre Tochter zu beschützen. Es war Notwehr gewesen.

Danach ließen sie alles hinter sich und zogen von London nach Parsons End. Doch die Vergangenheit konnte man nicht einfach in den Sperrmüll geben wie ein abgenutztes Regal.

Keira erinnerte sich nur bruchstückhaft an den Vorfall, aber sie wurde den Gedanken nicht los, dass es ihre Schuld war. Sie war überzeugt, dass sie ihren Vater mit ihren Kräften zu dem Angriff getrieben hatte. Genauso wie sie Vicky an diesem Morgen dazu gebracht hatte, sie zu Boden zu reißen. Ihretwegen war er an dem Abend ausgerastet und hatte seine eigene Familie bedroht. Keira trug die Verantwortung für das, was ihren Eltern widerfahren war. Ihr Zorn hatte ihren Vater getötet.

»Ich kann nicht gehen«, sagte sie.

»Warum nicht?«

Bei Elliot klang es so, als wäre es die einfachste Sache der Welt, Parsons End hinter sich zu lassen. Wie einen Film, den man in der Mitte abbrach, weil er einem nicht gefiel.

Seine bestechend grauen Augen sahen sie bestimmt an. »Parsons End ist nicht der richtige Ort für dich. Die Leute hier haben keine Ahnung.«

»Du erwartest von mir, dass ich einfach mein altes Leben hinter mir lasse?«, fragte Keira. »Von einem Tag auf den anderen?«

Ein Lächeln schlich sich auf Elliots Lippen.

»Keira, was lässt du hier schon zurück?«

SECHS

Einen Rucksack. Mehr brauchte Keira nicht. Sie besaß nicht viel und das meiste davon wollte sie eh nicht mitnehmen. Außerdem hatte Keira vor, sich die Schule erst einmal für ein paar Tage anzusehen. Wenn sie ihr nicht gefiel, nahm sie den nächsten Zug zurück nach Parsons End.

So packte sie das Notwendigste: Unterwäsche, ein Shirt, ihre Lederjacke, Kulturtasche, Portemonnaie und Handy. Elliot hatte Keira versichert, dass es alles Wichtige auch auf der CSE gab.

»Was ist denn damit passiert?«, fragte er, als er ihr lädiertes Smartphone sah.

Sie zuckte stumm mit den Schultern.

»Das brauchst du eh nicht«, sagte Elliot und nahm es ihr aus der Hand.

Er öffnete das Handschuhfach und ließ das Handy darin verschwinden.

»Was soll das?«, protestierte Keira und holte es wieder heraus.

»Was? Erwartest du etwa Anrufe von deinen Schulfreunden?«, spottete Elliot.

Keira funkelte ihn böse an. Mit diesem Kerl würde sie fünf Stunden in einem Auto verbringen. Hoffentlich bereute sie diese Entscheidung nicht nach wenigen Meilen.

»Lass das mit den Augen. Das ist unheimlich«, wies Elliot sie zurecht. »Für Wutausbrüche ist in diesem Wagen kein Platz, damit das klar ist. Wir haben eine lange Fahrt vor uns. Glaub mir, du brauchst das Teil nicht. Und den Brief hast du doch zurückgelassen, oder?«

Keira nickte eingeschnappt. Elliot hatte recht. Keiner würde sie anrufen und fragen, wo sie steckte. Nichts hielt sie in Parsons End. Im Gegenteil. Keira war eine Bürde für ihre Mitschüler und ihre Mutter.

Sie hatte es sich einfach gemacht und Ms Venin einen Abschiedsbrief auf dem Küchentisch hinterlegt. Da Keira keine Ahnung hatte, wie sie ihrer Mutter ihr plötzliches Verschwinden erklären sollte, diktierte Elliot ihr die Zeilen und ließ es sich nicht nehmen, dabei Keiras Sauklaue zu kommentieren.

In den wenigen Sätzen stand, dass sie eine längere Reise unternehmen würde. Keira müsse Abstand von ihrer Vergangenheit und Parsons End gewinnen. Ihre Mutter solle sich keine Sorgen machen. Es sei das Beste für alle. Vier magere Sätze, die hoffentlich dafür sorgten, dass Ms Venin keine Vermisstenanzeige aufgab. Kein *Hab dich lieb*, nur ein *Bis bald*. Ms Venin war bei der Arbeit und ahnte nichts von dem Verschwinden ihrer Tochter, als der Oldtimer kurz nach Mitternacht den Ort verließ.

»Du kannst dich ausruhen. Es ist spät und wir werden einige Stunden fahren«, bot Elliot an.

Keira wusste, dass sie kein Auge zubekommen würde. Sie ließ ihr altes Leben für eine Reise ins Ungewisse hinter sich. Was vor ihr lag, machte ihr vielleicht mehr Angst als das, was hinter ihr lag.

So viele Fragen schwirrten ihr durch den Kopf. Wie waren die anderen Saligia? Wie sah die Schule aus? Und würde sie finden, was Elliot ihr versprach?

Nach ihrem letzten Gespräch hatte Keira nicht anders gekonnt, als sich auf den Weg nach Canterbury zu machen, um diese Fragen zu beantworten. Sie konnte keinen Tag länger in Parsons End bleiben. Zudem schien Elliot sie schon jetzt besser zu verstehen als jede andere Person in ihrem Leben und das machte ihr Mut.

Keira hoffte, dass sich die Canterbury School of Excellence trotz ihres eindrucksvollen Namens nicht als große Enttäuschung entpuppte. Noch konnte sie sich nicht vorstellen, wie sie mit Unterricht ihre Kräfte in den Griff bekommen sollte. Doch der Gedanke daran, dass es da draußen Leute gab wie sie, mit ähnlichen Problemen und Ängsten, erfüllte Keira mit Zuversicht. Das war ihre letzte Hoffnung.

»Wie hast du von der CSE erfahren?«, fragte sie, als sie den Sog aus Fragen nicht länger aushielt.

»Ist eine lange Geschichte. Ich stamme von einer Reihe von Suchern ab. Das ist mein offizieller Jobtitel, falls du dich wunderst. Ich suche nach neuen Saligia. Und wenn ich meinen Job gut mache, dann finde ich sie auch.«

»Dafür bekommst du Geld? Fürs Leutesuchen?«

»Nicht so herablassend. Der Job ist sehr anspruchsvoll. Außerdem kann nicht jeder solche Kräfte haben wie du«, sagte Elliot. »Zufällig bin ich ein ziemlich guter Sucher. Meine Familie macht das seit vier Generationen und keiner hat mit siebenundzwanzig so viele Saligia gefunden wie ich.«

»Wie viele hast du denn schon gefunden?«

»Mit dir drei. Einmal Zorn, zweimal Neid.«

Das klang alles andere als rekordverdächtig. Keira konnte ihre Enttäuschung nicht verbergen.

»Ich weiß, das scheint nicht viel«, sprach Elliot aus, was sie dachte. »Aber manchmal braucht es Monate, sogar Jahre, bis man einen Saligia gefunden hat. Vor allem die Trägheit ist eine harte Nuss. Meistens gehen die nicht aus dem Haus. Dabei haben die so viel Potenzial.«

Keira legte die Stirn in Falten. Wenn er über die Hauptlaster sprach, klang es wie die normalste Sache der Welt.

»Wie lange hast du gebraucht, um mich zu finden?«, fragte sie.

»Fast ein Jahr.«

Keira klappte der Mund auf. »So lange?«

Damit hatte Elliot ihr vermutlich mehr Zeit gewidmet als jeder andere Mensch in Keiras Leben. Kein Wunder, dass er sie so gut verstand.

Der Sucher zuckte wie selbstverständlich mit den Schultern. Er starrte auf die leere Straße vor ihnen, während er weitersprach.

»Ich war mir bei dir lange Zeit nicht sicher«, erklärte er. »In Parsons End gab es einige gewalttätige Vorfälle. Das bedeutet nicht immer, dass ein Saligia in der Nähe ist. Menschen benehmen sich ständig daneben. Lügen, streiten, betrügen, töten. Man muss kein Saligia dafür sein.«

»Wie hast du mich dann gefunden?«, hakte Keira nach.

»Erst einmal gar nicht. Ich habe mich durch die halbe Stadt recherchiert. Leute zu den Vorfällen befragt. Diese Massenschlägerei beim Volleyballturnier im letzten Jahr. Das warst du, oder?«, fragte Elliot.

»Vicky spielt in dem Team.«

Mehr brauchte Keira dazu nicht sagen.

»Dachte ich mir. Und der Busfahrer, der auf ein Auto aufgefahren ist und dann behauptet hat, die Ampelphasen in der Stadt seien zu lang?«

Den hatte Keira fast vergessen. »Ich hatte es eilig.«

»Lass mich raten. Du kamst trotzdem zu spät.«

Keira sank tiefer in den Beifahrersitz. »Kein Kommentar.«

Elliot nickte zufrieden. »Ich habe mir die Aufnahmen aus dem Bus angesehen. Dabei bin ich auf dich aufmerksam geworden. Alle in dem Bus drehen durch und nur eine einzige Person beobachtet das Geschehen, steht von ihrem Platz auf und steigt dann einfach aus. Beobachten ist nicht das richtige Wort. Ich konnte den Zorn in deinen Augen sehen.«

Er machte mit der Zunge ein Geräusch, von dem Keira vermutete, dass es das Knistern von Feuer imitieren sollte.

»Dieser Trick mit den Augen packt mich jedes Mal. Man sieht, dass etwas nicht stimmt, aber so richtig erklären kann ich es nicht«, sagte Elliot. »Mein Vater sagt, dass ihr Saligia einen besonderen Blick dafür habt und einander direkt erkennt. Ihr seid als Sucher klar im Vorteil.«

Elliot räusperte sich, als wäre ein Teil des letzten Satzes in seinem Hals hängen geblieben. »Nach der Sache im Bus dachte ich mir, dass du was mit den Geschehnissen zu tun hast.«

Keira selbst erinnerte sich gut an die Fahrt. Sie hatte einen der Fahrgäste dazu gebracht, den Notfallknopf zu drücken, weil der überkorrekte Busfahrer zwischen zwei Haltestellen partout nicht die Türen hatte öffnen wollen. Aber dann war der Zorn auch auf den Fahrer übergegangen. Er hatte einfach Gas gegeben und war auf seinen Vordermann aufgefahren. Der Aufprall war Keira durch jeden einzelnen Knochen gegangen.

»Danach geschah einige Wochen nichts«, fuhr Elliot fort. »Ich musste mir aber hundertprozentig sicher sein, bevor ich dich ansprechen konnte. Es wäre äußerst ungünstig, die Falsche in die Geheimnisse der Saligia einzuweihen.

Dann habe ich dich vorgestern im Park gesehen. Du hast den Jungen einen ordentlichen Schrecken eingejagt. Da war ich mir sicher, dass du die Richtige bist.«

Elliot wusste weitaus mehr über Keira, als sie angenommen hatte. Auf einmal bereitete es ihr Unbehagen, dass der Sucher sie so lange beobachtet hatte. Bis jetzt war es Keiras kleines Geheimnis gewesen, dass sie ihren Zorn auf andere übertragen konnte. So hatte sie gedacht. Sie fragte lieber nicht, was Elliot noch alles über sie wusste.

SIEBEN

Keira sah die Canterbury School of Excellence von Weitem auf dem Hügel emporragen. Im Morgengrauen glich sie einer steinernen Festung. Das Gelände wurde durch eine hohe Mauer vor fremden Blicken geschützt, und lediglich das goldene S am Eingangstor gab einen Hinweis darauf, was sich dahinter verbarg.

»Willkommen«, verkündete Elliot kurz darauf, als sie über den Portikus auf den Haupteingang zugingen.

Keira bestaunte die runden Säulen, die das Vordach stützten. Sie musste an die Eingangsbereiche von alten Museen denken. Ihre Augen wurden noch größer, als sie das Hauptgebäude betraten. Vor wenigen Augenblicken war Keira dem Sekundenschlaf nahe gewesen, jetzt war die Müdigkeit der langen Fahrt wie weggeblasen.

Die spärlich eingerichtete Eingangshalle erschien ihr so groß wie ein Fußballfeld. Grob geschätzt. Die Wände zierten links drei und rechts vier rechteckige Wandteppiche in unterschiedlichen Farben, auf denen jeweils das goldene Symbol eines Tieres eingewebt war. Es waren die gleichen Tiersymbole, die auf dem Emblem auf Elliots Anzug zu sehen waren. Bis auf einen langen roten Läufer und zwei Topfpflanzen, die sich stolz im Licht reckten, war die Eingangshalle fast leer. Der Holzboden aus Palisander schob sich rotbraun in großen Schuppen vor Keiras Füßen bis zu den zwei Holztreppen, die den Raum flankierten und zu der Galerie führten.

Zwischen den beiden Treppenabsätzen stand eine Skulptur, die aus der Entfernung einem kupferroten Kreis glich. Zunächst sah Keira in den Scheiben das Sonnensystem. Aus der Nähe stellte sich heraus, dass es sich bei den Ringen um die neun Höllenkreise handelte. Das passte bei genauerer Überlegung auch besser zu den sieben Todsünden als die Milchstraße.

»*Dantes Inferno*«, sagte Elliot.

Die Skulptur erinnerte Keira an die Suchergebnisse aus dem Internet. Umgeben von engelsartigen Wesen zeigten sich grausige Gravuren von nackten Menschen, die sich im Schmutz wälzten, im Schlamm prügelten oder in Flammen standen. Einige Figuren krochen in gewölbten Metallteilen aus den Scheiben heraus, als wollten sie nach ihren Betrachtern greifen. Keira glaubte bei dem Anblick der gequälten Gesichter, ihre Schreie hören zu können.

Elliot stupste die Scheiben nach und nach an, sodass sie sich ineinanderdrehten. In der Bewegung reflektierten die Fratzen das erste Tageslicht, das über das Oberlicht hereinbrach.

»Wollen wir hoffen, dass uns das nicht erwartet«, sagte er mit einem Lachen. Elliot hatte selbst für Keira einen makabren Humor. Sie persönlich hätte sich das Teil auf jeden Fall nicht ins Wohnzimmer gestellt.

In dem Moment erklang das Klackern von Absätzen auf der Treppe rechts von den beiden.

»Ihr seid ja schon da. Wunderbar, Elliot.«

Eine ältere Dame in einem schwarzen Kostüm schritt die Treppe herab. Sie trug dazu schwarze Pumps und eine königspurpurne Bluse. Das Outfit erinnerte Keira an ihre Schuluniform. Die Frau kam direkt auf die beiden zu. Ihr fuchsrotes Haar war so straff zu einem Dutt zusammengesteckt, dass er ihr die Falten aus der Stirn zog.

»Rebecca Killingworth. Superbia«, stellte sie sich mit einem festen Händedruck vor.

Superbia. Der lateinische Begriff für Hochmut, wie Keira von Elliot erfahren hatte. Sie selbst war eine *Ira*.

Bei näherem Hinsehen erkannte sie, dass Ms Killingworth sich mit ihrem dicken Make-up um fünf Jahre jünger geschminkt hatte. Zumindest versuchte sie es. Damit kam die Dame auf ungefähr fünfundfünfzig Jahre.

»Ich bin die Leiterin der CSE«, sagte sie. »Wie schön, dass du dich dazu entschieden hast, zu uns zu kommen, Keira. Es gibt keinen besseren Ort für dich, glaub mir.«

Keira hoffte inständig, dass dies stimmte.

Sie starrte auf das Emblem auf der Brusttasche der Schulleiterin. Wie das von Elliot war es aus goldenen Fäden gestickt. Zu sehen war darauf allerdings kein S, sondern der Kopf eines Löwen.

Ms Killingworth wandte sich Elliot zu. »Hat alles funktioniert?«

»Keine Komplikationen.«

»Ausgezeichnet.«

Als Ms Killingworth nach Keiras Arm griff, bemerkte sie die Kratzer von Vickys Krallen an deren Handgelenk. Die Schulleiterin schürzte die Lippen. Der strenge Blick erinnerte Keira ein wenig an ihre Mutter, die sich selten zu einem freundlichen Gesichtsausdruck hinreißen ließ.

»Keira hat einen Abschiedsgruß hinterlassen«, fügte Elliot an.

»Verstehe.« Ms Killingworth kommentierte dies nicht weiter und zwang ein Lächeln auf ihr Gesicht. »Komm, Keira. Ich führe dich herum und bringe dich auf dein Zimmer.«

Sie warf einen raschen Blick auf ihre goldene Armbanduhr. »Die Mädchen werden bald wach sein.«

Bei dieser Ankündigung empfand Keira ein leichtes Herzstolpern. Eben war ihr die Eingangshalle so groß erschienen, jetzt kam es ihr so vor, als würden die Wände auf sie zukommen und sie zermalmen wollen. In wenigen Minuten würde Keira die anderen Saligia kennenlernen. Hoffentlich waren sie netter als Vicky Walker.

ACHT

Keira brauchte ihre Sachen von zu Hause nicht. Elliot hatte recht. Sie bekam einen ganzen Sack voll Kleidung von der Schule gestellt. Keiras neue Blazer und Pullover zierte jeweils ein goldenes Emblem mit dem Kopf eines Bären. Zwar war die Kleidung recht langweilig, bis auf die schwarzen Blusen war jedes Stück blutrot, aber alle Kleider waren aus den feinsten Materialien gemacht. Da war Keira sich sicher, denn sie waren extrem flauschig. Auch waren die Outfits etwas legerer gehalten als in Parsons End. Zu der Uniform gehörten keine Krawatten oder Fliegen, zudem durften die Schüler dazu Schuhe ihrer Wahl tragen.

Die Hände voll mit neuen Sachen, folgte Keira Ms Killingworth den langen Gang durch den ersten Stock des Westflügels. Zu ihrer Linken reihten sich deckenhohe Fenster wie Bäume an einer Allee und gaben den Blick auf den Park hinter dem Anwesen frei. Zu ihrer Rechten reihte sich Landschaftsgemälde an Tür an Landschaftsgemälde an Tür. Wie die Eingangshalle schien Keira der Westflügel so endlos, dass sie vermutete, in einem Spiegelkabinett gelandet zu sein.

»Die Mädchen sind im Westflügel, die Jungen im Ostflügel«, erklärte Ms Killingworth. »Das führt mich direkt zu den Hausregeln.«

Regeln. Ein kleiner Teil von Keira starb, als sie dieses Wort hörte.

»Erstens: Ihr habt nichts im ersten Stock des Ostflügels zu suchen.

Zweitens: Ihr wendet eure Kräfte nicht gegeneinander an. Ein Hauptlaster pro Schüler reicht, wir müssen nicht noch weitere mit in den Topf werfen.

Drittens: Um das Gelände zu verlassen, braucht es mein ausdrückliches Einverständnis.«

Ms Killingworth sprach in schnellem Ton, während sie den langen Gang entlangliefen. Keira schwirrte der Kopf. Sie hatte die erste Regel bereits vergessen. Irgendetwas mit dem Ostflügel.

»Viertens: Du sprichst mit keinem Außenstehenden über deine Kräfte, über den Zweck dieser Schule oder über das, was wir sind. Das betrifft auch das Personal der CSE.

Die Leute glauben, die katholische Kirche hätte sich den Spaß zusammengereimt? Fein. Soll es so bleiben. Ist ja nicht so, als wäre der ein oder andere Kardinal nicht selbst einer von uns.«

Sie bogen um die Ecke in den letzten Abschnitt des Flügels, als neben ihnen eine Tür aufflog. Ein Mädchen in einem grünen Bademantel kam aus dem Waschraum. Als ihr Blick den des Mädchens traf, erschrak Keira. Zum ersten Mal in ihrem Leben konnte sie das tiefe Flackern der Todsünde in den Augen einer anderen sehen. Grüne, elektrische Blitze zuckten durch die Iris des Mädchens.

Ein kalter Schauer lief Keira bei dem Anblick über den Rücken. Jetzt wusste sie, wovon Elliot im Auto gesprochen hatte. Schnell wandte Keira den Blick von dem Mädchen ab und umklammerte fest ihre neuen Sachen.

An Ms Killingworth ging dieser Schreckmoment vorbei.

»… gegen die Regeln verstößt, meldest du es mir unverzüglich«, beendete sie ihre Aufzählung.

Keira hatte nicht aufgepasst. War das noch die alte Regel oder schon eine neue? Ms Killingworth blieb ruckartig vor einer der Zimmertüren stehen, als hätte endlich jemand die Pausetaste betätigt. Keira stieß fast gegen die Schulleiterin, weil sie zu spät abbremste.

»Der Wecker klingelt jeden Morgen um halb sieben. Dann geht es zum Waschen, danach Frühstück im Speisesaal und um halb neun beginnt der Unterricht. Sport steht für dich jeden Tag auf dem Plan. Am Wochenende habt ihr Zeit für euch. Ihr könnt malen, meditieren, lesen oder weiter trainieren. Wir haben eine ausgezeichnete Auswahl an Trainingsgeräten. Ich weiß, ihr Ira müsst ab und an mal Dampf ablassen.«

Keira zog eine Augenbraue in die Höhe. Mit Sport tat sie das für gewöhnlich nicht. Aber wenn sie ihre Kräfte nicht auf andere anwenden durfte, musste sie sich wirklich eine Alternative suchen, um ihre Wut rauszulassen. Und: Hatte Ms Killingworth ernsthaft Meditation als Freizeitbeschäftigung vorgeschlagen?

Die Schulleiterin schob Keira einen Zettel zwischen den rechten Daumen und Zeigefinger, mit denen sie bereits ihre Kleidung hielt.

»Das ist dein Stundenplan. Ich habe mir erlaubt, eine geeignete Auswahl an Fächern für dich zusammenzustellen. Du wirst sehen, dass es einem hier kaum langweilig wird. Und ihr habt natürlich einander.«

Mit diesen Worten stieß Ms Killingworth die Tür hinter sich auf. »Willkommen in Zimmer 107.«

Zu Keiras Schrecken starrten sie drei Augenpaare aus dem opulent eingerichteten Raum an. Reflexartig krallte sie die Hände um ihren Kleidersack, bis ihre Finger komplett in dem dicken Stoff verschwanden. Ihr Stundenplan hatte ab jetzt die Form eines Knäuels.

»Mädchen, das ist Keira Venin. Ira. Eure neue Mitbewohnerin«, verkündete Ms Killingworth.

Keira trat zögerlich in das Zimmer ein. Der süßlich blumige Geruch von Parfüm, Shampoo und Bodylotion hing in der Luft. Vier Hochbetten ragten in den breiten Raum wie Bootsstege ins Wasser. Die schweren Vorhänge filterten das hereinbrechende Morgenlicht und tauchten den Raum in warme Rottöne. Trotz der Größe wirkte das Zimmer dadurch gemütlich.

»Stellt euch vor«, befahl Ms Killingworth.

Die Mädchen folgten der Aufforderung sofort. Die erste Saligia, die auf Keira zukam, strahlte sie mit warmen karamellbraunen Augen an. Ihr dunkles, krauses Haar steckte unter einem goldgelben Handtuch und sie trug einen gleichfarbigen Bademantel.

»Ich bin Avery. Avaritia. Schön, dich kennenzulernen.«

Auf den ersten Blick schien Avery Keira viel zu freundlich für jemanden, der von Habgier besessen war.

»Keira«, erwiderte diese mit dünner Stimme, bevor ihr einfiel, dass Ms Killingworth ihren Namen bereits erwähnt hatte.

»Ich bin Scarlett. Luxuria«, folgte ein zweites Mädchen in einer dunkelblauen Schuluniform.

Die Worte glitten ihr sanft von den Lippen. Scarlett bedachte Keira mit einem verspielten Zwinkern. Ein dunkelblaues Flackern erschien in den Augen der zierlichen Blondine.

Keira durchfuhr bei der Begrüßung ein seltsames Kribbeln. Bevor sie angemessen reagieren konnte, schob sich ein anderes Mädchen vor Scarlett. Mitbewohnerin Nummer drei war nicht hübsch, sie war schön. Beim Anblick ihrer schmalen Gesichtszüge und des honigblonden Haares wären selbst Vicky Walker vor Neid die Zähne ausgefallen. Nummer drei trat so selbstbewusst auf, als wäre sie die Königin der Welt. Nein. Die Kaiserin – des gesamten Universums. Das konnte nur der Hochmut sein.

»Ich bin Gray. Superbia«, bestätigte sie Keiras Vermutung mit einem auffälligen amerikanischen Westküstenakzent.

Superbia. Wie Ms Killingworth.

»Brooke«, bellte diese nun. Die Schulleiterin beobachtete das Verhalten der Saligia genau.

Keira blickte zu dem Mädchen, das ihr mit dem Rücken zugewandt auf einem der Betten saß. Es bürstete sich seelenruhig die roten, seidigen Haare. Die Bürste stoppte auf halbem Weg, dann stieß die neue Mitbewohnerin demonstrativ ein Seufzen aus und drehte sich um. Ihre grünen Augen funkelten Keira feindselig an.

»Brooke. Invidia«, sagte sie mit entnervtem Ton. »Der Hund.«

Keira verstand kein Wort.

»Jedes Hauptlaster wird durch ein Tier symbolisiert«, erklärte Avery, das Mädchen im Bademantel. »Der Löwe steht für den Hochmut, die Schlange für die Lust, der Hund –«

»– für den Neid«, schnitt Brooke ihr das Wort ab und zog sich ihren moosgrünen Blazer über.

»Brooke hätte lieber ein anderes Tier bekommen«, sagte Gray.

»Brooke hätte vieles gerne, was andere haben, nicht wahr?«, bemerkte Ms Killingworth schnippisch.

Der Rotschopf erwiderte dies mit einem missmutigen Blick.

»Was soll Lazy denn sagen?«, fragte Scarlett. »Sie hat den Esel.«

Mit diesen Worten sprang sie auf eines der vier Hochbetten, woraufhin eine Art Grunzen ertönte. Erst jetzt sah Keira, dass unter den dicken Schichten aus grauen Decken noch ein Mädchen lag.

Mit denen allen sollte sie sich ein Zimmer teilen? Sie waren so … anders. Keira hatte erwartet, mit weiteren Ira auf ein Zimmer zu kommen. Stattdessen war sie in diesem bunten Haufen gelandet. Im wahrsten Sinne. Die unterschiedlichen Farben der Schuluniformen waren eine Beleidigung fürs Auge.

Außerdem konnte Keira sich die vielen Namen kaum merken. Avery, Scarlett, Gray, Brooke und –

»Lazy!«, kicherte Scarlett und schlug dem Mädchen eines der Kissen auf den Kopf.

»Scarlett, runter vom Bett«, befahl Ms Killingworth. »Claudia, steh sofort auf oder ich hol den Wassereimer.«

»Nicht den Wassereimer«, brummte das Mädchen mit dem bezeichnenden Spitznamen. Ihr Murmeln hatte einen leichten deutschen Akzent. »Noch fünf Minuten. Nein, zehn. Fünfzehn …«

Ihre Stimme verlor sich im Stoff des Kissens.

Ehe Keira sichs versah, war Ms Killingworth verschwunden und kam wenige Sekunden später mit einem Eimer voll Wasser zurück. Immerhin stand sie zu ihrem Wort. Scarlett kletterte beim Anblick des Eimers schnell vom Bett.

Kreischend fuhr Lazy hoch, als das Wasser in einem hohen Bogen auf sie klatschte. Sie war von oben bis unten nass, wie nach einem heftigen Regenschauer. Lazy schnappte nach Luft und wischte sich die nassen Haare aus dem Gesicht.

»Und nun stell dich vor.«

Die Schulleiterin hatte offenbar keine Zeit zu verlieren.

Völlig neben sich, setzte Lazy sich ihre Brille falsch herum auf und schielte durch die Gläser. Sie schien ein oder zwei Jahre jünger als der Rest. Obwohl sie nicht dick war, hatte sie ein rundes und weiches Gesicht. Der Babyspeck lag ihr noch auf den Wangen.

»Ich bin Claudia. Acedia. Aber du kannst mich Lazy nennen«, murmelte sie.

»Na also. Und jetzt auf zum Frühstück.« Ms Killingworth beendete die Vorstellungsrunde mit einem Klatschen. »Keira, willkommen zu Hause.«

NEUN

Nach dem Besuch einer staatlichen Schule hatte Keira eine Kelle voll Haferschleim zum Frühstück erwartet. Stattdessen bot sich ihr im Speisesaal ein Buffet wie in einem Hotel. Eier, frisches Obst, Vollkornbrot, Müsli, Joghurt (auch laktosefrei). Keira konnte sich kaum entscheiden. Der Duft von gerösteten Kaffeebohnen stieg ihr in die Nase, als sie die lange Theke entlangging.

»Geht das noch langsamer?«, fragte ein Mädchen in einer orangen Uniform und griff gierig nach dem Löffel für das Rührei.

Keira wich irritiert zur Seite.

»Gula. Völlerei«, erklärte Gray, als sie Keira zum Tisch begleitete.

Keira war wie erschlagen von den neuen Eindrücken. Sie krallte sich an ihrem Teller fest, auf dem gerade einmal eine Scheibe Brot und ein Stück Butter lagen. Auf dem Zimmer hatte sie sich schnell ihren neuen Pullover übergezogen, um sich in das Bild aus Uniformen und Symbolen einzufügen.

Avery, Habgier. Scarlett, Lust. Gray, Hochmut. Brooke, Neid. Lazy, Trägheit, sagte sie sich mehrmals gedanklich vor.

»Haben wir auf unserem Zimmer niemanden für die Völlerei?«, fiel ihr auf, als sie sich zu Avery, Scarlett und Brooke setzten.

Ihre Mitbewohnerinnen wechselten daraufhin Blicke, die Keira bestenfalls als verschwörerisch einordnen konnte.

»Haben wir«, antwortete Avery knapp und drehte an dem goldenen Ring an ihrem Daumen. Ihn zierte ein ovaler grüner Klunker.

»Caprice ist ausgerissen«, erklärte Gray. »Ist erst ein paar Tage her. Sonst wären wir jetzt das erste Mädchenzimmer mit allen sieben Hauptlastern.«

Gray schien diese Tatsache mehr zu stören als Caprice' Abwesenheit.

»Wo ist sie hin?«, fragte Keira.

Auf den letzten Meilen nach Canterbury waren ihr zwischen den Hügeln, Wäldern und Feldern keine interessanten Ziele für Ausreißer aufgefallen. Sie war sich nicht einmal sicher, wo genau in England sie sich befand.

Gray zuckte mit den Schultern. »Sie hat uns vorher nichts gesagt. Wahrscheinlich hatte sie Angst, dass wir petzen. Oder es war eine spontane Aktion«, spekulierte sie. »Gula machen immer das, wonach ihnen der Sinn steht. Sie kennen ihre Grenzen nicht gut. Überhaupt nicht, um genau zu sein.«

»Sie sind so verschwenderisch«, beklagte Avery.

»Verschwenderisch, hm?«, kommentierte Brooke und blickte auf den Berg Obst, den Avery sich vom Buffet geholt, aber nicht angerührt hatte. Sie saß am Ende der Bank, als hielte sie Sicherheitsabstand von ihren Mitbewohnerinnen.

»Wahrscheinlich haben Caprice die vielen Regeln nicht gefallen«, vermutete Scarlett und knabberte an einem Stück Sellerie. »Es ist fast unmöglich, nicht gegen sie zu verstoßen.«

Sie grinste vielsagend. Ihr Knie streifte dabei Keiras Bein. Auf der Bank war Platz für vier und doch schien Scarlett ihr immer näher zu kommen.

Keira rückte ein Stück von ihr ab und schaute zu den Mädchen an den umliegenden Tischen. Auf den ersten Blick wirkten sie wie ganz normale Teenager, doch anhand der Uniformen konnte Keira sie ihren Hauptlastern zuordnen. Langsam verstand sie das Prinzip. Jedes Laster hatte einen lateinischen Begriff, eine Farbe und ein Tiersymbol:

Hochmut: **S**uperbia, purpur, ein Löwe
Habgier: **A**varitia, goldgelb, ein Wolf
Lust: **L**uxuria, marineblau, eine Schlange
Zorn: **I**ra, blutrot, ein Bär
Völlerei: **G**ula, orange, ein Fuchs mit Gans im Maul
Neid: **I**nvidia, moosgrün, ein Hund
Trägheit: **A**cedia, hellgrau, ein Esel

Keira hielt nach anderen Mädchen in roten Outfits Ausschau. Sie konnte keines entdecken. Nervosität stieg in ihr auf, als ihr der Gedanke kam, dass sie womöglich die einzige Ira an dieser Schule war. Erst jetzt fiel ihr auf, dass Elliot nur von anderen Saligia gesprochen hatte, aber nicht von weiteren Ira.

»Wo sind die Jungs?«, fragte sie.

»Die kommen später«, erklärte Avery.

Scarlett stützte seufzend den Kopf auf der Hand ab. »Leider.«

»Ist besser so«, widersprach Gray. Sie hielt ihr Kinn stets so hoch, als befände sich eine unsichtbare Halskrause an ihrem Nacken.

»Wieso?«, fragte Keira.

Gray ließ langsam ihre Gabel in die Schale gleiten und faltete die Hände auf dem Tisch. Jede ihrer Gesten wirkte beherrscht.

»Was ist das Schlimmste, das du jemals angestellt hast? Mit deinen Kräften, meine ich«, fragte sie.

Ich habe meinen Vater getötet, schoss es Keira in den Kopf. Schnell drängte sie diesen Gedanken zurück. Diese Worte durfte sie niemals laut aussprechen. Alle hier hatten ihre Laster, aber sie waren sicherlich keine Mörder.

»Ich habe in der vierten Klasse mal dafür gesorgt, dass ein Schüler einer Lehrerin die Hand in der Tür eingequetscht hat. Ihre Hand war an drei Stellen gebrochen«, antwortete Keira stattdessen.

Es stimmte. Keira wollte, dass Ms Coolidge mit ihren ständigen Zurechtweisungen aufhörte. Eh sie sichs versah, knallte Jack Potter die Tür zu, die Hand der Lehrerin mittendrin. Rückblickend tat Keira die Aktion ein wenig leid.

»Nicht schlecht«, sagte Gray. Dann sah sie Keira mit ernster Miene an: »Wärst du ein Junge, hättest du ihr vielleicht selbst die Finger gebrochen.«

Avery blieb bei dieser Aussage das Müsli im Hals stecken. Sie röchelte und schlug sich auf die Brust.

Keira gefiel diese Feststellung ebenfalls nicht. Wenngleich sie sich fragte, was verwerflicher war: selbst jemanden zu verletzen oder dafür einen Mitschüler zu missbrauchen.

»Was ist mit euch?« Sie wollte nicht länger über ihre eigenen Vergehen nachdenken, geschweige denn darüber sprechen. »Was habt ihr getan?«

»Das willst du nicht wissen«, antwortete Brooke mit einem süffisanten Lächeln auf den Lippen.

Das Müsli rasselte in Averys Kehle, als diese sich räusperte. »Ich habe früher geklaut. Viel. Ich war so gut darin, dass ich selbst die Geburtstagsgeschenke für meine Familie zusammengeklaut habe. Einmal habe ich ein Fleischmesser aus dem Küchenshop geschmuggelt. Es war wunderschön«, schwärmte sie, als spräche sie von ihrer ersten Liebe. »Ich hab es meiner Mum geschenkt.«

Ein Knoten formte sich in Keiras Magen. Sie tat ihrer Mutter nie etwas Gutes. Zum krönenden Abschluss war sie von zu Hause weggelaufen. Wie Ms Venin wohl auf den Abschiedsbrief reagiert hatte?

»Ich hatte letztes Jahr meine erste Affäre. Mit einem Theologiestudenten«, folgte Scarlett kichernd, »und mit seiner Freundin.«

Ihre Wangen glühten rosig bei dieser Erinnerung.

»Hm«, war alles, was Keira *dazu* einfiel.

Gray wartete erhobenen Hauptes, bis alle sie ansahen, bevor sie von ihren größten Verdiensten sprach. »Mein Vater und ich haben den Gouverneur von Kalifornien dazu gebracht, sich im Fernsehen zu blamieren. Er hat so ziemlich alles und jeden beleidigt. Danach musste er zurücktreten. Aus Hochmut würden die Leute alles tun.«

Sie blickte stolz in die Runde. Avery und Scarlett lächelten ihr anerkennend zu.

Keira hingegen starrte die Superbia entgeistert an. »Du und dein Vater? Weiß er etwa, was du bist?«

Gray lachte auf. »Natürlich. Die besten Tricks habe ich von ihm gelernt.«

»Was?«, entwich es Keira.

Grays Vater akzeptierte ihre Kräfte nicht nur, sondern förderte sie auch? Für Keira war das unvorstellbar.

»Haben deine Eltern etwa nie mit dir darüber gesprochen?«, fragte Gray.

»Meine Mutter hatte auch Probleme damit«, warf Scarlett ein und verzog das Gesicht. Ihr Knie war schon wieder an Keiras Bein. »Habgier und Hochmut sind eine Sache, aber Lust … Mit Bienen und Blümchen kam sie da nicht weit.«

Keira traute ihren Ohren nicht. In Parsons End hätte man sie in die Klapsmühle gesteckt, wenn sie erzählt hätte, dass sie eine der Todsünden repräsentierte. Schlimmer noch: Ihre Mutter hätte sie sofort ans Bett gefesselt und einen Exorzisten nach Hause bestellt.

Zwar hatte Keira mit ihr über ihre Gefühle und Kräfte gesprochen, aber Ms Venin hatte ihr Gerede immer als Hirngespinst abgetan, verursacht durch die traumatischen Erfahrungen in Keiras Kindheit. Eine Zeit lang hatte Keira selbst an diese Theorie geglaubt. Manchmal war es einfacher, sich selbst für verrückt zu erklären, als der Wahrheit ins Auge zu sehen.

»Von wem hast du es denn?«, wollte Avery wissen. »Vater oder Mutter? Oder beide?«

Keiras Hand schloss sich fest um ihr Frühstücksmesser.

»Was meinst du damit?«

Avery und Gray wechselten verwundert Blicke.

»Hat dir niemand davon erzählt?«, fragte Avery.

»Wovon?« Keira konnte das Zittern in ihrer Stimme nicht länger unterdrücken. Der Griff des Messers schnitt ihr in die Hand, so fest umklammerte sie es.

»Saligia entstammen einer Blutlinie«, sagte Brooke. »Einer deiner Eltern muss ein Ira sein. Sonst hättest du diese Kraft nicht. Wusstest du das echt nicht?«

Der Raum begann sich zu drehen. Tische, Stühle und Menschen wurden aus ihrer Umlaufbahn geschleudert und zerfielen in ihre Moleküle. Keiras Teller verschwamm vor ihren Augen und floss über die Tischkante, als das Geschwür in ihrem Magen pochend zum Leben erwachte.

Einer ihrer Elternteile sollte die gleichen Kräfte haben wie sie? Ihre Mutter war zu hundert Prozent keine Ira. Das hätte Keira gewusst. Und ihr Vater …

»Das kann nicht sein«, entwich es ihr. Das bedeutete, dass er Keira diesen Fluch vererbt hatte, wohl wissend, welche Schmerzen er mit sich brachte. Übelkeit stieg in Keira auf, als ihr diese Erkenntnis kam. Vielleicht hatte er ihre Mutter deshalb angegriffen.

Keira wurde sich schlagartig ihrer eigenen Unwissenheit bewusst. Sie wusste nicht einmal, wer ihr Vater gewesen war, geschweige denn, *was* er gewesen war. Er war ein Fremder, und doch hatte Keira womöglich mehr mit ihm gemein, als sie angenommen hatte. Jetzt saß sie einer Gruppe Mädchen gegenüber, von der Keira gehofft hatte, dass sie so war wie sie. Aber diese Saligia waren anders. Sie entstammten einer völlig anderen Welt. Einer Welt, in der ihre Eltern sie verstanden, ja selbst förderten. Keira fühlte sich dumm und naiv.

Ihr Teller flog klirrend zu Boden und zerbarst in kleine Stücke, so reflexartig schleuderte sie ihn zur Seite. Ein feuerroter Schleier fiel über ihre Augen, als sie sich von ihrem Platz erhob.

Avery und Scarlett blickten ihre neue Zimmernachbarin erschrocken an.

»Keira«, sagte Gray und stand ebenfalls auf. Ihre Augen schimmerten besänftigend. »Willst du dich nicht lieber wieder setzen?«

Der gesamte Saal starrte zum Tisch der Gruppe 107. Keira spürte ein leichtes Prickeln auf ihrer Stirn, als Gray sie eindringlich ansah. Die Superbia versuchte offenbar, Keira mit ihren Kräften zur Vernunft zu bringen. *Du bist besser als das,* schien der Hochmut ihr zuzureden.

Wenn Keira sich jetzt wieder setzte, verziehen die anderen ihr sicherlich ihr Verhalten und den zerbrochenen Teller. Doch dann schossen Keira die bruchstückhaften Erinnerungen durch den Kopf wie Blitze. Ihr schreiender Vater mit dem Messer. Ihre weinende Mutter. Die klaffende Wunde an ihrem Hals. Was war wirklich in der Nacht geschehen? Alles, an das Keira geglaubt hatte, war falsch.

Sie rammte ihr Messer so heftig in die Tischplatte, dass Scarlett neben ihr vor Schreck aufsprang. Es blieb senkrecht im Holz stecken. Mit beiden Händen zu Fäusten geballt, lief Keira aus dem Speisesaal.

ZEHN

Elliot glitt in den linken der beiden tiefen Sessel vor Ms Killingworths Schreibtisch. Wie üblich fiel sein Blick auf den Holzschnitt in der Tischkante. In feinen Schnitzereien war darin die Geschichte Adams und Evas festgehalten. Die Verbannung aus dem Paradies. Die Ursünde.

»Immer noch kein Zeichen von Caprice?«, erkundigte er sich und wischte sich die Müdigkeit aus den Augen.

»Wie vom Erdboden verschluckt«, antwortete Ms Killingworth.

Sie stand vor dem hohen Kreuzstockfenster und starrte die serpentinenartige Einfahrt herab. Dicke Regentropfen stürzten vor ihr in die Tiefe.

»Kein Auto, kein Handy, Beine wie Bauklötze«, fasste sie zusammen. »Weit kann sie nicht gekommen sein.«

»Denken Sie, *die Anderen* könnten etwas damit zu tun haben?«, fragte Elliot, obwohl er wusste, dass Ms Killingworth nicht gerne darüber sprach.

»Die haben sicherlich andere Sorgen«, blockte sie wie erwartet ab. »Ich rechne damit, dass Caprice früher oder später zurückkehrt. Sie kommt alleine nicht lange zurecht. Bald wird ihr auffallen, wie gut sie es hier hat.«

Es war ein Rätsel. Das Mädchen aus Zimmer 107 wurde seit drei Tagen vermisst. Sie war über Nacht verschwunden, hatte fast all ihre Sachen zurückgelassen. Sie musste unbemerkt über das hohe Eingangstor geklettert sein. Das Team hatte das gesamte Anwesen nach ihr abgesucht. Aber das Eingangstor war nachts verschlossen, über drei Meter hoch und endete in eisernen Spitzen, die einen aufspießen konnten. Darüberzuklettern war mehr als riskant. Vor allem für ein ungelenkes Mädchen wie Caprice.

»Ich kann heute rausfahren und mich umhören«, bot Elliot an. »Allerdings sind die Leute im Ort für gewöhnlich wenig hilfsbereit.«

»Sie mögen keine unangenehmen Fragen. Wir auch nicht«, sagte Ms Killingworth. »Ich habe Caprice' Eltern in Frankreich kontaktiert. Sie haben ebenfalls nichts von ihr gehört. Anscheinend ist sie früher öfter von zu Hause ausgerissen. Sie wollen ihre Kontobewegungen prüfen und uns Bescheid geben, sollte ihnen etwas auffallen.«

»Haben Sie die Polizei informiert?«

»Lassen Sie es mich so sagen: Ich habe dem Detective gegenüber erwähnt, dass wir eine Ausreißerin haben, und ihn darum gebeten, die Augen offenzuhalten. Wir können keine schlechte PR gebrauchen. Oder überhaupt irgendeine Art von PR.«

»Ich verstehe.«

Ms Killingworth nahm auf dem Sessel hinter ihrem Schreibtisch Platz. Er glich einem Thron. Das goldene Kopfteil in Form eines Löwenkopfes ragte weit über ihren strengen Dutt hinaus.

»Würden Sie mir einen Gefallen tun, Elliot?«

Bei Ms Killingworth klang es so, als stünde ihm die Entscheidung frei. Sie war seine Chefin.

»Wären Sie so nett, in den nächsten Tagen nach Caprice Ausschau zu halten?«, fragte sie. »Fahren Sie durch die Gegend, schauen Sie sich um. Alles, was man als Sucher macht. Sie wissen am besten, wie man eine Person findet.«

»Was ist mit den anderen Suchern?«, fragte Elliot.

»Gideon ist in Irland. Martha ist im Urlaub. Seychellen.«

»Wie schön für sie«, kommentierte Elliot trocken.

»Natürlich werde ich Sie für Ihre Mühen entlohnen.«

Die Schulleiterin tastete vorsichtig ihren Dutt ab. Nicht eine Strähne stand hervor.

»Eine Ausreißerin. Das hatten wir lange nicht mehr. Das Gegenteil sollte der Fall sein.« Sie schmunzelte. »Heute würden uns sogar die gewöhnlichen Menschen die Tür einrennen, um hier unterrichtet zu werden. Sie sind gierig, eigennützig, lechzen nach Selbstinszenierung. Man könnte meinen, die Welt sei voll von Saligia.« Ms Killingworth hielt inne.

»Aber das ist sie ja auch«, stieß sie schließlich hervor, gefolgt von einem herzhaften Lachen.

Klassischer Saligia-Humor.

»Es gibt keinen Ort, der diese Kinder besser auf die Welt vorbereitet als Canterbury«, bestätigte Elliot.

»Ohne Frage.«

Für einen Moment schien Ms Killingworth an diesem Gedanken festzuhalten. »Aber deshalb sind Sie nicht hier.«

Die Schulleiterin nahm einen Füllfederhalter in die Hand und stellte Elliot einen Scheck aus.

»Sie haben wieder ausgezeichnete Arbeit geleistet. Eine Ira. Die findet man heutzutage nicht oft«, lobte sie ihn und hielt ihm seine Bezahlung entgegen.

Als Elliot nach dem Scheck greifen wollte, zog Ms Killingworth ihre Hand zurück. Sie schien über etwas nachzudenken.

»Sie ist sehr stark, nicht wahr?«, fragte sie.

»Weitaus stärker als alle anderen Ira, die ich bisher kennengelernt habe.«

»Was hatten Sie gesagt, wer ihre Eltern sind?«

»Veila Venin, eine Krankenschwester, und ein gewisser Adam Nighy. Er verstarb vor vielen Jahren«, antwortete Elliot.

Ms Killingworth hielt den Scheck fest wie einen Köder, mit dem sie Elliot in eine Falle locken wollte. »Denken Sie, Keira könnte uns Probleme bereiten?«

»Nicht mehr als die anderen, Ms Killingworth.«

Mit dieser Aussage ergriff Elliot den Scheck.

Das Internat stellte ihm einen Schlafplatz sowie Essen zur Verfügung und übernahm seine Reisekosten. Einen Teil des Honorars, das er für Keira bekam, würde Elliot in seinen geliebten Oldtimer investieren. Der Aston Martin DB5, Baujahr 1964, war sein ganzer Stolz. Sein Vater hatte ihm das gute Stück geschenkt.

»Es war mir eine Ehre. Wie immer«, lächelte er.

Als Elliot den wertvollen Zettel in die Innentasche seines Jacketts steckte, gefror ihm allerdings das Lächeln auf dem Gesicht. Durch das Fenster hinter Ms Killingworth sah er eine kleine Person sicher und bestimmt die Einfahrt hinuntermarschieren. Keira.

Elliot versuchte, sich nichts anmerken zu lassen. Ms Killingworth sollte nicht mitbekommen, dass ihr neuester Fang drauf und dran war, davonzuschwimmen. Ruhig richtete er sich auf und fuhr sich mit den Händen über das Jackett.

»Wenn Sie mich entschuldigen würden. Ich habe noch etwas Dringendes zu erledigen.«

ELF

»Keira!«

Elliots Aston Martin rollte im Schritttempo neben Keira her, während diese im strömenden Regen die Einfahrt entlangstampfte.

»Jetzt bleib mal stehen!«, rief er ihr aus dem Fahrerfenster zu.

Keira erfüllte ihm diesen Wunsch schneller, als Elliot auf die Bremse treten konnte.

»Und dann? Erzählst du mir noch mehr Märchen?«, fuhr sie ihn an.

Der Zorn sprühte aus Keiras Augen, als ihr Blick ihn regelrecht erstach. Regentropfen prasselten auf ihren Kopf nieder und rannen ihr Gesicht herab.

Elliot hatte keine Ahnung, wovon Keira sprach, aber er spürte direkt die Wut auf sich überspringen. Er krallte die Hände fest um das Lenkrad, als sein Magen sich zusammenzog wie ein Vakuum.

»Ganz ruhig. Das lässt sich sicherlich alles klären«, sagte er.

»Wieso hast du mir nicht gesagt, dass mein Vater ein Ira war?«

Elliot biss die Zähne aufeinander, als die Wut kochend heiß in ihm aufstieg. Sein Atem ging schneller. Das Blut rauschte ihm in den Kopf. Seine Fingerknöchel traten unter dem festen Griff weiß hervor.

»Ich weiß nichts über ihn.«

»Lüg mich nicht an!«, schrie Keira. »Du hast mir ein Jahr hinterherspioniert und weißt absolut nichts über meinen Vater?«

Elliot wusste, dass er lange tot und daher für ihn nicht relevant war.

»Du wusstest, dass Saligia von einer Blutlinie abstammen. Du wusstest, dass er auch diese … diese Krankheit hatte.«

Keira schlug fest auf die Motorhaube seines Oldtimers.

»Hör auf!« Als wäre er aus seinem eigenen Körper gefahren, stand Elliot plötzlich neben seinem Auto und baute sich vor Keira auf. Wenn dieses Gör noch ein Mal seinen Wagen anrührte, konnte er für nichts mehr garantieren.

»Du hast mir stolz von deiner Suche nach Saligia erzählt«, sagte Keira. »Ganz toll machst du das. Wo neunundneunzig Prozent der Schüler direkt von ihren Eltern herchauffiert werden.«

»So einfach ist das nicht«, widersprach Elliot und bemühte sich, nicht laut zu werden.

Normalerweise hätte es keinen Grund zur Aufregung gegeben. Aber dies war kein gewöhnlicher Streit. Keiras Kräfte wirkten wie Brandbeschleuniger.

»Du hast keine Ahnung von meinem Job. Du weißt nicht, wie schwierig es ist, Saligia zu finden, die nicht seit Generationen auf diese Schule gehen.«

Elliot presste die Kiefer fest aufeinander, bevor er etwas sagte, das er später bereute. Die Worte kratzten aufgeregt an seinem Gaumen. Ohne ihn wüsste Keira nicht einmal, dass sie eine Saligia war. Wagte sie es tatsächlich, ihm Vorwürfe zu machen?

»Macht dich das wütend?«, stachelte Keira ihn an. »Bist du wütend? Stell dir vor, du würdest dich jeden Tag so fühlen. Jeden verdammten Moment deines Lebens.«

Statt Mitleid mit ihr zu haben, regte Elliot das wehleidige Gejammer auf. Er wusste, dass Keiras Kräfte ihn so fühlen ließen, und doch konnte er nichts dagegen unternehmen.

»Was erwartest du von mir?« Er packte sie so fest an den Schultern, dass ein Ruck durch Keiras Körper ging. »Was willst du von mir hören?«

Elliots Finger gruben sich hart in ihre Schultern. Er würde ihr wieder Verstand in den Körper rütteln. Er hatte genug von ihren Eskapaden.

»Ich weiß nicht, wer dein Vater war. Vielleicht wurde er nie gefunden. Ich weiß es nicht.«

Mit einem kräftigen Ruck schubste er Keira von sich. Sie stolperte und landete rücklings im nassen Schotter der Einfahrt.

»Aber wenn du so enden willst wie er, dann geh doch. Geh!«

Dann ergriff Elliot sie erneut und zog Keira mit einer groben Bewegung auf die Beine. Er wollte ihr wehtun. *Sie* wollte, dass er ihr wehtat.

»Aber erwarte nicht, dass ich dir hinterherlaufe. Wenn du jetzt gehst, brauchst du nicht mehr zurückzukommen, verstehst du mich?«

Keira sackte bei seiner Drohung unter Elliots Händen zusammen. Ihre bebende Wut verwandelte sich in ein zitterndes Schluchzen. Keira entglitt ihm und fiel auf die Knie. Sie vergrub ihr Gesicht in den Händen. Tränen mischten sich unter die Regentropfen.

Keiras Zorn ertrank in ihrer Verzweiflung. »Wieso kann ich nicht wie alle anderen sein?«

Die Wut wich mit jedem ihrer Worte aus Elliots Körper. Seine Muskeln entspannten sich und seine Organe schmerzten nicht länger. Fassungslos blickte er auf seine Hände. Saligia brachten hervor, was sich tief im Inneren eines Menschen verbarg. Fast hätte er Keira verletzt.

Er ging vor ihr in die Hocke. »Keira.«

Sie reagierte nicht.

»Ich kann dir deine Fragen nicht beantworten. Ich weiß nur, dass Ira am Anfang immer unter ihren Fähigkeiten leiden. Aber du musst damit aufhören, die anderen und dich selbst dafür zu bestrafen.«

Keira blickte Elliot mit ihren schwarzen Augen an. Die Tränen hatten das gefährliche Funkeln darin weggeschwemmt. »Ich bin nicht wie die da drinnen.«

Der Sucher fasste ihr vorsichtig an die Schulter, als er erkannte, dass keine Gefahr mehr von ihr ausging.

»Du kennst sie doch kaum. Gib ihnen eine Chance. Und dir selber auch«, sagte er. Dann deutete er auf das Emblem auf Keiras Pullover. »Was denkst du, warum der Bär für die Ira steht?«

Sie zuckte mit den Schultern. »Weil er dir mit einem Schlag den Kopf abtrennen kann?«

Zum ersten Mal konnte Elliot wieder lächeln. »Interessante Theorie, aber falsch. Er steht für Instinkt und Mut. Er ist stärker als all die anderen Tiere.«

»Und gefährlicher.«

»Wenn er sich bedroht fühlt. Aber der Bär ist auch anpassungsfähig. Ein echter Überlebenskünstler.«

Elliots Worte schienen langsam zu Keira durchzudringen. Sie blickte nachdenklich auf den goldenen Aufnäher.

»Los.« Elliot half ihr auf. »Du willst doch nicht am ersten Tag den Anschluss verpassen, oder?«

Bei diesen Worten biss sich Keira auf die Unterlippe. »Ich habe mich komplett danebenbenommen.«

»Hat ja keiner mitbekommen.«

»Nein, eben beim Frühstück«, sagte sie. »Der zerbrochene Teller … Und das Messer.«

Elliot verzog den Mund. »Will ich wissen, wovon du redest?«

Wie viel konnte innerhalb von dreißig Minuten schiefgehen?

Er fuhr sich nachdenklich mit der Hand durch das nasse Haar. Keira drohte, in das gleiche Muster zu verfallen wie in Parsons End. Sie litt mehr unter ihrer Vergangenheit, als er angenommen hatte. Die jahrelange Ausgrenzung, der Tod ihres Vaters, ihre Andersartigkeit. All dies saß tief in ihr fest und schien jeden ihrer Gedanken zu steuern. Keira sah nur, was sie von den anderen unterschied, nicht, was sie vereinte.

Beim Anblick ihres zweifelnden Gesichts kam Elliot eine Idee. Er wusste, wie er Keira verdeutlichen konnte, dass auch sie hierhin gehörte.

ZWÖLF

Kurz darauf öffnete Elliot die schwere Tür zur Bibliothek und ließ Keira den Vortritt. Die Regale an den Wänden waren bis auf den letzten Zentimeter mit Büchern vollgestellt. In der Luft hing der muffige Geruch von alten Einbänden und vergilbtem Papier. Keira hatte sich noch nicht daran gewöhnt, dass alle Räume in diesem Gebäude überdimensional groß waren. Als hätte ein Riese den Bauplan erstellt und zu spät gemerkt, dass die Menschen viel kleiner waren als er.

Die Bibliothek erhob sich über zwei Stockwerke. Über ihren Köpfen traten vereinzelt Sonnenstrahlen durch das Oberlicht. In streifenförmigen Bündeln durchschnitten sie die Bibliothek und fielen auf den Lesebereich in der Mitte des Raumes. Dort saß ein Junge in einer dunkelblauen Schuluniform und blätterte schweigsam in einem Buch.

Ohne ihn anzusehen, konnte Keira seinen Blick auf ihrem Gesicht spüren, als sie durch den Raum schritt. Er glühte auf ihrer Haut wie die Hitze eines Kaminfeuers. Unsicher schob sie einige feuchte Haarsträhnen hinter ihr Ohr und blickte zu dem Saligia herüber.

Die Augen des Jungen waren so bestechend blau, dass selbst der Himmel nicht mithalten konnte. Ein ihr unbekanntes Kribbeln durchfuhr Keiras Körper und ließ sie schnell wieder zu Boden blicken.

»Die Bibliothek ist ein Gemeinschaftsraum und für alle Saligia zugänglich«, erklärte Elliot, der Keiras Reaktion anscheinend bemerkt hatte. »Komm. Es gibt hier noch andere schöne Dinge zu sehen.«

Spätestens jetzt lief Keira rot an.

Langsam schob der Sucher sie zu der Treppe und führte sie auf die Galerie im ersten Stock. Die kupfergrüne Wand hing voll mit Gemälden und Porträts. An opulente Malereien von Adligen, Bischöfen, Industriellen und Generälen reihten sich gerahmte Schwarz-Weiß-Fotografien.

»Die Ahnengalerie«, verkündete Elliot.

»Das sind alles Saligia?«

Elliot nickte und deutete mit der Spitze seines Schirms auf ein Gemälde, das ein Dutzend Männer in dunklen Fracks, weißen Westen und Krawattenschals zeigte. Im Hintergrund ragte das stattliche Gebäude der CSE empor.

»Das sind die Gründer. Sie haben dieses Internat zusammen mit ihren Familien aufgebaut. Viele der Schüler entstammen ihren Blutlinien«, erklärte Elliot. Er zeigte auf einen Mann mit dunklem, lockigem Haar. »Darf ich vorstellen? Lord Edward Mordred. Ira.«

Der Maler musste außerordentlich talentiert gewesen sein. Lord Mordreds Augen blitzten Keira genauso finster entgegen, wie sie es von einem Ira erwartete.

Elliot ging zwei Schritte weiter und deutete auf die Fotografien. Einige der Gesichter kamen Keira bekannt vor, aber sie konnte sie nicht den richtigen Namen zuordnen.

»Das sind die Mitglieder des Rates. Viele von ihnen waren auf dieser Schule und sind heute großzügige Förderer der CSE.«

Elliot zeigte auf ein Porträt zu Keiras Rechten. Darauf war ein schneidiger Mann mit einem Zahnpastalächeln zu sehen. Er sah aus wie ein Schauspieler. Nein. Das *war* ein Schauspieler. Er spielte die Hauptrolle in dieser amerikanischen Anwaltsserie, die seit Jahren erfolgreich im Fernsehen lief.

»Das ist Gray Sharpe. Grays Vater.«

»Er hat seine Tochter nach sich selbst benannt?«

Keira wusste selbst nicht, warum sie das mehr erstaunte als die Tatsache, dass der Vater ihrer Mitbewohnerin ein erfolgreicher Schauspieler war.

Elliot zuckte mit den Schultern. »Superbia. Dreimal darfst du raten, wie Grays kleiner Bruder heißt.«

Keira erkannte ihre Zimmernachbarin in dem Gesicht des Mannes wieder. Das breite Lächeln. Das souveräne Auftreten. Die symmetrischen Gesichtszüge. Als hätte man den Genpool der Familie Sharpe vorab im Labor perfektioniert. Zwar fand Keira es nett, dass Elliot ihr mehr über die Familie ihrer Mitbewohnerin erzählte, allerdings wusste sie nicht, wie ihr das weiterhelfen sollte.

Als Nächstes deutete er auf das Bild einer jungen Frau mit dunklem Teint und warmen braunen Augen. »Das ist Averys Mutter. Bis zu ihrem fünfzehnten Lebensjahr hatte sie keine Ahnung, dass sie eine Saligia ist. Dann traf sie auf einen der Sucher.«

Jetzt kamen sie der Sache näher.

»Heute arbeitet sie erfolgreich bei der *Royal Bank of Scotland.* Es gibt keine besseren Verkaufstalente als die Avaritia. Sobald sie die Habgier in einem geweckt haben, kann man nur noch zuschlagen.«

Moment. Einen Satz zurück.

»Sie missbrauchen ihre Kräfte für ihre Karriere?«, fragte Keira.

»Missbrauchen ist nicht das richtige Wort. Ich würde sagen, dass sie ihre Fähigkeiten zu ihrem Beruf gemacht hat. Jemand, der besonders athletisch ist, wird Sportler. Jemand, der sehr neugierig ist, wird Journalist. Und jemand, der die Habgier in einem wecken kann, wird Anlageberater.«

»Sie missbrauchen also ihre Kräfte«, schloss Keira.

»Wie du meinst. Nenn es, wie du willst. Aber die Kraft allein reicht nicht. Man muss es wollen und alles dafür tun. Das ist harte Arbeit.«

»Hast du meinen Stundenplan gesehen?«

Keiras Plan war so voll, dass gerade einmal die Umrisse in ihrem Gedächtnis hängen geblieben waren. Sie musste mehr Kurse belegen als die anderen, um aufzuholen. Ob Ms Killingworth wusste, dass ein Tag grundsätzlich vierundzwanzig Stunden hatte und sich nicht nach Bedarf verlängern ließ?

Auf dem Stundenplan fanden sich neben traditionellen Schulfächern Kurse wie *Psychologie und Physiologie*, *Rhetorik* oder *Selbstwahrnehmung und Selbstreflexion*. Für Keira klang das eher nach Psychiatrie als nach Schule.

»Struktur ist wichtig«, sagte Elliot lächelnd. Natürlich amüsierte ihn das. Er ging hier nicht zur Schule. »Du wirst lernen, deine Kräfte zu verstehen. Das bedeutet auch, andere und dich selber zu verstehen. Wenn du das schaffst, stehen dir alle Türen offen. Es ist dir überlassen, für welche du dich letztendlich entscheidest.«

Elliot trat einen Schritt zurück und betrachtete die Wand. »Sieh dir das an. Es gibt unzählige Möglichkeiten. Das ist jetzt deine Familie, und sie wird dafür sorgen, dass du an dein Ziel kommst.«

Langsam ergab alles für Keira Sinn. Die Schule war eine Art elitärer Verein. Um dazuzugehören, musste man seine Kräfte unter Kontrolle bekommen. Darum beschränkte sich Keiras Tagesplan auf genau drei Aktivitäten: Essen, Schlafen, Lernen. War man ganz oben angekommen, wurde man selbst zum Förderer künftiger Generationen.

Keira betrachtete die Gesichter der Ahnen. Adlige, Generäle, Prominente, Politiker, Manager. An der CSE würde man sie unterstützen, nicht ausgrenzen. Der Gedanke, dass man es als Saligia weit bringen konnte, erfüllte sie mit Zuversicht.

»Da fällt mir ein, ich habe noch etwas für dich«, sagte Elliot. Er griff in seine Jacketttasche und zog einen Gegenstand hervor, der nicht größer war als seine Handinnenfläche.

»Ein Taschenspiegel?«, fragte Keira.

»Den soll ich dir von Ms Killingworth geben. Jeder hier hat einen. Wenn du das Gefühl hast, dass deine Kräfte dich übermannen, dann sieh in den Spiegel.«

»Und dann?«

»Hast du dich schon einmal gesehen, wenn du zornig bist?«, warf Elliot zurück.

Hatte sie. Ihr eigener Anblick, wenn sie wütend war, erschreckte Keira jedes Mal. Sie drehte die ovale Scheibe in ihrer Hand. Auf der Rückseite war das Emblem der Schule eingraviert. Das war jetzt ihr Zuhause, ihre neue Familie.

»Ich würde länger bleiben, aber ich muss leider heute wieder abreisen. Die Arbeit wartet«, sagte Elliot.

»Geht es um Caprice?«, fragte Keira.

Elliot musterte sie aus den Augenwinkeln. »Wer hat dir davon erzählt?«

»Ist das wichtig?«

Der Sucher sah Keira mit hochgezogenen Augenbrauen an, als könnte er dadurch ihre Gedanken lesen.

»Wir arbeiten dran«, sagte er. »Aber es wäre gut, wenn du in Ms Killingworths Gegenwart nicht darüber sprichst. Sie kann Gerüchte nicht ausstehen und das Personal soll davon nichts mitbekommen.«

»Warum?«

»Du wirst sehen, dass die Dinge hier manchmal anders gehandhabt werden, als du es gewohnt bist«, sagte Elliot. »Niemand darf wissen, was hinter den schönen Eisentoren dieser Schule vor sich geht. Und es ist Ms Killingworths Aufgabe, dafür zu sorgen, dass das so bleibt.«

Nachdenklich blickte Keira auf den Spiegel in ihrer Hand.

»Du solltest dir darum keine Gedanken machen«, sagte Elliot. »Es ist wichtig, dass du dich so schnell wie möglich einlebst. Denk daran: Alle hier haben das gleiche Ziel wie du. Sie wollen ihre Kräfte kontrollieren.«

Keiras Blick wanderte erneut über die Ahnengalerie. Ihre Vorgänger blickten stolz und würdevoll auf sie herab.

»Versprichst du mir etwas?«, fragte sie.

»Wie könnte ich dir einen Wunsch abschlagen? Nachdem du so gut zu mir warst.«

»Sehr witzig.«

»Ich bin nicht nachtragend«, sagte Elliot lächelnd. »Vergeben ist viel einfacher.«

Er schwang den Regenschirm locker im Kreis, bis Keira ihm das Teil aus der Hand schnappte und ihn ernst ansah.

»Na gut. Was kann ich für dich tun?«, gab der Sucher nach.

»Wirst du auf deiner Reise versuchen, mehr über meinen Vater herauszufinden?« Keira atmete tief durch. »Ich weiß, dass es viel verlangt ist. Ich würde nur gerne mehr wissen, wo er herkam. Wer er wirklich war. Vielleicht hilft mir das, mit der Sache abzuschließen.«

Elliot musterte sie für einen Moment. Sie wich seinem Blick aus und ließ den Schirm gegen ihre Schuhspitze baumeln. Vielleicht hatte Elliot recht. Manchmal ließ man die Vergangenheit ruhen und blickte nach vorne. Vergeben und vergessen. In diesem Fall kettete sich die Vergangenheit allerdings wie eine Fessel an Keira. Sie musste wissen, was vor dreizehn Jahren geschehen war.

»Gibst du mir dann meinen Regenschirm zurück oder willst du mich damit verprügeln?«, fragte Elliot.

Keira rollte mit den Augen. »Hier.«

Er nahm seinen Schirm und stützte sich darauf ab. »Ich sag dir was. Du konzentrierst dich auf deine Aufgaben und folgst schön deinem übervollen Stundenplan.

Ich begebe mich in der Zwischenzeit auf die Suche nach mehr Informationen über deinen Vater. Und in ein paar Wochen treffen wir uns wieder und berichten einander von unseren Fortschritten. Abgemacht?«

»Abgemacht«, sagte Keira.

»Vielleicht bringe ich direkt den Jungen deiner Träume mit.«

Elliot konnte sich anscheinend nie einen dummen Spruch verkneifen. Oder zwei …

»… andererseits ist das vielleicht nicht nötig.«

Er schielte über die Balustrade hinab zum Lesebereich, in dem der Luxuria mit den unglaublich blauen Augen saß.

Elliot traf einen wunden Punkt. Keira war nicht gerade erfahren im Umgang mit Jungen.

»Keine Angst«, grinste der Sucher und pikste Keira mit dem Schirm in die Seite, als wäre sie eine verendete Ratte. Elliot konnte von Glück reden, dass Keira ihm das Teil nicht aus der Hand schlug.

»Sie sind auch nur Saligia«, sagte er.

Keira unterdrückte ein Seufzen. In den Augen der Jungs war sie nicht mehr als ein blasses, Angst einflößendes Mädchen. Keira bezweifelte, dass sich das jemals ändern würde. Selbst hier nicht.

DREIZEHN

Das Gefühl von Keiras Wutausbruch wirkte in Elliots Körper nach, als er in seinem Wagen durch das Haupttor fuhr. Es war wie das schmerzhafte Ziehen eines Muskelkrampfes. Innerhalb von Sekunden hatte Keira ihn rasend wütend gemacht.

Jetzt war ihm klar, warum sich viele Ira früherer Generationen für eine Militärkarriere entschieden hatten. Obwohl sie diese Gefühle mit ihren übernatürlichen Kräften hervorbrachten, waren sie roh und echt.

Elliot konnte nicht fassen, dass er Keira zu Boden gestoßen hatte. Ihm tat leid, dass er sie nach so kurzer Zeit alleine an der Schule zurückließ, aber seine Arbeit in Canterbury war getan. Elliot war ein Sucher und kein Saligia. Das war seine Bestimmung.

Als er ein kleiner Junge gewesen war, hatte sein Vater immer wieder das gleiche Spiel mit ihm gespielt: »Versteck das Geheimnis.« Zu Anfang sollte Elliot sich ein Geheimnis überlegen. Es konnte eine Lüge sein oder ein wahres Ereignis. Wichtig war, dass nur er darum wusste. Dann gab sein Vater ihm einen Stift und bat Elliot, das Geheimnis aufzuschreiben und den Zettel gut zu verstecken. Schließlich stellte er seinem Sohn Fragen, um ihm das Geheimnis zu entlocken. Er las Elliots Mimik, beobachtete seine Reaktionen, ließ nicht locker, bis er herausfand, wo der Zettel versteckt war.

Nach einiger Zeit erkannte Elliot, dass es bei dem Spiel nicht darum ging, wie das Geheimnis lautete, sondern wo er es versteckte. Er hörte auf, es aufzuschreiben, und bewahrte es sicher in seiner Erinnerung auf. Aber sein Vater machte weiter. Er stellte seine Fragen, warf sie beiläufig im Gespräch ein oder übte Druck auf seinen Sohn aus. Er gab erst nach, als Elliot einknickte oder sich verplapperte. Von Mal zu Mal brauchte Mr Hammond länger, um Elliots Geheimnis aufzudecken. Aber das reichte dem Jungen nicht.

Da verstand er, dass auch das *Wo* nicht der Kern des Spiels war, sondern das *Wie*. Also überlegte Elliot sich ein neues Geheimnis. Ein ganz einfaches. Dann sagte er seinem Vater, dass es gar keines gäbe. Er habe genug von dem Spiel und nichts zu verraten. Das war die Lösung. Ein gutes Geheimnis ist nur eines, von dessen Existenz niemand anderes weiß.

In dem Moment, in dem Elliot dies begriff, war er dafür bereit, in die Vorgeschichte seiner Familie eingeweiht zu werden. Mr Hammond hatte den Job als Sucher wenige Jahre nach Elliots Geburt aufgegeben. Es war an der Zeit, die Berufung seinem Sohn zu übertragen, und nach dem Wirtschaftsstudium wurde Elliot zum Sucher der School of Excellence. Das lag mittlerweile fünf Jahre zurück.

Die Schule war nur noch ein Miniaturmodell in seinem Rückspiegel, als Elliot sich aus Canterbury entfernte. Er hatte jedes Mal gemischte Gefühle, wenn er die CSE verließ. Zum einen bot die Schule ihm ein Zuhause, zum anderen war sie der einzige Ort, an dem Elliot der Außenseiter war. Während die Saligia auf die CSE kamen und nach wenigen Jahren ihren Abschluss in den Händen hielten, war Elliot ein ewiger Gast.

Eines Tages würde er das alles hinter sich lassen. Wie sein Vater würde er sich einen Posten in einem Ministerium oder einer Behörde verschaffen und sich in London niederlassen. Aber dazu war Elliot noch nicht bereit. Noch machte es ihm Spaß, rastlos durch das Land zu reisen.

Anscheinend war er nicht der Einzige, der die CSE gerne hinter sich ließ und lieber die Freiheit genoss. Caprice war vor wenigen Tagen weggelaufen und seitdem wie vom Erdboden verschluckt. Gut, richtig nach ihr gesucht hatte man bisher nicht. Elliot konnte nachvollziehen, dass Ms Killingworth das Verschwinden einer ihrer Schülerinnen nicht über den Marktplatz schrie. Sie wollte kein Aufsehen erregen. Weder bei den Anwohnern noch bei dem Rat der CSE, der sie im Nu absetzen konnte. Aber mittlerweile waren drei Tage vergangen und niemand hatte ein Lebenszeichen von Caprice erhalten.

Elliot fuhr sich gedankenverloren mit der Hand durch das kurze Haar. Caprice war über Nacht verschwunden. Ihren Mitbewohnerinnen fiel erst am nächsten Morgen auf, dass sie weg war. Keine von ihnen hatte eine Ahnung, wo das Mädchen steckte.

»Wo willst du hin?«, murmelte Elliot und schaltete das Radio ein, um die Stille in seinem Wagen zu übertönen. Er tippte im Rhythmus mit den Fingern auf das Lenkrad und ließ den Blick über die grüne Landschaft schweifen. Schafe grasten auf den Hügeln und Hängen. Viel zu erleben gab es hier für Jugendliche nicht. Elliots Finger verharrten auf dem Lenkrad, als ihm ein neuer Gedanke kam. Vielleicht lautete die Frage nicht, wohin Caprice verschwunden war, sondern warum sie weggelaufen war.

Teil II

DAS RITUAL

VIERZEHN

Keira sprintete die Treppe zum ersten Stock des Westflügels hinauf. Sie war sich sicher, dass sie gerade irgendeine Unterrichtseinheit verpasste. Hier konnte sie nicht schwänzen und nach Hause gehen, wenn ihr danach war. Das war jetzt ihre Schule *und* ihr Zuhause.

Leider war Keira entfallen, was als Nächstes auf dem Programm stand. Sie geisterte durch die Gänge wie ein verlorenes Schlossgespenst. Ein Gespenst in feuchter Straßenkleidung. Sie musste raus aus den Klamotten und endlich ihre Uniform anziehen.

Keira bog gerade in den hinteren Abschnitt des Westflügels, als Stimmengewirr aus Zimmer 107 zu ihr drang.

»– bitte noch etwas lauter, damit es auch alle im Gebäude mitbekommen«, sagte Brooke.

Als Keira nur noch wenige Meter entfernt war, schob jemand die Tür zu, doch sie sprang aus dem Schloss und ging einen Spaltbreit auf.

»Beruhigt euch«, drang Grays Stimme aus dem Raum.

Keira spähte durch den offenen Schlitz. Die Superbia stand in der Mitte des Zimmers. Ihr blondes Haar fiel ihr in perfekter Symmetrie über den Rücken. Nicht eine Strähne saß schief. Vor ihr saßen Avery und Brooke auf einem der Betten.

»Ich finde nur, dass wir vorsichtig sein sollten«, sagte Avery.

»Aber das ist unser Ritual«, erwiderte Gray. »Warum sollten wir jetzt eine Ausnahme machen?«

»Wegen Caprice«, antwortete Avery. »Ich dachte, das wäre offensichtlich.«

Caprice? Das war doch das verschwundene Mädchen. Keira massierte unruhig ihre Hände.

»Was hat das denn jetzt damit zu tun?«, warf Brooke ein. Der genervte Unterton schien ihr angeboren zu sein.

»Wenn Killingworth was von der Sache mitbekommt, dann sind wir geliefert«, sagte Avery. Ihre Stimme zitterte hörbar beim letzten Wort.

»Ach, Ave, du bist immer so verkrampft. Entspann dich mal.« Das war Scarlett.

Keira musste sich zurückhalten, um nicht mit ihren Fingerknöcheln zu knacken. Gab es irgendwen, der nicht an diesem Gespräch beteiligt war? Lazy. Die hörte sich das Ganze vermutlich von ihrer Matratze aus an – oder schlief.

Keira wich einen Schritt zurück, damit die anderen sie nicht entdeckten. Was wusste sie eigentlich über ihre Mitbewohnerinnen? Sie standen für fünf der *Tod*sünden. Heilige waren sie bestimmt nicht. Obwohl vor allem Lazy nicht den Eindruck machte, eine Bedrohung zu sein. Höchstens für sich selbst.

»Ave«, begann Gray. »Ms Killingworth wird nichts davon mitbekommen. Mach dir deswegen keine Sorgen.«

Ein Seufzen ertönte. Avery ließ sich nur schwer umstimmen.

Zu gern wollte Keira wissen, was ihr so viel Unbehagen bereitete. Und was hatte das alles mit Caprice' Verschwinden zu tun? Am Frühstückstisch hatten die Mädchen so getan, als wüssten sie von nichts.

»Also bleibt alles beim Alten?«, fragte Scarlett.

»Wir machen weiter wie besprochen«, bestätigte Gray. »Ich kümmere mich um den Rest.«

Sie war eindeutig die Anführerin der Gruppe. Jede ihrer Aussagen klang so bestimmt, als verkündete sie eines der zehn Gebote.

»Wir müssen los«, sagte Avery dann. »Wir kommen zu spät zum Unterricht.«

Ein hektisches Rascheln ertönte. Keira wich schnell zurück, als sie Schritte hörte. Im nächsten Moment flog die Tür auf und Avery kam aus dem Zimmer geschossen. In ihrer Eile lief sie fast in Keira hinein. Sie trug einen gelben Trainingsanzug und goldene Sneakers.

Keira war sich uneins, ob das Outfit brillant oder total bescheuert aussah.

»Keira«, grüßte die Avaritia sie überrascht. »Alles okay?«

»Ja. Warum?«, antwortete Keira schnell.

»Na, wegen der Sache eben.«

»Eben?«

Ein großer Felsbrocken legte sich auf Keiras Brustkorb. Hatte sie sich zu auffällig verhalten?

Averys Lächeln erzitterte. »Beim Frühstück?«

»Oh. Das.« Keira war erleichtert und beschämt zugleich. Das letzte Mal hatten sie einander gesehen, als sie wütend das Frühstücksmesser in den Tisch gerammt hatte. Mittlerweile ragte besagtes Messer spitz aus ihrem Gewissen.

»Tut mir leid, wenn ich euch Angst gemacht habe.«

»Keine Sorge«, sagte Gray und trat in enger Sportkleidung aus dem Zimmer.

Ihre perfekte Zahnreihe kam zum Vorschein, als sie Keira verständnisvoll anlächelte. Was auch immer sie zu verbergen hatten, die Mädchen ließen sich nichts anmerken. Vor wenigen Sekunden hatten sie heftig diskutiert, jetzt schienen sie so gelassen wie Buddhas im Nirwana.

»Wir wollten gerade zum Sport. Und du?«, fragte Avery.

»Ebenfalls«, antwortete Gray für sie und hielt Keira einen zerknüllten Zettel hin. Ihr Stundenplan. »Den hast du im Speisesaal vergessen.«

Zusammen mit meiner Selbstachtung, dachte Keira und biss sich auf die Unterlippe.

Das Lächeln auf Grays Gesicht hatte sich hingegen fest eingemietet. »Mach dir keinen Kopf. Wir haben alle unsere Momente«, sagte sie. »Versuch vielleicht, nicht jedes Mal was kaputt zu machen.«

Momente. Das war eine Art, es zu beschreiben. Klang viel besser als *aggressiver Wutausbruch.* Offensichtlich verübelten ihr die Mädchen den Anfall nicht.

»Danke«, sagte Keira und nahm den Stundenplan entgegen.

Sie wusste nicht, was sie befremdlicher fand: den Streit, den sie soeben belauscht hatte, oder das freundliche Verhalten der Mädchen. Trotzdem war sie erleichtert, dass ihre Mitbewohnerinnen ihr so schnell verziehen.

»Worauf wartest du?«, fragte Gray. »Zieh dich um. Es wird Zeit, dass du die Jungs kennenlernst.«

FÜNFZEHN

Die Rasenfläche hinter dem Gebäude der CSE glänzte grün, als das Sonnenlicht durch die Wolkendecke brach. Dicht wachsende Buchen und Eichen reihten sich entlang der Mauer, die das Grundstück eingrenzte, und boten zusätzlichen Schutz vor fremden Blicken.

Die Mädchen überquerten die Terrasse und liefen den Abhang hinunter in Richtung Sportplatz. Das Fußballfeld war von einer Aschenbahn umgeben, auf der sich einige Schüler bereits warm liefen. Wie bei den Uniformen spiegelten sich ihre Hauptlaster in den Farben ihrer Sportoutfits wider. Es sah aus, als wäre eine Konfettikanone explodiert.

Lazy lag noch immer in ihrem Bett, aus dem sie sich seit Keiras Ankunft keinen Millimeter bewegt hatte, und Brooke war unbeirrt vorangegangen. Scarlett, Gray und Avery hingegen hatten auf Keira gewartet, während diese in ihre Sportsachen geschlüpft war. Sie folgte Grays Beispiel und trug Shorts und T-Shirt statt Trainingsanzug. Die neue Schulkleidung gab ihr das Gefühl von Zugehörigkeit. Als könne sie sich damit eine neue Identität überstreifen, die in keiner Verbindung zu ihrem alten Leben stand.

Keira band sich im Gehen ihre schwarzen Haare zu einem Pferdeschwanz. Nach dem Regenschauer war die Luft schwülfeucht und klebte auf ihrer Haut.

»Taran!«, rief Scarlett und trabte auf einen Jungen zu.

Keira erkannte ihn erst auf den zweiten Blick wieder. Das war der Typ mit den himmelblauen Augen, der sie in der Bibliothek angestarrt hatte. Und jetzt lag Scarlett in seinen Armen.

»Ist das etwa ihr Freund?«, fragte Keira.

»Taran? Nein«, lachte Avery.

Dafür, dass er und Scarlett kein Paar waren, gaben sie sich ziemlich innig. Anscheinend war das normal bei den Luxuria. Vermutlich war ihr Scarlett deshalb im Speisesaal so nahe gekommen.

Tarans und Keiras Blicke trafen sich, als er sich aus der engen Umarmung löste. Aus der Ferne sah es so aus, als würde er ihr zuzwinkern.

»Enzo«, begrüßte Scarlett derweil einen weiteren Jungen und gab ihm einen fetten Kuss auf den Mund.

»Das ist also auch nicht ihr Freund?«, fragte Keira.

»Du gewöhnst dich dran, glaub mir.«

In diesem Moment lief ein Junge in einem blutroten Trainingsanzug in Keiras Blickfeld. In ihrem Brustkorb wurde es auf einmal ganz eng. Rote Kleidung. Er war ein Ira.

»Das ist Ian«, sagte Gray, als sie Keiras Blick bemerkte. »Der einzige andere Ira unter den Schülern.«

Keira musterte den Jungen, der das gleiche Hauptlaster trug wie sie. Es war, als sähe sie zum ersten Mal einen Drachen. Einerseits wollte sie näher treten und ihn sich genauer anschauen. Zugleich sagte ihr eine innere Stimme, dass sie besser weglief, bevor er Feuer spie.

Ian hatte eine bullige Körperhaltung. Seine dichten Augenbrauen verformten sich zu haarigen Dreiecken, als er Keira mit einem finsteren Blick anstarrte. Offenbar konnte er auf ihre Verstärkung verzichten.

»Was ist mit den Mädchen?«, fragte sie.

»Du bist die einzige weibliche Ira«, antwortete Gray und bestätigte damit ihre Befürchtungen.

Keira rieb unruhig ihre Hände, als sie auf den Sportplatz traten. Sie spürte die Blicke der anderen Saligia auf ihrem Gesicht. Ihre Mitschüler sahen neugierig zu ihr herüber, während sie ihre Runden um das Fußballfeld drehten. Keira war wortwörtlich der Mittelpunkt ihrer Aufmerksamkeit.

»Geht das noch ein wenig langsamer?«, beschwerte sich der Sportlehrer über den gemächlichen Schritt der drei Mädchen und kam auf sie zu. Seine Stimme war rau, als hätte er in der letzten Nacht stundenlang in einem Pub Karaoke gesungen.

»Wir sind doch schon da, Mr Wellesley«, erwiderte Gray mit einem charmanten Lächeln.

»Die Schmeicheleien kannst du dir sparen, Sharpe.«

Keira musterte den Lehrer argwöhnisch. Er war eine einzige Palette aus Rottönen. Rotblondes Haar, weinrote Nase, blutroter Trainingsanzug, feuerrote Augen. Moment. Dieses Funkeln in den Augen. Auch er war ein Ira. Keira wich einen Schritt zurück, als sich der Sportlehrer ihr zuwandte.

»Und du musst Keira sein.« Seine Mundwinkel hingen in langen Falten das Kinn herab. »Owen Wellesley. Sportlehrer. Fitness Coach. Motivator«, stellte er sich vor.

Er betastete die Taschen seines Sportanzuges, als hätte Keira ihn dazu aufgefordert, sich auszuweisen. Dann griff er in die linke Tasche seiner Trainingsjacke, zog einen zerknitterten Zettel hervor und reichte ihn ihr. »Dein Trainingsplan.«

»Oh. Ich hab schon einen.«

»*Trainings*plan«, knurrte der Lehrer. »Nicht Stundenplan.«

Was? Noch mehr Unterricht? Keira nahm das Stück Papier perplex entgegen.

»Du bist doch eine Ira, oder nicht?«, fragte er, während sie auf den Trainingsplan starrte, als handelte es sich dabei um einen Haftbefehl.

Keira nickte und bekam dafür ein bestätigendes Grunzen zurück.

»Na also«, sagte der Sportlehrer. »Rauchst du?«

Keira verneinte dies mit einem Kopfschütteln.

»Kaffee?«

»Ob ich Kaffee trinke?«

Mr Wellesley grunzte erneut. Er war so grimmig, dass es schon wieder sympathisch war.

»Zum Frühstück«, antwortete Keira.

»Ab jetzt nicht mehr. Auch kein Tee, keine Energiedrinks, Alkohol sowieso nicht. Macht dich unruhig. Aggressiver.«

Nun war Keira endgültig sprachlos. Kein Kaffee am Morgen. Was war das hier? Eine Entzugsklinik?

»Das kann ich nicht gebrauchen. Vor allem jetzt nicht, wo wir zwei von euch hier haben«, erklärte der Sportlehrer.

Mr Wellesley sah über Keiras Schulter hinweg. Sie folgte seinem Blick und landete bei Ian, der gemeinsam mit den anderen über die Aschenbahn lief. Seine Aufmerksamkeit galt jedoch Keira. Böse starrte Ian sie an, während er seine Runden zog.

Keira schluckte schwer. Das waren also die anderen Ira an dieser Schule. Ein mürrischer Lehrer und ein grimmiger Klotz. Sie atmete tief durch und besann sich auf die Worte, die Elliot ihr in der Bibliothek gesagt hatte.

Sie sind auch nur Saligia.

SECHZEHN

Keira war nach dem Sportunterricht bereits völlig verausgabt. Über eine Stunde lang hatte Mr Wellesley die Schüler unter ständigen Schimpftiraden über den Sportplatz gejagt. Beim Wettlauf war Ian Keira zweimal in die Hacken getreten. Sie wusste nicht, ob es ein Versehen oder Absicht gewesen war, aber ihre Ferse schmerzte noch Stunden später.

In den darauffolgenden Kursen gingen die Worte der Lehrer bei Keira zum einen Ohr rein und zum anderen wieder raus. Anfangs versuchte sie, die wichtigsten Punkte mitzuschreiben, aber irgendwann verlor sie den Faden. In Parsons End war Keira eine für ihre Verhältnisse passable Schülerin gewesen. Irgendwie hatte sie sich immer durchgeschummelt. Hier hingegen fühlte sie sich bereits am ersten Tag überfordert. Ms Killingworth hatte nicht gelogen. Keira musste einiges nachholen, und ihr Stundenplan sah vor, dass dies so schnell wie möglich geschah.

Während Scarlett, Gray und Avery sich um fünfzehn Uhr in den freien Nachmittag verabschiedeten, musste Keira weiter die Schulbank drücken. Gemeinsam mit Brooke, Lazy, einer ihr unbekannten Superbia sowie zwei jungen Luxuria fand sie sich in dem Kurs *Selbstwahrnehmung und Selbstreflexion für Anfänger* wieder.

Keira rieb sich die müden Augen und musterte ihre Mitschülerinnen argwöhnisch. Die beiden Luxuria saßen dicht beieinander und tuschelten, während die Superbia ihr Aussehen in ihrem Handspiegel prüfte. Der war eigentlich dafür gedacht, ihr ihre eigene Eitelkeit vorzuhalten, und nicht dazu da, diese noch zu verstärken.

Lazy saß im Pyjama neben Keira, mit zerzaustem Haar und kleinen Maulwurfaugen. Halb wach, halb schlafend. Ihre Mitbewohnerinnen hatten sie eigenhändig aus dem Bett gezerrt und zum Klassenzimmer eskortiert, bevor die Acedia eine erneute Strafdusche von Ms Killingworth bekam.

Brooke hatte es ohne Begleitservice zum Kurs geschafft, sah aber ebenfalls so aus, als wäre sie lieber in ihrem Bett oder an irgendeinem anderen Ort. Hauptsache, nicht hier mit diesen Leuten.

Geleitet wurde der Kurs von Ms Montgomery. Ihre dunkelblaue Bluse verriet Keira auf den ersten Blick, dass sie eine Luxuria war. Wie die Schüler waren die Lehrer der CSE in den Farben ihrer Laster gekleidet. In ihrem Fall waren die Kostüme und Anzüge schwarz und die Oberteile farbig.

Die blaue Bluse war der einzige Anhaltspunkt, der darauf schließen ließ, dass Ms Montgomery eine Luxuria war. Die junge Lehrerin trug die Bluse hochgeschlossen. Ihr braunes Haar hatte sie zu einem strengen Zopf zusammengebunden, als wolle sie damit verdeutlichen, dass sie für keinerlei Anzüglichkeiten zu haben war.

Zu Unterrichtsbeginn bat sie die Mädchen, sich in einem Halbkreis um sie herumzusetzen. Sobald alle Platz genommen und einander vorgestellt hatten, hielt Ms Montgomery ein Bild hoch und forderte die Runde dazu auf, den ersten Gedanken zu äußern, der ihnen beim Anblick des Fotos in den Sinn kam. Spätestens jetzt hatte Keira das Gefühl, in einer Therapiegruppe gelandet zu sein.

Auf dem Foto war eine bildhübsche Frau zu sehen. Sie war ungefähr Anfang zwanzig, hatte braune Rehaugen, ein herzförmiges Gesicht und eine schlanke Figur, die in ihrem roséfarbenen Sommerkleid ideal zur Geltung kam. Die junge Frau lehnte an einem weißen Cabriolet, hielt ein Handy am Ohr und lächelte in die Kamera. Es war eines jener Fotos, die so aussahen, als seien sie spontan entstanden. In Wirklichkeit hatte es vermutlich Stunden gedauert, um das perfekte Bild zu knipsen.

Eines der beiden Luxuria-Mädchen flüsterte dem anderen etwas ins Ohr. Das kicherte daraufhin.

»Wer möchte anfangen?«, fragte Ms Montgomery in die Runde.

Fiona, die Superbia, setzte sich auf und antwortete direkt, ohne die Hand zu heben. »Ich weiß nicht, wem die was vormachen will«, sagte sie und deutete mit ihrem spitzen Zeigefinger auf das Bild. Ihre Nägel waren, passend zu ihrer Uniform, purpur lackiert. »Ich habe mindestens zehn solcher Kleider im Schrank. Ob ihr dieses Auto überhaupt gehört, sei mal dahingestellt. Und wahrscheinlich tut sie nur so, als würde sie telefonieren. In Wirklichkeit interessiert sich keiner für sie.«

Nachdem sie ihr Urteil abgegeben hatte, lehnte sich die Superbia in ihrem Stuhl zurück. Offenbar war sie zufrieden mit ihrer Leistung.

Keira war über die Ausführlichkeit ihrer Antwort verblüfft. All diese Gedanken hatte sich ihre Mitschülerin in den letzten fünfzehn Sekunden gemacht?

»Sehr gut, Fiona«, sagte Ms Montgomery. »Ich danke dir für deine Ehrlichkeit.«

Die Anerkennung der Lehrerin zauberte der Superbia ein stolzes Lächeln auf die Lippen. Das gefror jedoch, als Ms Montgomery hinzufügte: »Du siehst auf die Frau herab.«

Fiona sah ihre Sitznachbarinnen aus den Augenwinkeln an und schob ihr Kinn ein Stück weiter in die Höhe, als wäre das allein eine angemessene Rechtfertigung.

Wenn sie so weitermacht, fällt ihr Kopf bald aus den Angeln, dachte Keira.

»Und wennschon«, sagte Fiona bemüht gleichgültig.

»Das ist ein ganz natürlicher Reflex«, erwiderte Ms Montgomery. »Im Laufe dieses Kurses wirst du lernen, anderen auf Augenhöhe zu begegnen.«

Dann wandte sich die Lehrerin wieder an die Gruppe. »Wer möchte als Nächstes seine Gedanken äußern?«

Die restlichen Mädchen sahen schweigend zu Boden, in der Hoffnung, nicht aufgerufen zu werden. Im Gegensatz zu Fiona verspürten sie offenbar keinerlei Bedürfnis, sich hervorzutun.

Keira tat es ihnen gleich und heftete ihren Blick auf den verkrusteten Schnitt an ihrer Handinnenfläche.

»Wie wäre es, wenn ich euch verrate, was mein erster Gedanke war?«, bot Ms Montgomery an und betrachtete das Bild. »Mein erster Gedanke war, dass diese Frau sehr attraktiv ist und dass ich sie begehrenswert finde.«

Erneutes Kichern von den Luxuria-Mädchen.

Ms Montgomery ignorierte diese Reaktion geflissentlich. »Brooke, was empfindest du, wenn du dieses Bild anschaust?«

Die Invidia stöhnte auf, sobald sie ihren Namen hörte, als

wolle sie sagen: *Natürlich trifft es mich*. Brooke presste die Lippen aufeinander und wich dem Blick der Lehrerin aus. Anscheinend würde Ms Montgomery ihr den Mund erst mit einem Brecheisen aufhebeln müssen, um eine Antwort zu erhalten.

»Du kannst ganz offen mit uns reden«, sprach die Lehrerin ihr zu.

Keira massierte ihre Finger und sah gespannt zu ihrer Mitbewohnerin.

»Keine Ahnung«, sagte Brooke trotzig.

»Schau sie dir einmal genauer an.«

Ms Montgomery hielt ihr das Foto entgegen.

Widerwillig folgte Brooke der Aufforderung. Sie schickte ihrer Antwort ein Seufzen voran, wohl um zu verdeutlichen, wie zuwider ihr diese Übung war: »Ich mag sie nicht.«

»Du bist neidisch auf sie«, erkannte Ms Montgomery. »Du hättest gerne das Auto, ihr Aussehen, die Aufmerksamkeit.«

»Was Sie nicht sagen.«

Brooke verschränkte die Arme vor der Brust und rollte mit den Augen, als wäre das die dämlichste Feststellung aller Zeiten. Selbstverständlich war sie neidisch. Sie war eine Invidia.

Ms Montgomery ließ sich von Brookes schnippischer Art nicht beirren. »Mir geht es nicht darum, euch eure Laster vorzuhalten. Ich möchte euch zeigen, welche unterschiedlichen Reaktionen ein und dasselbe Bild in euch auslösen kann und wie ihr damit umgehen könnt.

Neid kann schädigend sein, er kann aber auch stimulierend wirken. Wenn er zum Beispiel den Ehrgeiz in uns weckt. Wir wissen nicht, ob das Auto dieser Frau gehört oder ob sie es geschenkt bekommen hat. Womöglich hat sie hart dafür gearbeitet. Eure Antworten geben mehr über euch selbst preis als über sie.«

Dann richtete sie den Blick auf Keira. »Was ist mit dir? Was empfindest du dieser Frau gegenüber?«

Keira rutschte tiefer in ihren Stuhl. Sie sprach ungern vor anderen. An ihrer alten Schule hatte sie sich selten freiwillig zu Wort gemeldet. Abgesehen davon hatte Keira keine Antwort auf Ms Montgomerys Frage.

»Ich weiß nicht«, sagte sie und sah auf die Fotografie.

Keira war sich nicht sicher, was sie in diesem Moment mehr irritierte: die Fremde auf dem Foto oder dass alle im Raum sie anstarrten. Sie konnte Brookes kühlen Blick auf ihrem Gesicht spüren.

»Lass mich die Frage anders formulieren«, bot Ms Montgomery an. »Ist dir diese Frau sympathisch oder unsympathisch?«

Ganz klar. »Unsympathisch.«

»Was an ihr ist denn so unsympathisch?«

Keira öffnete wortlos den Mund. Sie konnte ihre Gefühle der Fremden gegenüber nicht festmachen, aber wie ihre Mitschülerinnen störte sie sich an der Frau. Warum? Das wusste sie nicht.

»Was du der Frau gegenüber empfindest, ist Feindseligkeit«, sagte Ms Montgomery. »Du siehst in ihr eine Bedrohung. Auch das trägt zu deinem Zorn bei. Daran werden wir in den nächsten Wochen arbeiten.«

Aus dem Mund der Lehrerin klang das so einfach. Dabei hatte Keira bereits bei dieser simplen Übung Mühe gehabt. Seit Jahren empfand sie gleich, und doch war sie nicht dazu in der Lage, diese Gefühle richtig zu benennen. Aber niemand hatte behauptet, dass ihr Aufenthalt hier leicht werden würde.

Bevor Ms Montgomery die nächste Schülerin in der Runde aufrufen konnte, ertönte ein schwaches Gurgeln neben Keira. Verwundert blickte die Ira zu ihrer Sitznachbarin.

Lazy war in sich zusammengesackt. Ihr Kinn ruhte auf der Brust und die Brille hing ihr auf der Nasenspitze. Sie war mitten im Unterricht eingeschlafen.

»Das ist so typisch«, zischte Brooke, die zu Lazys Linken saß. Sie stieß ihr den Ellenbogen in die Seite, um sie wach zu rütteln.

Lazy schnappte grunzend nach Luft, verfiel aber sogleich wieder in ihr Nickerchen.

Die anderen Mädchen in der Runde lachten beim Anblick der schnarchenden Acedia. Auch Keira entlockte die faule Mitbewohnerin ein seltenes Schmunzeln.

Damit war zumindest geklärt, wie Lazy über die Frau auf dem Foto dachte: Sie war ihr vollkommen egal.

SIEBZEHN

Elliots Wagen glitt im Schritttempo durch die belebte Einkaufsstraße. Der Sucher ließ den letzten Tropfen Kaffee aus dem Pappbecher auf seine Zunge rollen. Ermattet versuchte er, den Schlafmangel der letzten Nacht mit Koffein auszugleichen. Seit seiner Abreise hatte er keinen Moment der Ruhe gehabt.

Er warf einen flüchtigen Blick auf den Beifahrersitz. Caprice blickte ihm fröhlich entgegen. Elliot würde das Lächeln erst erwidern, wenn die echte Caprice neben ihm saß statt des Fotos, das auf dem Sitzpolster lag.

Auf dem Bild wirkte die Gula zufrieden und glücklich. Ihre Pausbacken waren straff und rund wie die eines Eichhörnchens, das Haselnüsse darin verbarg. Anhand des Fotos hätte man meinen können, dass die Französin ein liebes Mädchen war. Manchmal täuschte der erste Eindruck eben doch.

Caprice war für ihre Launenhaftigkeit bekannt. Mit ihren Regelverstößen trieb sie Ms Killingworth zur Weißglut. Zur Krönung war sie abgehauen.

Elliot wusste, dass es für ihn nur drei Möglichkeiten gab, sie zu finden: a) sie übertrieb es mit ihren Kräften, b) sie tauchte von selbst wieder auf oder c) Zufall. Er vermutete, dass Caprice' Weg in eine der Städte im Umland führte. Sicherlich hatte sie sich einen Ort ausgesucht, der ihr mehr zu bieten hatte als die ländliche Einöde der CSE.

Die Gründer des Internats hatten sich bewusst für die strukturschwache Region im Nordwesten Englands entschieden, als sie einen geeigneten Ort für ihre Schule gesucht hatten. Dass sie ihr Internat mitten in einem Bezirk namens Eden platziert hatten, war ebenfalls kein Zufall. Die Saligia hatten einen Hang zur Symbolik.

Elliot hatte seine Suche östlich von Canterbury begonnen und war nach Penrith gefahren. Die Kleinstadt verfügte über einen Hauptverkehrsbahnhof mit Anbindung nach London, Manchester und Glasgow. Zwar bezweifelte Elliot, dass er Caprice selbst begegnen würde, aber vielleicht gab es jemanden, der sie gesehen oder gar mit ihr gesprochen hatte. Er ging davon aus, dass Caprice' Reise langfristig in eine der Großstädte führte, die ihr all das boten, was sie so sehr liebte: unzählige Bars, Clubs und Restaurants.

Wäre Elliot ein Gula gewesen, hätte er sich zuerst auf die *All You Can Eat* und *Happy Hour*-Angebote gestürzt, die es hier draußen gab. Die strenge Diät an der CSE konnte den Gula zusetzen. Die Saligia sollten körperlich und mental fit sein, wenn sie die Schule verließen. Dazu gehörten eine gesunde Ernährung und der Verzicht auf Fast Food und Alkohol. Deshalb war Elliot den ganzen Tag durch die Pubs, Cafés und Restaurants getingelt und hatte den Bedienungen Caprice' Foto unter die Nase gehalten. Doch niemand wollte sie gesehen haben.

Er ließ den Blick über den Gehweg schweifen, während sein Aston Martin weiter über den Asphalt rollte. Ein Pärchen schlenderte entspannt nebeneinanderher und unterhielt sich angeregt. Ein Mädchen in einem orangen Mantel eilte mit Einkaufstüten in den Händen über den Bürgersteig. Ein dickbäuchiger Mann mit Halbglatze führte seinen grotesk kleinen Chihuahua aus.

Elliot musste zweimal hingucken. Der orange Mantel. Dann die schulterlangen Haare, die breiten Hüften und der bestimmte Schritt. Caprice. Er trat so schnell auf die Bremse, dass sein Hintermann ihm beinahe auffuhr. Der Fahrer des anderen Wagens beschimpfte Elliot im Vorbeifahren, doch die Scheibe zensierte die Tirade. Hupend fuhr er davon.

Elliot war der Aufruhr egal. Er sprang aus seinem Wagen und lief Caprice hinterher, bevor sie in der nächsten Seitenstraße verschwinden konnte. Sobald er sie eingeholt hatte, packte Elliot die Gula an der Schulter. »Caprice.«

Sie wirbelte erschrocken herum und wich direkt einen Schritt zurück.

»Was soll das?«, schimpfte das Mädchen und hielt ihre Tüten fest umschlossen, als wäre Elliot ein Taschendieb.

Aus der Nähe sah sie Caprice gar nicht ähnlich. Sie hatte weit auseinanderstehende Augen, dünn gezupfte Augenbrauen und eine spitze Nase. Auch war sie kleiner und schlanker als Caprice. Aber der Mantel war der gleiche. Immerhin.

»Wo hast du den her?«, fragte Elliot und deutete auf das goldene Emblem auf der Brust. Ein Fuchs mit Gans im Maul. Das Symbol der Gula.

»Spinnst du?«, fuhr sie ihn an und wich weiter zurück.

»Entschuldigung.«

Elliot hob die Hände, um zu verdeutlichen, dass er ihr nichts Böses wollte.

»Es ist nur dieser Mantel. Meine Freundin sucht genau so einen«, log er.

»Und das interessiert *wen*?« Auch wenn sie nicht Caprice war, dieses Mädchen hätte mit ihrer rotzigen Art perfekt an die CSE gepasst.

»Wo hast du ihn her?«, fragte Elliot.

»Secondhand.«

»Wo?«

Sie zuckte mit den Schultern und fuhr mit den Fingern über den Aufnäher. »Muss irgendein Billiglabel sein. Aber für den Preis war es trotzdem voll der gute Deal.«

Wenn Caprice ihren Mantel verkaufte, dann schloss Elliot zwei Dinge daraus: Sie brauchte entweder Geld, oder sie wollte alles loswerden, was sie mit der CSE in Verbindung brachte.

»Wo war dieser Secondhandladen?«, fragte Elliot erneut.

»Carlisle«, antwortete das Mädchen. »Den Namen weiß ich nicht mehr. Irgendwas mit B oder W.«

Carlisle. Elliot kannte die Stadt gut. Mit dem Zug lag sie knapp eine Viertelstunde von Penrith entfernt. Er besuchte dort ab und an eine Freundin, wenn er in der Nähe war. Violet. Ihr letztes Treffen lag einige Wochen zurück.

Das Mädchen wollte sich bereits zum Gehen wenden, doch Elliot hielt sie zurück. »Warte.«

Schnell zog er seine Briefbörse hervor. »Ich kaufe ihn dir ab.«

Das Mädchen sah ihn an, als hätte er ihr soeben einen Heiratsantrag gemacht. »Deine Freundin könnte einfach *oranger Mantel* googeln und …«

»Ich möchte aber diesen hier«, unterbrach Elliot sie.

Der Mantel war ein wichtiger Hinweis. Er würde ihn mit in die Shops nehmen und den Verkäufern zeigen können. Außerdem war es nicht im Sinne der CSE, wenn dieses Mädchen mit dem Symbol der Gula auf der Brust durch die Straßen stolzierte.

Elliot zog zwei Fünfziger hervor. Das Mädchen stemmte beim Anblick der Pfundnoten die Hände in die Hüften. »Wenn ich bei dem Wetter ohne Mantel durch die Gegend laufen soll, muss es schon etwas mehr sein.«

»Secondhand«, warf er ein.

Das Mädchen ließ sich von diesem Argument nicht überzeugen. Sie hatte erkannt, wie sehr Elliot den Mantel wollte. Dieser holte notgedrungen eine weitere 50-Pfund-Note hervor.

Das Mädchen musterte Elliot kritisch. Anscheinend wog sie ab, wie viel sie noch aus ihm herauspressen konnte. Ihr Blick fiel auf die polierten Magnanni an seinen Füßen. Dann schaute sie zu dem Aston Martin am Straßenrand. »Ist das deine Karre?«

Elliot unterdrückte ein Fluchen. Dieses verdammte Gör.

»180. Letztes Angebot.«

Ein zufriedenes Lächeln schlich sich auf ihre Lippen. »Deal.«

Als Elliot den Mantel in den Händen hielt, konnte er sein Glück kaum fassen. Er prüfte das Etikett. Die Initialen C.d.P. waren dort eingenäht. Jetzt gab es keinen Zweifel mehr. Das war Caprice' Mantel.

Elliots Suche hatte gerade erst begonnen und er hatte bereits eine erste Spur. Das war, als hätte er im Lotto gewonnen.

Er stieg in seinen Wagen und blickte auf Caprice' Foto. Dieser Arbeitstag war noch lange nicht beendet.

ACHTZEHN

Keiras ereignisreicher erster Tag an der CSE ging endlich zu Ende, doch sie bekam kein Auge zu. Hellwach starrte sie auf den Lattenrost über ihrem Kopf. Lazys Schnarchen prasselte auf Keira nieder wie Starkregen auf ein Wellblechdach.

Wie alles auf diesem Internat waren die Bettzeiten für die Schüler festgelegt. Um halb elf gingen die Lichter aus. Willkommen in der Psychiatrie/Entzugsklinik/Kadettenschule für Saligia, an der alles strengstens geregelt war. Die Schüler hetzten den gesamten Tag von einer Unterrichtsstunde zur nächsten, bis sie abends müde ins Bett fielen. Ihnen blieb gar keine Zeit oder Energie, ihre Kräfte zu nutzen.

Trotzdem verspürte Keira in diesem Moment nicht den Hauch von Müdigkeit. Dabei hatte sie seit drei Nächten nicht richtig geschlafen. Die Eindrücke der letzten Tage schwirrten ihr durch den Kopf wie ein ganzer Bienenstaat. Vor zweiundsiebzig Stunden hatte sie nicht geahnt, dass es eine Schule für Menschen wie sie gab. Keira hatte ja nicht einmal geahnt, *was* sie war. Plötzlich befand sie sich an einem Ort, an dem jeder Schüler übernatürliche Kräfte besaß und dies als völlig normal angesehen wurde.

Lazys Schnarchen hagelte weiter auf Keira nieder. Sie rollte sich, den Kopf voller Gedanken, auf die Seite und zog die Bettdecke aus feinem Kaschmir über die Ohren. Unter der Decke trug Keira einen Satin-Pyjama, der farblich sowohl mit dem Laken als auch mit ihrem Bettzeug abgestimmt war. Alles war mit dem Emblem ihres Hauptlasters bestickt, dem goldenen Bären. Die Fasern kitzelten an ihrer Nasenspitze, als Keira in den weichen Stoff atmete. Im Gegensatz zu ihrer Bettwäsche zu Hause hatte diese Decke keinen Eigengeruch.

Zu Hause. Unweigerlich musste sie an ihre Mutter denken. Wie hatte sie auf den Brief reagiert?

Keira malte sich aus, wie Veila erschöpft von einer langen Schicht im Krankenhaus zurück in das dunkle, verlassene Haus kam. Vielleicht setzte sie sich eine Tasse Tee auf, dann entdeckte sie den weißen Zettel mit der Aufschrift »Mum« auf dem Küchentisch.

Keira hatte ihr noch nie einen Brief geschrieben. Sie konnte sich nicht vorstellen, welche Reaktion das Schreiben bei ihrer Mutter auslöste. Vermutlich war Veila erleichtert, dass Keira weg war. Zumindest hatte sie seitdem nicht versucht, ihre Tochter zu erreichen.

Keira war am Abend bis zur Einfahrt gelaufen, um nachzusehen, denn der Handyempfang an der CSE war miserabel. Doch es gab nichts zu sehen. Keinen verpassten Anruf. Keine ungelesenen Nachrichten. Der gerissene Touchscreen ihres Smartphones blieb leer. Keira hatte nichts anderes erwartet und doch war sie enttäuscht.

Sie hinterließ ihrer Mutter eine kurze Sprachnachricht, in der sie ihr mitteilte, dass alles in Ordnung war und sie sich bald wieder melden würde. Dann schaltete sie das Gerät aus und ließ es zusammen mit ihrem abgegriffenen Rucksack in ihrem neuen Schrank verschwinden. Keira brauchte jetzt Zeit und Abstand, um sich an der CSE einzugewöhnen. In ihrem alten Haus hatte sie sich nie willkommen gefühlt.

Trotzdem war es ihr Zuhause. Sie waren Mutter und Tochter. Das musste etwas wert sein. Keira hatte sich ihrer Mutter gegenüber immer schuldig gefühlt für das, was zwischen ihren Eltern vorgefallen war. Das alles hatte sich mit den Erkenntnissen der letzten Tage schlagartig geändert. Wenn ihr Vater wirklich selbst für seinen Tod verantwortlich war, gab es womöglich doch noch eine Chance für Keira und ihre Mutter.

Die Ira fuhr sich mit dem Daumen über den Schnitt an ihrer Handinnenfläche. Ob ihr Vater genauso unter seinen Fähigkeiten gelitten hatte wie sie in den letzten Jahren? Hoffentlich brachte Elliot mehr über ihn in Erfahrung. Über sein Leben, über seinen Tod.

In der Zwischenzeit würde sie jeden Tag dem Stundenplan folgen und mit ihren Kräften üben, wie sie es dem Sucher versprochen hatte. Mit ihrer Ankunft an dieser Schule hatte sie eine zweite Chance erhalten und die durfte Keira sich auf keinen Fall verbauen. Am besten hielt sie sich an ihre Mitbewohnerinnen. Die Mädchen hatten ihr den Ausraster im Speisesaal direkt verziehen und kein Wort mehr darüber verloren. Wenn Keira sich zusammenriss, konnten sie vielleicht Freunde werden.

Bei dieser Vorstellung fand sie endlich Ruhe. Ihre Gedanken betteten sich in ein schwarzes Polster, als sie in einen seichten Dämmerschlaf glitt. Ihre Sorgen und Ängste wichen der betäubenden Dunkelheit.

Ein Knarzen durchschnitt den Moment der Stille. Über Keira raschelte es und Lazys Schnarchen setzte erneut ein. Keira stöhnte. Am liebsten hätte sie einmal kräftig gegen den Lattenrost getreten, aber sie musste sich beherrschen.

Seufzend zog sie sich die Decke vom Gesicht und sog die kühle Luft in ihre Lungen. Fast hätte sie sich daran verschluckt. Denn als sie zur Seite blickte, sah Keira, dass Brooke aufrecht in ihrem Bett saß und sie im Schein des Mondes beobachtete. Obwohl über ein Meter Zwischenraum die Betten der beiden Mädchen trennte, erschien Keira ihr Gesicht furchtbar nahe. Der Anblick der Invidia ließ sie erschauern.

Neid knisterte grün in Brookes Augen wie brennendes Kupfer.

Keira hielt sich an ihrer Decke fest, als handelte es sich dabei um einen magischen Umhang. Die Einbildung spielte ihr mal wieder einen Streich. Oder sie war tatsächlich eingeschlafen und steckte in einem unheimlichen Traum fest. Sie kniff die Augen zusammen und zählte bis drei. Als Keira sie wieder öffnete, saß Brooke noch immer auf der Bettkante und starrte sie an. Keine Einbildung. Kein Traum.

Der Blick der Invidia glitt über Keira hinweg.

»Es ist Zeit«, sagte sie.

Zeit? Für was?

Bevor Keira die Frage aussprechen konnte, packte sie jemand von hinten und zerrte sie aus dem Bett. Keira entwich ein tiefes Stöhnen, als sie unsanft auf den Holzdielen landete. Ehe sie sichs versah, umschlangen vier Hände ihren Körper und zogen sie auf die Beine. Erschrocken erkannte Keira, dass besagte Hände zu Gray und Avery gehörten. Die beiden hatten sie fest im Griff.

Die Ira schnappte nach Luft. Tausend Fragen schossen ihr gleichzeitig in den Kopf und blockierten einander. Heraus kam keine.

»Keine Panik«, sagte Gray, als Keira sich unter ihrem Griff wand.

Die leistete daraufhin umso mehr Widerstand. Gray hatte leicht reden. Sie war nicht diejenige, die man aus dem Bett gezerrt hatte und festhielt.

»Was soll das?«, entfuhr es Keira.

In diesem Moment sprang Scarlett von ihrem Hochbett und landete direkt vor ihr.

Keira starrte die Luxuria ungläubig an. Sie steckten alle unter einer Decke. Im wahrsten Sinne des Wortes. Was hatten sie mit ihr vor?

»Ganz ruhig«, säuselte Scarlett und zwinkerte ihr verspielt zu.

Dann zwängte sie Keira ein Paar Socken zwischen die Zähne und zog ihr einen Kissenbezug über den Kopf.

NEUNZEHN

Keira wehrte sich nach Leibeskräften, aber gegen vier Mädchen kam sie nicht an. Offenbar war Lazy die Einzige, die nicht in diese Aktion verstrickt war. Ihr schien alles gleichgültig zu sein. So sehr, dass sie Keira nicht zu Hilfe kam.

Die atmete heftig in den Stoff vor ihrem Gesicht. Im Gegensatz zu ihrer eigenen Decke roch der Kopfkissenbezug nicht völlig steril. Der Duft von Scarletts süßlichem Parfüm zog ihr in die Nase. Die Mischung aus Zitrusöl und Jasmin ließ die Übelkeit in Keira aufsteigen.

Während ihre Füße über den kalten Fußboden schleiften, versuchte sie, einen kühlen Kopf zu bewahren. Leider war das nicht eine ihrer Stärken. Sie solle ruhig bleiben, hatte Scarlett gesagt. Das fiel Keira äußerst schwer in Anbetracht der Tatsache, dass ihr ein Paar Socken zwischen den Zähnen steckte.

Die Gruppe verlor beinahe das Gleichgewicht, als sie Keira die Treppenstufen herabzerrten. Die bemühte sich, für einen Moment ruhig zu bleiben. Auf ein gebrochenes Genick konnte sie verzichten. Wo brachten die Mädchen sie hin?

Keira fühlte sich wie ein Lamm auf dem Weg zur Schlachtbank. Und sie war genauso ahnungslos. Das Atmen fiel ihr unter dem Bezug zunehmend schwerer, als sich die Angst in ihr ausbreitete. Es fühlte sich an, als würden die Socken in ihrem Mund langsam aufquellen und sie ersticken.

Die Gruppe stoppte, dann ertönte ein Klacken. Das war ihre Chance. Wenn Keira jetzt nicht handelte, war es vielleicht zu spät. Sie versuchte, sich loszureißen. Ein dumpfer Schmerz fuhr ihr durch die Knochen, als sie jemanden heftig mit ihrem Ellenbogen traf. Doch je mehr Keira sich wehrte, desto fester schlossen sich die Krallen um ihre Arme. Es schienen immer mehr Hände hinzuzukommen. Keira stieß einen erstickten Schrei in die Socken.

»Hör auf«, flüsterte jemand.

Wie Gurte zogen sich die vielen Finger um ihre ohnehin lädierten Handgelenke. Eine kalte Brise wehte durch den Stoff ihres Pyjamas und Keira wurde nach vorne gestoßen.

Sie zuckte zusammen, als sie den kühlen Steinboden unter ihren Füßen spürte. Wenige Meter darauf pikste etwas Hartes in ihre Fußsohlen. Rollsplitt. Nun erkannte Keira es. Das war die Einfahrt. Sie waren draußen.

Die Angst breitete sich in ihr aus wie eine Sturmflut, als ihre Zehen durch den Kies schleiften. Panische Gedanken überschwemmten ihren Kopf. Was hatten die Mädchen mit ihr vor? Während ihres Streits, den Keira belauscht hatte, hatten sie etwas von einem Ritual gesagt.

Vielleicht befand sie sich gar nicht auf dem Weg zur Schlachtbank, sondern zu einem Opferaltar. Die abscheulichen Bilder ihrer Recherche schossen Keira in den Kopf. Der Puls hämmerte in ihren Schläfen, als die Gruppe erneut anhielt. Keira hatte das Gefühl, bereits eine volle Meile gelaufen zu sein.

»Bist du bereit?«, fragte Gray verheißungsvoll.

Flammen.

Das Licht stach brennend in Keiras Augen, als man ihr den Bezug vom Kopf zerrte. Sie spuckte das Knäuel Socken aus und hielt sich schützend die Hand vor die Augen. Keira musste mehrmals blinzeln, bis sie erkannte, dass sie in echtes Feuer blickte. Die Flammen leckten über den runden Rand der Feuerstelle, die von drei Bänken umzingelt war.

Grays schlanke Gestalt schob sich in Keiras Sicht. In der linken Hand hielt sie den Kissenbezug und in der anderen –

»Gin?« Keira traute ihren Augen nicht.

Jemand fiel ihr von hinten um die Schultern. Rechtzeitig erkannte Keira, dass es Scarlett war, die ihr einen Mantel umhängte. Fast hätte sie ihr aus Reflex den Ellenbogen in die Rippen gestoßen.

Ihre Mitbewohnerinnen und eine Handvoll Jungen standen im Halbkreis um sie versammelt. Keira spürte ein kurzes Ziehen in ihrer Brust, als sie Taran erblickte. Ein zufriedenes Lächeln lag auf seinen Lippen. Selbst in der nächtlichen Dunkelheit wirkten seine Augen stechend blau. Neben ihm standen Lorenzo und Mats, ein Gula mit mindestens fünf Piercings im Gesicht, den Keira ebenfalls beim Sport kennengelernt hatte.

Erst dann bemerkte Keira Ian, der etwas abseits stand. Finster starrte er sie an. Keira versuchte, die Abneigung, die sie bei seinem Anblick verspürte, abzuschütteln, und zog den Mantel fester um ihre Schultern. Wie die anderen Mädchen trug sie darunter ihren Pyjama. Der Stoff glänzte seidig im Schein des kleinen Feuers. Die Jungen hingegen erlaubten sich den Luxus, richtige Kleidung zu tragen, eine Mischung aus Schuluniformen und Freizeitklamotten. Anscheinend hatten sie hier draußen alles vorbereitet, während die Mädchen die Entführung geplant hatten.

»Wir haben dir eine Heidenangst eingejagt, oder?«, grinste

Scarlett und gab Keira einen Kuss auf die Wange. »Hast dich ganz schön zur Wehr gesetzt.«

»Du hättest mir fast einen Zahn ausgeschlagen«, fluchte Brooke.

Keira hätte sich entschuldigt, aber es tat ihr nicht leid.

Avery reichte ihr einen Becher Gin. »Kleines Willkommensritual.«

»Das ist das Ritual?«

Keira hatte Blut erwartet oder aufgeschlitzte Tiere. Gin gehörte für sie nicht zu den traditionellen Opfergaben.

Die anderen sahen sie verwirrt an. Zu spät bemerkte Keira ihren Fehler. Offiziell wusste sie ja gar nichts von der Diskussion der Mädchen.

Zu ihrer Überraschung stieß Gray ein Lachen hervor, als hätte Keira soeben einen Witz gemacht. »Das Ritual? Nein, das ist was anderes. Das findet erst in zwei Wochen statt.«

Die Gespräche an dieser Schule entwickelten sich nie in die Richtung, von der Keira es erwartete.

»Wir dürfen uns alle hübsch machen«, strahlte Avery. »Es gibt Sekt und Häppchen.«

»Häppchen?« Auch das hätte Keira nicht zu den klassischen Bestandteilen eines Rituals gezählt.

»Wir spielen es jedes Jahr zur Gründerfeier der CSE nach«, erklärte Gray. »Und dreimal darfst du raten, wer in diesem Jahr die Hauptrolle ergattert hat.«

»Ihr spielt es nach?«, fragte Keira. Ihre Verwirrung wuchs sekündlich.

»Ja, mit Kunstblut und so«, winkte Scarlett ab. »Ist nicht so spektakulär, wie es sich anhört.«

Klang das nur in Keiras Ohren makaber? Auf einer Skala von eins bis zehn verdiente das mindestens eine 87. Keira nahm einen Schluck Gin, in der Hoffnung, dass der Alkohol ihre Nerven beruhigte. So viel zu Mr Wellesleys Trinkverbot.

Den anderen war nicht klar, was für ein Erdbeben sie mit dieser Pseudoentführung in Keira ausgelöst hatten. Das nächste Mal schickten sie ihr besser eine formelle Einladung, anstatt sie nachts aus dem Bett zu zerren. Keira hatte wirklich geglaubt, dass die Mädchen ihr etwas Böses wollten. Das Gegenteil war der Fall.

Neugierig schaute sie sich um. Sie befanden sich an einer Raststelle, die sich auf dem torfigen Übergang zwischen Wiese und Wald befand. Hinter ihnen lag geisterhaft die CSE. Der Mond fiel schal auf das Dach des Gebäudes. Etwas blockierte Keiras Sicht auf den Rest des Internats. Es war die Mauer, die das Grundstück umschloss. Keira unterdrückte ein Seufzen, als sie erkannte, dass sie noch eine der Regeln gebrochen hatte.

»Was kommt jetzt?«, fragte sie. »Schneiden wir uns die Handflächen auf und schwören uns Blutsbrüderschaft?«

»Fast«, lachte Taran.

Daraufhin zog Scarlett einen kleinen Lautsprecher aus einem Rucksack. »Wir feiern deine Ankunft, Süße.«

ZWANZIG

Noch nie hatte jemand eine Party für Keira veranstaltet. Ihren Geburtstag feierte sie jedes Jahr zu zweit mit ihrer Mutter. Sofern ein trockenes Stück Geburtstagskuchen aus dem Supermarkt als Feier durchging. Bei den Venins hatte es nie Familienfeiern gegeben. Keira kannte ihre Großeltern mütterlicherseits kaum und den Kontakt zu der Familie ihres Vaters hatte Ms Venin nach seinem Tod abgebrochen. Ihre Mutter hatte alle Siebensachen gepackt und war mit Keira umgezogen, als wären sie Teil eines Zeugenschutzprogramms.

Eine richtige Geburtstagsparty hatte Keira, soweit sie sich erinnern konnte, nie erlebt. Weder für sich selbst noch für andere. Die Eltern der anderen Kinder wollten nicht riskieren, dass Keira die Gäste wütend mit Kuchen bewarf. Also luden sie das Mädchen mit den pechschwarzen Augen gar nicht erst ein.

In Canterbury aber war alles anders. Keira befand sich erst einen Tag an der CSE und bekam bereits ihre eigene Feier.

Sie beobachtete Scarlett, Gray, Taran und Lorenzo, die auf der Wiese zur Musik tanzten. Scarlett fuhr Enzo mit den Händen durch das dunkle Haar, während sie sich eng an ihn schmiegte. Die Berührung schien den Luxuria völlig aus dem Takt zu bringen. Tarans und Grays Tanzstil war demgegenüber zahm. Er ergriff ihre Hand und drehte die Superbia so lange im Kreis, bis sie ins Stolpern geriet. Die beiden fielen sich lachend in die

Arme. Keiras Magen zog sich bei dem Anblick der zwei zusammen. Bei Gray wirkte der Umgang mit Taran so natürlich. Kein Wunder. Sie sah selbst im Pyjama aus wie eine Ballkönigin. Vor Keira hingegen hatten sich die Jungen in Parsons End immer gefürchtet. Bei diesem Gedanken wandte sie den Blick von den Tanzenden ab.

Sie sah zu Ian, der in sicherer Entfernung stand und sich am Feuer mit Mats unterhielt, während sein Blick wiederholt zu den Tanzenden wanderte. Brooke stocherte derweil mit einem Stock in der Glut herum und zog ein Gesicht. Das orangegelbe Lodern der Flammen vermischte sich mit grünen Blitzen des Neids in ihren Augen.

»Was genau ist ihr Problem?«, fragte Keira, als Avery neben sie trat und ihr nachschenkte.

Die Avaritia füllte Keiras Becher bis zur Hälfte und machte anschließend ihren eigenen randvoll. »So sind die Invidia. Stell dir vor, du willst immer das, was die anderen haben. In diesem Moment ist Brooke vermutlich neidisch auf dich, weil das deine Party ist.«

»Warum ist sie dann hier?«

»Weil es genauso unerträglich für Brooke wäre, die Party zu verpassen«, sagte Avery. »Sie kann nur verlieren.«

Das klang ziemlich verkorkst. Keira beobachtete Brooke, die mit dem Zweig in der Glut herumspielte. Sie war hübsch. Das rote Haar fiel ihr über die Schultern wie ein seidenes Tuch. Ihr Profil zeichnete sich fein im warmen Licht des Feuers ab. Sie hatte eine hohe Stirn, ein schmales Kinn und eine kleine, fast kindliche Nase. Ihre Mitschüler hätten neidisch auf Brooke sein müssen und nicht andersherum.

»Brooke ist kompliziert«, sagte Avery. »Aber das sind wir alle. Und sie hatte es nicht einfach. Sie ist eine Waise, kam von einer Pflegefamilie zur anderen und vor ein paar Monaten zu uns. Als einer der Sucher ihren Stammbaum zurückverfolgte, stellte sich heraus, dass sie keine näheren Verwandten mehr hat. Brooke hat den ganzen Sommer hier verbracht, während wir unsere Familien besucht haben und in den Urlaub gefahren sind. Da wäre ich auch neidisch.«

Keira blickte nachdenklich zu der Invidia, als sie ihre Gemeinsamkeiten entdeckte. Sie wussten wohl beide nicht, wo sie hingehörten.

Doch Keira hatte keine Lust, heute Nacht über Familie zu reden. Das letzte Mal, als sie mit Avery über das Thema gesprochen hatte, hatte sie mit Geschirr um sich geworfen und ein Messer in den Tisch gerammt. Das wollte sie nicht wiederholen.

»Was genau ist dieses Ritual, von dem ihr vorhin gesprochen habt?«, fragte sie stattdessen.

»Das ist so eine alte Tradition. Jedes Jahr feiern wir den Gründungstag der Schule und spielen die Ursprungsgeschichte unserer Kräfte nach. *Das Ritual.*«

Avery zog die letzten beiden Worte verheißungsvoll in die Länge wie bei einer Gruselstory.

»Worum geht es da?«, fragte Keira.

»Es ist diese antiquierte Vorstellung von der Entstehung unserer Kräfte. In nahezu allen Kulturen hat die Sieben eine besondere Bedeutung. Warum ausgerechnet diese Zahl? Dazu gibt es viele Theorien von der Mathematik bis zur Gedächtnispsychologie. Es gibt sieben Weltwunder, sieben Sakramente, die sieben Plagen …«

»Sieben Wochentage«, ergänzte Keira.

»Richtig. Die Babylonier und Perser waren die Ersten, die die Zahl Sieben mit Lastern in Verbindung brachten. Das liegt fast dreitausend Jahre zurück. Die Gründer glaubten deshalb, dass damals unsere Kräfte entstanden sind.

Früher dachte man, dass die menschliche Seele vor der Geburt durch sieben von Dämonen bewachte Himmelssphären in unsere Welt herabsteigt«, erklärte Avery. »Dabei nimmt die Seele sieben gute und sieben schlechte Geister in sich auf. Von unseren Vorfahren glaubt man, dass jeweils einer dieser Geister die volle Kontrolle über ihre Seele erlangte.«

»Wie bei einem Fluch?«

Genau so hatte Keira es immer empfunden. Nur hätte sie nie gedacht, dass dieser Fluch dreitausend Jahre alt war.

»Verwende niemals das F-Wort. *Gabe, Kräfte, Fähigkeiten*. Bezeichne es bloß nicht Ms Killingworth oder einem anderen Saligia gegenüber als Fluch«, wies Avery sie zurecht und nippte an ihrem Drink, der zu mindestens achtzig Prozent aus Gin bestehen musste. Sie verzog das Gesicht, als sie die Suppe herunterschluckte. »Wenn du mich fragst, ist das ein Ammenmärchen. Unsere Vorfahren haben sich diese Geschichte zusammengereimt, weil sie selbst keine Ahnung hatten. Warum werden die Kräfte vererbt? Warum macht nicht jeder Nachfahre aufs Neue die Seelenreise durch, mit der Möglichkeit, alle sieben guten und alle sieben schlechten Geister in sich aufzunehmen? Das ist doch Schwachsinn.«

Avery sah vorsichtig über ihre Schulter, als befürchte sie, Ms Killingworth könne sie bis in ihr Schlafzimmer hören. »Weißt du, was ich glaube?«

Keira schüttelte den Kopf.

»Ich glaube an die Evolution. Ich glaube, dass die Genmutation an allem schuld ist.«

Das musste ein Witz sein.

»Du denkst, dass Mutationen uns diese Kräfte verliehen haben? Wie bei Superhelden?«

Keira fand die Idee, dass ihre Kraft das Resultat einer genetischen Mutation war, noch absurder als die der Seelenreise. So richtig wollte sie sich an beides nicht gewöhnen. Andererseits musste es eine Erklärung für ihre Fähigkeiten geben.

»Warum sollten wir im Laufe der Evolution übernatürliche Kräfte entwickelt haben?«, fragte Keira.

»Warum nicht?«, warf Avery zurück. »Warum haben wir überhaupt so viele Gefühle? Das Leben könnte viel einfacher sein.

Aber mal im Ernst. Die Kräfte lassen sich vererben. Sie müssen in unseren Genen stecken. Wenn zwei Saligia mit unterschiedlichen Kräften ein Kind bekommen, schlägt nur eine der beiden als dominantes Hauptlaster durch. Es gibt keine Saligia mit mehreren Kräften.«

Bei dem Gedanken, dass sie ihren Zorn an ihre Kinder vererben würde, drehte sich Keira der Magen um. So weit hatte sie noch nicht gedacht. Obwohl ihr der Alkohol bereits in den Kopf stieg, nahm sie schnell einen weiteren Schluck von ihrem Drink.

»Das wurde alles nur noch nicht erforscht«, beklagte Avery. »Warum gibt es sonst Fälle, in denen die Gabe eine Generation übersprungen hat oder ganz verschwunden ist? Ich meine, es ist superselten, aber die Hammonds sind das beste Beispiel.«

»Die Hammonds?«, fragte Keira. »Wie in *Elliot Hammond*?«

Avery nickte. »Er müsste ein Saligia sein, aber aus irgendeinem Grund sind die Kräfte bei seinem Vater und ihm ausgeblieben.«

Noch etwas, das er Keira verschwiegen hatte.

Nachdenklich blickte sie in ihren Becher und fragte sich, was dies für Elliot bedeutete. War er erleichtert oder enttäuscht, dass er nicht zum Kreis der Saligia gehörte? Vielleicht hatte er ihr gegenüber die Blutlinien deshalb nicht erwähnt.

»Außerdem soll es ursprünglich noch ein achtes Hauptlaster gegeben haben«, sagte Avery.

»Welches?«

»Die Furcht.«

Das Licht des Feuers zuckte geisterhaft über Averys Gesicht, als sie das achte Laster nannte.

»Woher weißt du das alles?«, fragte Keira.

»*Mythologie I* bei Ms Bouwer.«

Damit war es offiziell. Avery war die Streberin der Gruppe.

»Aber was erzähle ich dir das alles?«, winkte sie ab. »Dein Kopf explodiert bestimmt bald vor Infos. Nicht zu fassen, dass deine Eltern von all dem keine Ahnung hatten.«

»Meine Mutter«, korrigierte Keira sie. »Mein Vater ist schon lange tot.«

Sie bemerkte erst, nachdem sie die Worte ausgesprochen hatte, wie vorwurfsvoll sie klangen.

»Das tut mir leid«, sagte Avery. »Dann hast du es von ihm? Du wusstest die ganze Zeit nicht, was du bist?«

»Ich hatte bis vor drei Tagen nicht den blassesten Schimmer.«

»Wie hast du das ausgehalten?«

Keira zuckte mit den Schultern. »Mit viel Schmerz. Und einsam war es auch. Hatte ich den Schmerz erwähnt?«

Das fasste die letzten sechzehn Jahre ziemlich gut zusammen.

»Bist du deshalb so stark geworden?«

»Wie meinst du das?«

Die Avaritia kicherte. »Du hast keine Ahnung, oder?«

Keira wusste darauf nichts zu erwidern.

»Du hast dich heute Morgen völlig Grays Kräften widersetzt. Superbia sind extrem stark. Als Gray einmal an mir üben wollte, dachte ich, mein Kopf platzt. Das war übrigens das letzte Mal, dass sie ihre Kräfte an mir testen durfte«, bemerkte Avery. »Und du? Du rammst demonstrativ ein Messer in den Tisch und gehst einfach weg.«

Zwar war das nicht, wie Keira es empfunden hatte, aber sie ließ das mal so stehen.

»Und bei deiner Entführung eben. Ich dachte, du reißt uns die Arme aus. Ich meine, du hättest Brooke fast k. o. geschlagen. Du bist winzig. Wo nimmst du die Kraft her?«

Keira blickte in die tiefrote Glut des Lagerfeuers. Der Anblick erinnerte sie an das knisternde Funkeln in ihrer Iris, wenn sie wütend war. Unweigerlich musste sie an ihren letzten Kampf mit Vicky denken. Keira hatte ihre eigene Mitschülerin dazu angestachelt, sie anzugreifen, und sich daraufhin nicht einmal zur Wehr gesetzt. Später hatte sie Elliot dazu gebracht, aus seiner Haut zu fahren und ihr wehzutun.

Zu gern hätte sie an Averys Worte geglaubt. Stattdessen schüttelte Keira ablehnend den Kopf.

»Ich bin nicht stark.«

EINUNDZWANZIG

Keira musste zu viel getrunken haben. Viel zu viel. Eben hatte sie neben Avery am Lagerfeuer gestanden, jetzt lag sie in Tarans Armen. Ganz genau. Der Kerl mit den himmelblauen Augen.

Mit einem »Komm, Supergirl« hatte er ihre Hand ergriffen und sie auf die imaginäre Tanzfläche gezogen. *Supergirl.* Wie kam er nur darauf? Bisher hatten sie kein Wort miteinander gewechselt und er hatte bereits einen Spitznamen für Keira. Tarans Stimme war warm wie flüssiger Karamell und sein walisischer Akzent kitzelte in ihren Ohren.

Ihre Füße versanken im feuchten Gras, als sie sich vorsichtig zum Takt bewegte. Der erste Tau legte sich über das grüne Gestrüpp und sog sich in die Hosenbeine von Keiras Pyjama. Der Stoff klebte kühl an ihren Knöcheln. Sie hätte frieren müssen, aber der Alkohol wärmte sie von innen.

»Ich kann nicht tanzen«, protestierte sie schwach.

»Jeder kann tanzen«, sagte Taran und zog Keira näher an sich.

Seine Hände legten sich fest um ihre Taille, als er den Rhythmus vorgab. Für einen Moment trafen sich ihre Blicke, und Taran sah sie unverwandt an, als würden sie sich bereits seit Jahren kennen. Die Wärme seiner Hände drang durch den Stoff ihres Pyjamas und taute Keira auf. Sie war einem Jungen noch nie so nahe gewesen. Zumindest nicht, ohne ihm das Genick brechen zu wollen.

Keira kam aus dem Takt. In ihrem Magen wurde es ganz heiß. Das war doch der Alkohol?

Taran ließ sich davon nicht beirren und wirbelte sie mit einem kräftigen Ruck herum. Keiras Umgebung verschwamm zu einem rot-grünen Meer aus Wald, Feuer und Wiese, bis sie wieder sicher in Tarans Hände glitt. In ihrem Kopf drehte sich die Welt für einen Moment weiter.

»Geht doch«, grinste er schief.

Keira öffnete den Mund, um irgendetwas Schlaues zu erwidern. Heraus kam kein einziger Ton. Der Alkohol lähmte ihre Zunge, die Nervosität tat ihr Übriges.

Ohne eine Reaktion abzuwarten, drehte Taran sie erneut um die eigene Achse. Der Moment der Stille wirbelte davon. Doch diesmal kam Keira aus dem Gleichgewicht, entglitt Tarans Griff und fiel jemandem in den Rücken. Ein Ellenbogen bohrte sich fest in ihre Rippen.

»Was soll der Scheiß?«

Keira ballte die Hände zu Fäusten, sobald sie die Wut in Ians Stimme hörte. Seine Augen funkelten sie feindselig an, als sie sich wieder aufrichtete.

»Kannst du nicht aufpassen?«

Die ausgelassene Stimmung zerplatzte wie ein Luftballon.

»Beruhig dich«, sagte Taran. »Es war keine Absicht.«

Ian ließ sich von den Beschwichtigungsversuchen nicht aufhalten. »Red keinen Unsinn. Sie weiß genau, was sie tut. Kommt hierher und bildet sich ein, was Besseres zu sein. Ist doch so?«

Keira wich einen Schritt zurück, als sie das brennende Rot in seiner Iris erkannte. Gewaltsam ergriff Ian mit der freien Hand

Keiras rechten Oberarm. Sein alkoholisierter Atem wehte heiß über ihr Gesicht, als er ihr ganz nahe kam.

Sofort kochte Keiras eigene Wut in ihr hoch. Was wollte der Kerl von ihr? Sie kannten sich kaum. Dann hatte sie ihn eben angerempelt. Ian war nicht aus Glas.

»Hier beeindruckst du keinen mit deinen Kräften«, fauchte er.

»Was ist denn in dich gefahren? Lass sie los«, sagte Avery und wollte dazwischengehen.

Doch Ian stieß sie heftig beiseite, sodass sie unsanft im Gras landete. Gerade als Keira einschreiten wollte, klatschte ihr der kalte Inhalt seines Bechers ins Gesicht. Gin klebte ihr in den Haaren, brannte in ihren Augen und rann ihre Haut hinab. Der bittere Geschmack des Tonics perlte über Keiras Lippen.

Das war genug. Sie war es gewohnt, dass man sie herumstieß, aber Ians Schläge saßen zu tief. Ihr seinen Drink ins Gesicht zu schütten, war erniedrigend und verachtend. Wie ferngesteuert schlug Keira ihm so fest gegen die Schläfe, dass es in ihren Handknochen krachte. Ian schrie auf und stolperte einige Schritte zurück. Anscheinend hatte er nicht damit gerechnet, dass sie sich sofort zur Wehr setzen würde.

Keira hielt sich die schmerzende Hand, als sie auf ihn zuging. Ians Kopf war ziemlich hart für eine Matschbirne.

»Das wirst du bereuen«, drohte sie.

»Leute, es reicht«, forderte Gray, aber die beiden Ira ließen sich nicht aufhalten.

Für Keira stellte sich nicht die Frage, ob sie sich mit Ian anlegen sollte. Er überragte sie um einen Kopf und wog locker das Doppelte, aber sie war außer sich vor Wut. Sie leckte sich den Gin Tonic von den Lippen und steuerte mit glühendem Blick auf Ian zu, der immer weiter zurückwich. Dann setzte sie zum Angriff an. Er stolperte einen weiteren Meter zurück und Keiras Schlag ging ins Leere.

»Da musst du dir schon mehr Mühe geben«, bemerkte Ian hämisch.

Ohne zu zögern, setzte Keira zum nächsten Schlag an. Ihre Faust streifte Ians Brustkorb, als er ihr erneut auswich. Ein weiterer Griff ins Leere.

»Hört sofort damit auf!«, befahl Gray.

Ein Prickeln schoss bei diesen Worten durch Keiras Schläfen, doch Grays Kräfte konnten sie nicht stoppen. Ian und Keira befanden sich in einem Wettkampf, den keiner von ihnen widerstandslos beenden würde. Sie waren Ira. Konfrontation war Teil ihrer DNA. Alles andere kam einer Niederlage gleich.

»Du erwischst mich eh nicht«, knurrte Ian mit leuchtend roten Augen. Rückwärts stolperte er in den Wald hinein.

Keiras Füße folgten ihm von alleine. Bereits nach den ersten Schritten wurde ihr schummrig vor Augen. Sie war betrunken und der Alkohol zeigte seine lähmende Wirkung. Wie viel hatte sie getrunken? Vier, fünf Becher? Keira öffnete den Mund und sog die kühle Herbstluft in ihre Lungen ein.

»Keira! Ian!«, rief eine Stimme hinter den beiden.

Keira ignorierte den Ruf. Verdorrtes Laub und spitze Zweige stachen ihr in die Fußsohlen, als sie tiefer in den Wald drang und auf Ian zustürmte.

Sie nahm all ihre Energie zusammen und lief schneller. Als Ian zum Greifen nahe war, stürzte sie sich auf ihn wie ein Löwe auf seine Beute. Der Ira stolperte rücklings über eine Baumwurzel und verlor das Gleichgewicht. Die zwei gingen ächzend zu

Boden, doch der Alkohol dämpfte den Aufprall. In einem Bündel aus Beinen und Armen rollten sie über den feuchten Waldboden.

Keira spürte einen dumpfen Schlag an ihrem Ohr. Ein scharfer Schmerz schoss ihr ins Trommelfell. Zweige und Nadeln piksten ihr ins Gesicht. Instinktiv packte sie Ian am Kragen seines Mantels und drückte ihn zu Boden. Die beiden rauften sich wie Erstklässler auf dem Schulhof. Keiras linke Schulter stieß gegen die harte Wurzel eines Baumes, als Ian erneut die Oberhand gewann und sich auf sie wälzte. Sein Gewicht drückte schwer auf ihren Brustkorb und presste ihr die Luft aus den Lungen.

»Denkst du wirklich, du kannst dich mit mir anlegen?«, schnaubte er.

Ein markerschütternder Schrei erfüllte die Nacht. Er war so schrill und laut, dass Keiras Ohren klingelten. Erschrocken sahen die beiden Kämpfenden auf. Über ihnen standen die anderen Saligia. Der Schrei war aus Scarletts Kehle gekommen. Die Luxuria stand wimmernd da und hielt sich die Hand vor den Mund. Ihr entsetzter Blick ging an Keira und Ian vorbei die abfallende Böschung neben ihnen hinab.

Keira drehte den Kopf und folgte Scarletts Blick. Dann sah sie, was den furchterregenden Schrei ausgelöst hatte. Da unten lag etwas.

»Ist da…, ist das …?«, stammelte Avery.

Ein kalter Windzug fuhr über Keiras Haut, als Ian aufstand und zurückwich wie aufgeschrecktes Wild. Schwer atmend stützte Keira sich auf und blinzelte. Sternchen tanzten vor ihren Augen wie Clublichter.

Der fahle Schein des Mondes brach durch die Äste und beleuchtete das seichte Wasser in der Senke. In der schwarzen

Flüssigkeit erkannte Keira einen orangefarbenen Rock. Darunter ein schneeweißes Bein, daneben ein zweites. Da unten lag nicht etwas. Da lag jemand.

Keira konnte ihn deutlich auf dem Waldboden erkennen. Ihr Vater lag ausgestreckt da. Die toten Augen weit aufgerissen. Der Mund stumm geöffnet. Um seinen Kopf bildete sich eine Blutlache.

Eine Welle der Übelkeit überkam sie. Nein. Das war nicht möglich. Das war nicht ihr Vater, der am Fuße der Senke lag. Adam war vor dreizehn Jahren auf dem Boden ihrer Küche gestorben.

Keira schloss die Augen und zählte gedanklich bis fünf. Als sie die Augen wieder öffnete, war die Leiche ihres Vaters dem bleichen Frauenkörper gewichen.

Panik brach unter den Saligia aus und Stimmengewirr durchschnitt die Nacht.

»Oh mein Gott. Das ist sie doch.«

»Caprice.«

»Lebt sie noch?«

»Bist du bescheuert?«

Auf einmal stand Taran neben Keira, den Blick starr auf die Leiche gerichtet.

»Jetzt haltet mal die Klappe!«, befahl Gray von oben und brachte alle zum Schweigen.

Keiras Blick war weiter auf das Mädchen im Wasser fixiert. Aus der Entfernung sah sie wie eine Puppe aus, die man achtlos im Wald entsorgt hatte. Die steifen Beine. Kalkweiß. Keine Chance, dass das Mädchen noch lebte. Mit Abscheu wandte Keira den Blick von der Leiche ab.

Die Wirkung des Alkohols schwand, und ihr wurde bewusst, dass sie bei zehn Grad barfuß auf dem kalten Waldboden hockte. Vermutlich würde sie in den nächsten Tagen eine Lungenentzündung bekommen. Dünne Atemwölkchen stiegen vor Keiras Mund auf, als sie sich erhob und den Mantel fester um ihren Körper schlang. Statt nach ihren Handgelenken hätte eines der Mädchen bei der Entführung lieber nach einem zusätzlichen Paar Schuhe greifen sollen. Keira erschrak, als ihr die Banalität dieser Gedanken bewusst wurde. Wenige Meter entfernt lag eine Leiche und sie sorgte sich um ihre Gesundheit.

»Wir müssen zurück zur Schule«, entschied Gray.

»Willst du sie einfach hier liegen lassen?«, fragte Avery.

»Als hätten wir nichts gesehen?«, ergänzte Brooke.

»Lasst mich doch mal ausreden. Wir haben alle zu viel getrunken. Wir dürfen jetzt nicht in Panik geraten.«

»Caprice liegt da unten«, fuhr Mats sie an.

»Denkst du, das wüsste ich nicht?«, erwiderte Gray.

Erneutes Stimmengewirr strömte auf sie ein.

Wie immer war Gray beherrscht. Aus ihrem Gesicht ließ sich nicht ablesen, was in ihr vorging.

»Denkt doch mal nach. Wir dürften gar nicht hier sein«, sagte sie. »Eigentlich sollten wir in unseren Betten liegen und friedlich schlafen. Stattdessen haben wir gegen mehrere der Regeln verstoßen. Und dazu sind wir auch noch betrunken. Wenn rauskommt, dass wir das Grundstück verlassen haben, um zu feiern, dann sind wir geliefert. Killingworth reißt uns den Kopf ab.«

»Wir wollen nicht übertreiben, Ms Sharpe.«

Ein greller Lichtstrahl erfasste die Gruppe wie ein Scheinwerfer die Darsteller eines Theaterstücks.

Keira hielt sich schützend die Hand vor das Gesicht, als sie in den Strahl der Taschenlampe blickte. Vor ihnen stand niemand anderes als Ms Killingworth. Die Schulleiterin trug einen schwarzen Morgenmantel. Aus ihrem Dutt stachen lose Haarsträhnen hervor. Sie hielt die Taschenlampe wie eine Waffe, als sie die Gruppe mit einem strengen Blick musterte. »Kann mir bitte jemand erklären, was hier vor sich geht?«

»Fuck«, entwich es Lorenzo.

Besser hätte auch Keira es nicht ausdrücken können. Wo kam die Schulleiterin auf einmal her?

»Ms Killingworth«, begann Avery mit brüchiger Stimme, bekam aber keinen Satz zustande.

Stattdessen wich sie zur Seite und deutete auf die Senke. Auch die anderen Saligia gingen einen Schritt beiseite, als die Schulleiterin langsam an die Böschung trat.

»Es ist Caprice«, sagte Scarlett. Ihre sonst aufgeweckte Stimme klang dünn.

Ms Killingworth richtete den Lichtstrahl der Taschenlampe auf den Körper. Jetzt erkannte Keira, dass die Gula mit dem Gesicht zum Wasser lag. Ein Würgen ertönte hinter ihr, gefolgt von einem schwachen Plätschern.

Der Gesichtsausdruck der Schulleiterin blieb hingegen hart wie eine Maske aus Gips, als sie das tote Mädchen betrachtete.

»Ihr geht jetzt zurück auf eure Zimmer«, sagte sie.

Die Saligia wechselten bei dieser Aufforderung verunsicherte Blicke.

Als sich niemand regte, sah Ms Killingworth die Schüler mit eiserner Miene an: »Auf die Zimmer. Sofort!«

ZWEIUNDZWANZIG

Elliot wurde von einem Hieb in die Rippen aus dem Schlaf gerissen. Blinzelnd hob er den Kopf und blickte sich um. Er befand sich in einer Höhle aus Decken und Klamotten. Der Geruch von Limette, süßlichem Schweiß und abgestandenem Zigarettenrauch hing ihm in der Nase. Durch das Fenster drang das schwache Rauschen des morgendlichen Verkehrs.

»Elliot.«

Verwirrt blickte er über seine Schulter. Violet lag neben ihm in ein dünnes Laken gehüllt, das sie sich demonstrativ über die Ohren zog, bis nur noch ihr kurzes Haar hervorlugte. Die Szene erinnerte ihn an ihre gemeinsamen Tage an der Uni. Unzählige Male waren sie nach Wohnheimpartys nebeneinander aufgewacht. Seitdem waren sie Freunde mit gewissen Vorzügen.

Der Abend mit Violet war ein kurzer Höhepunkt der bisher erfolglosen Reise nach Carlisle gewesen. Elliots Freude über Caprice' Mantel war rasch dem Gefühl der Ernüchterung gewichen. Er hatte alle Secondhandläden abgeklappert und die Verkäufer nach Caprice befragt. Doch keinem der Händler kamen das Mädchen oder der Mantel bekannt vor. Elliot hatte seine Handynummer zurückgelassen, für den Fall, dass einem von ihnen doch noch etwas einfiel. Danach war er in das nächstbeste Pub gegangen, hatte sich ein Bier genehmigt und eine Weile gedankenversunken auf Caprice' Foto gestarrt.

»Sie ist hübsch«, sagte der Barmann, der hinter der Theke Gläser abtrocknete. »Deine Freundin?«

Elliot schüttelte den Kopf. Abgesehen davon, dass Caprice zu jung für ihn war, wäre ihm im Traum nicht eingefallen, eine Saligia zu daten. All diese gesteigerten Emotionen. Das war ihm viel zu anstrengend. Auch wenn sein Vater seit Jahren darauf plädierte, dass Elliot sich eines Tages eine Avaritia zur Frau nahm und mit ihr eine Familie gründete. Es wäre ein interessantes genetisches Experiment. Aber keines, an dem er teilhaben wollte.

»Elliot«, sagte Violet erneut neben ihm. »Dein Handy.«

Der vibrierende Ton schob sich in sein Bewusstsein. Widerwillig kletterte Elliot aus dem Bett und griff nach seiner Hose, die auf dem Boden lag. Darunter kam sein Smartphone zum Vorschein. Das Display erhellte matt den Raum. *Verpasster Anruf: Killingworth.*

»Meine Chefin.« Elliots Stimme war kratzig von den Zigaretten und den Pale Ales, die er sich in der Nacht mit Violet geteilt hatte. Er schloss die Augen und massierte seine Nasenwurzel, um einem Kater entgegenzuwirken. Es war fünf Uhr morgens. Was konnte so wichtig sein?

»Bist du da festgefroren?«, nuschelte Violet in ihr Kissen und vergrub sich unter ihrem Laken.

Elliot wollte sich an sie schmiegen und Violets warme Haut an seinem Körper spüren. Der Anblick war zu verlockend. Sie hatten einander seit Wochen nicht gesehen. Dieser Tag durfte noch nicht beginnen, dieser Augenblick nicht enden.

Kurz entschlossen ließ Elliot die Hose auf den Boden fallen und kroch zurück ins Bett. Er hatte sich eine Verschnaufpause verdient. Ms Killingworth konnte warten.

DREIUNDZWANZIG

Keira schob den schweren Vorhang beiseite und blickte der einsetzenden Morgendämmerung entgegen. Draußen war es totenstill. Kein Blatt regte sich an den Bäumen. In ihrem Schädel hingegen dröhnte es. Der nahende Kater hämmerte in Keiras Schläfen wie der beständige Bass eines Technosongs. Sie konnte den bitteren Geschmack des Gins noch immer auf ihrer Zunge schmecken.

Ausgelaugt blickte sie auf ihre dreckverkrusteten Füße. Nach dem Leichenfund waren die Mädchen direkt auf ihr Zimmer gegangen und hatten es seitdem nicht verlassen.

»Was machen wir denn jetzt?«, fragte Avery mit panischer Stimme.

Die Avaritia schien kurz vor der Hyperventilation zu stehen.

»Gar nichts«, sagte Gray. »Wir warten.«

Durch das Fenster beobachtete Keira den alten dunkelgrauen Mercedes, der in diesem Moment durch das stählerne Tor am Fuße des Anwesens fuhr. Die Scheinwerfer waren ausgeschaltet, als der Wagen im Schritttempo den Schotter hinaufrollte, bis er schräg vor dem Hauptgebäude stehen blieb. Die Tür ging schwungvoll auf und Ms Killingworth stieg heraus. Sie trug noch immer ihren schwarzen Morgenmantel. In dieser Ausnahmesituation war selbst für sie keine Zeit für Eitelkeiten.

Die Schulleiterin ging um den Wagen herum und öffnete den

Kofferraum, sodass die Heckklappe Keira den Blick versperrte. Was trieb die Schulleiterin da? Keiras Atem benetzte die Scheibe, als sie sich näher an das Fenster lehnte.

Als Ms Killingworth den Kofferraum schloss, hielt sie etwas in der Hand, das wie ein halb voller schwarzer Müllsack aussah. Er schien nicht sonderlich schwer zu sein, denn sie trug ihn mit einer Hand Richtung Haupteingang.

Sobald die Schulleiterin aus ihrem Blickfeld verschwunden war, wandte Keira sich ihren Mitbewohnerinnen zu. Sie alle sahen aus wie Zombies, die soeben aus ihren Gräbern gekrochen waren. Zerzaust, dreckig und blass. Im künstlichen Schein der Deckenlampe glichen ihre Augenringe schwarzen Löchern.

»Ich kann nicht fassen, dass Caprice tot ist«, sagte Avery schluchzend. »Was ist nur passiert?«

Sie stand in der Mitte des Raumes neben Scarlett. Gray saß mit übergeschlagenen Beinen auf ihrem Bett und Brooke lehnte an deren Bettpfosten. Nur Lazy lag seelenruhig in ihrem Bett und schlief. Das Mädchen brachte nichts aus der Ruhe. Nicht einmal eine Leiche.

»Gott, sie war da draußen ganz alleine. Die ganze Zeit lag sie da und wir haben nichts für sie getan. Denkt ihr, dass es ein Unfall war?«

»Ave«, sagte Gray mit ruhiger Stimme. »Das bringt doch nichts.«

»Ich meine, vielleicht ist sie gestürzt und hat sich das Genick gebrochen, oder sie hat sich den Kopf angeschlagen und …«

»Avery!«, fuhr Brooke sie härter an.

Zu hart für Keira, die instinktiv einen drohenden Schritt auf sie zumachte.

»Was?«, erwiderte Brooke mit einem abweisenden Blick.

»Lass sie in Ruhe.«

»Das sagt die Richtige. Übrigens eine ganz starke Leistung, deine Schlägerei mit Ian. Wirklich ein krönender Abschluss für den Abend.«

Keira knetete unruhig ihre Finger, bis die Knöchel knackten, während sie überlegte, wie sie die Invidia am besten zum Schweigen brachte. Mit ihrer schroffen und herablassenden Art erinnerte Brooke sie zunehmend an Vicky Walker.

»Hört auf, euch zu streiten«, fuhr Gray dazwischen und sah Brooke strafend an. »Wir haben jetzt echt andere Sorgen.«

»Oder«, setzte Avery erneut an, »oder denkt ihr, dass *die Anderen* was damit zu tun haben?«

»*Die Anderen?*« Gray schüttelte den Kopf. »Warum sollten die einer von uns was antun?«

»Wer ist das?«, fragte Keira.

Brooke stöhnte entnervt, als wollte sie sagen: *Du bist ja immer noch da.*

»*Die Anderen* sind Saligia ohne Ausbildung«, antwortete Gray. »Sie haben nie gelernt, ihre Kräfte zu kontrollieren. Oft sind sie kriminell. Missbrauch, Raub«, sie zögerte, »Mord. Ihre dunkle Seite dominiert.«

Für Keira klang das alles andere als harmlos.

»Aber es gibt für sie keinen Grund, eine von uns zu töten«, fuhr Gray fort. »Viele von ihnen sind Einzelgänger und wissen nicht, dass wir existieren. Meistens wissen sie nicht einmal, was sie sind.«

»Verstehe«, sagte Keira und biss sich auf die Unterlippe.

War ihr Vater ebenfalls *ein Anderer* gewesen?

»Außerdem wissen wir nicht, ob Caprice ermordet wurde oder ob es ein Unfall war. Wir wissen gar nichts.«

»So oder so – sie ist tot«, erwiderte Avery und wischte sich eine Träne von der Wange.

Scarlett legte ihr tröstend den Arm um die Schultern, als Averys Schluchzen erneut den Raum erfüllte. Die Avaritia stand deutlich unter Schock.

In Keiras Kehle formte sich bei dem Anblick ein Klumpen, der sich nicht herunterschlucken ließ. Sie war an die CSE gekommen, um dem Schmerz, der sie seit Jahren umgab, zu entfliehen. Doch der Tod war ihr gefolgt, hatte sich angeschlichen und sie aus dem Hinterhalt überfallen. Keira wollte ihn packen und aus dem Gebäude jagen, so wie sie Ian hinterhergejagt war. Dieser Drecksack. Keira spürte den eiskalten Gin in ihrem Gesicht, die spitzen Zweige unter ihren Füßen, Scarletts Schrei in ihren Ohren. Abermals überkam sie die Übelkeit. Der Knoten in Keiras Hals wich einem Schwall bitterer Galle.

Sie konnte keine Sekunde länger in diesem Zimmer bleiben.

»Keira, ist alles okay?«, fragte Gray, als die Ira zur Tür stürmte.

Wortlos verließ Keira den Raum.

Nichts war okay.

VIERUNDZWANZIG

Sobald Keira auf die Terrasse trat, kühlten ihre Emotionen ab. In tiefen Atemzügen sog sie die morgendliche Luft in sich auf und vertrieb das Gefühl der Übelkeit.

Über den Bäumen färbte sich der Himmel rötlich. Der Tag brach erst an, doch er war längst verloren. Eine traurige Vorstellung.

»Du legst es wirklich auf eine dicke Erkältung an«, riss sie eine Stimme aus den Gedanken.

Keira wandte sich zur Tür und sah Taran auf die Terrasse treten.

Der Luxuria blickte schmunzelnd an ihr herab. Sie trug noch immer ihren Pyjama.

»Ich musste ein bisschen runterkommen«, erklärte Keira.

»Kalt duschen hilft.«

Bei Taran klang dieser Tipp verdächtig zweideutig. Er sah sie herausfordernd an, als er auf sie zukam, doch Keira wich seinem Blick aus.

»Es ist ruhig«, bemerkte er, als er neben ihr stand. »Fast, als wäre nichts gewesen.«

Vor ihnen erstreckte sich der Park des Anwesens, in dessen Mitte sich der Sportplatz befand. Tau überzog den Rasen wie eine Salzkruste.

»Was geschieht als Nächstes?«, fragte Keira.

»Ehrlich gesagt rechne ich damit, jeden Moment aufzuwachen, um zu erfahren, dass nichts von dem passiert ist. Dass das alles ein bizarrer Albtraum war.«

Zu gern teilte Keira diese Vorstellung mit ihm. Sie war müde. Zu müde, um über die Ereignisse der vergangenen Nacht nachzudenken oder zu sprechen.

Aus den Baumwipfeln drang der Gesang zweier Vögel und für einige Sekunden lauschten sie beide dem Gezwitscher. Der schmerzende Druck in Keiras Kopf schwand mit jedem Atemzug.

»War ziemlich beeindruckend, wie du Ian durch den Wald gejagt hast«, sagte Taran schließlich.

»Das sieht Brooke anders.«

»Wieso?«

»Ihrer Meinung nach habe ich den Abend ruiniert.«

»Du hast den Abend ruiniert?« Taran entwich ein Seufzen. »Manchmal glaube ich, Brooke lebt in einer anderen Dimension. Die schiebt ihren ganz eigenen Film.«

»Ziemlich harsch«, bemerkte Keira.

»Ziemlich wahr«, warf er zurück.

Ein Schmunzeln schlich sich auf Keiras Lippen. Taran war eindeutig nicht Mitglied in Brookes Fanclub. Ein kleiner Trost.

»Schlägst du eigentlich immer so schnell zu?«, fragte er.

»Manchmal nicht schnell genug.«

Diese Antwort entlockte ihm ein Lächeln, das nur kurz blieb. Als wäre es Taran nicht länger erlaubt, fröhlich zu sein. Das morgendliche Rot spiegelte sich in seinen Augen, als Keira zu ihm aufblickte. Sein Blick war magnetisch. Er schien sie näher an sich heranzuziehen.

Keira wollte nicht darüber nachdenken, wie sie aussah. Wahrscheinlich hatte sie kratertiefe Augenringe. Zudem roch sie nach Alkohol und war mit Schlamm beschmiert. Zur Krönung trug sie ihren Schlafanzug. Nicht sehr vorteilhaft.

Aber seit wann war ihr wichtig, wie sie aussah?

Als wäre es der nächste logische Schritt, beugte Taran sich vor, zog die Schnürsenkel seiner Schuhe auf und schlüpfte aus den Sneakern.

»Was machst du?«, fragte Keira.

Er stand in Sportsocken da und schob die weißen Turnschuhe mit dem Fuß in ihre Richtung. »Zieh sie an.«

»Du spinnst.«

»Sagt das Mädchen, das bei zehn Grad barfuß auf den Sonnenaufgang wartet.«

Keira warf ihm einen warnenden Blick zu, doch Taran lächelte sie unbeirrt an. Er ließ sich nicht von ihrer abweisenden Art einschüchtern.

»Sie werden dreckig«, lehnte sie ab.

Der getrocknete Schlamm an Keiras Füßen würde den Stoff der weißen Sneakers ruinieren. Zur Abwechslung wollte sie einmal nichts kaputt machen.

Taran störte der Dreck anscheinend nicht, denn er schob die Schuhe weiter über die Steinplatten, bis sie Keiras nackte Zehenspitzen berührten. Der Kunststoff drückte kühl gegen ihre Haut und bat sie darum, das Angebot anzunehmen.

»Wie du meinst«, sagte Keira.

Als handelte es sich um eine Mutprobe, stieg sie in die weichen Sneakers und wich Tarans Blick dabei keine Sekunde aus. Der Stoff schmiegte sich warm an ihre Fußsohlen, als sie in die

Schuhe glitt. Zwar waren sie mindestens drei Größen zu groß, aber dafür waren sie tausendmal bequemer als die kalten Steinplatten.

»Besser?«, fragte Taran.

Keira bemerkte ein blaues Funkeln in seinen Augen. Diesmal war er es, der den Blick abwandte.

»Hör nicht auf Brooke. Wir verlieren alle mal die Kontrolle«, sagte er. »Und Ian hat es nicht anders verdient.«

»Danke.« Keira hatte keine Ahnung, warum Taran so nett zu ihr war. Sie kannten einander kaum. »Ich muss noch viel lernen.«

»Du, ich und alle anderen.« Er stützte sich mit den Ellenbogen auf der Balustrade ab und ließ den Blick über das Gelände schweifen. Die flachen Wolken über den Bäumen hatten sich in ein zartes Rosa verfärbt. »Wir sind mehr als Todsünden. Sonst wären wir nicht hier, oder?«

Keira musterte den Blondschopf von der Seite. In keinem Moment strahlte Taran Unsicherheit aus. Er wollte mit Keira tanzen, also forderte er sie dazu auf. Er sah, dass sie fror, also gab er ihr seine Schuhe. Auf sie wirkte er mit sich im Reinen.

»Also, warum bist du hier?«, fragte er. »Was ist deine Geschichte?«

»Meine Geschichte?«

»Ja. Was hast du gemacht, bevor du hergekommen bist, um Jungs zu verprügeln?«

Keira zuckte mit den Schultern. »Mädchen verprügelt.«

Taran lachte erneut. »Okay. Mit dir sollte man sich nicht anlegen. Was noch?«

»Nichts.«

»Nichts?«

Keira hob erneut die Schultern. Sie hatte keine spannenden Geschichten zu erzählen. Zumindest keine, die Taran etwas angingen. Ihr Alltag in Parsons End war grau gewesen. Eine endlose Schleife vertaner Zeit. Keira konnte Stunden damit zubringen, auf einen Fleck zu starren und sich in ihren eigenen Emotionen festzubeißen. Zugleich war es ihr unmöglich, sich länger als zehn Minuten auf ein und dieselbe Sache zu konzentrieren. Die innere Unruhe tigerte in ihrem Verstand herum wie ein hungriges Raubtier.

Keira hatte keine Interessen, denen sie mit Leidenschaft nachging. Ihr Versuch, sich ein Hobby zu suchen, war kläglich gescheitert, als sie mit elf aus dem Hockeyteam geflogen war. Statt nach dem Ball hatte sie nach ihren Mitspielern geschlagen. Niemand wollte sie im Team haben.

»Mein Leben war bisher ziemlich«, Keira suchte nach dem richtigen Wort, »eintönig.«

Taran richtete sich auf und musterte sie, als stünde ihr ins Gesicht geschrieben, ob sie die Wahrheit sagte oder log. Seine Augen waren wachsam, nahmen jedes Detail auf. Dann schüttelte er den Kopf.

»Nein«, sagte er. »Da ist noch viel mehr.«

Er hatte sie durchschaut.

Blaue Kristalle schimmerten in seiner Iris, als er sie selbstsicher ansah. Keira wagte nicht zu blinzeln. Auf einmal war es, als erweiterten sich all ihre Sinne. Der Duft des frischen Grases kroch ihr in die Nase und vermischte sich mit dem Geruch von Tarans Duschgel, eine Kombination aus heißer Schokolade und Chili. Das entfernte Zwitschern des Vogelpaares kitzelte in ihren

Ohren. Die kleinen Härchen auf Keiras Unterarmen stellten sich auf und erzitterten in der morgendlichen Luft.

»Keira.«

Sie zuckte bei dem Klang ihres eigenen Namens zusammen. Ms Killingworth stand im Eingang und sah die beiden Schüler prüfend an. Keira wusste nicht, ob sie erleichtert oder peinlich berührt über den plötzlichen Auftritt der Schulleiterin sein sollte. Also war sie ein bisschen von beidem.

Die linke Augenbraue der Schulleiterin wanderte ein Stück nach oben, als sie an den Saligia herabblickte. Keira in Pyjama, Mantel und übergroßen Sneakern und neben ihr Taran in Schuluniform und weißen Sportsocken. Das bekam sie bestimmt nicht oft zu sehen. Ms Killingworth selbst hatte sich in der Zwischenzeit ihr Kostüm übergeworfen. Die losen Strähnen in ihrem Dutt verrieten die innere Anspannung, die sie unter dem Aufzug zu verstecken versuchte.

»Ich habe euch überall gesucht«, sagte sie vorwurfsvoll. »Ihr kommt sofort mit.«

FÜNFUNDZWANZIG

Kurz darauf standen Keira und die anderen Ausreißer aufgereiht in Ms Killingworths Büro. Im Gegensatz zu Keira hatten sich ihre Mitschüler in der Zwischenzeit eine Dusche gegönnt und frische Kleidung angezogen. In ihrem dreckigen Pyjama und den Sneakern kam sie sich neben ihnen wie ein verwahrlostes Waldwesen vor.

»Ihr erzählt mir jetzt ganz genau, was heute Nacht vorgefallen ist«, forderte Ms Killingworth. »Gray?«

Die Amerikanerin erstarrte, als sie ihren Namen hörte.

»Ms Killingworth«, sagte sie und klang ungewöhnlich kleinlaut. »Wir konnten nicht ahnen … ich meine, es war eine Ausnahme.«

»Eine Ausnahme?« Die Schulleiterin blickte sie ungläubig an.

Keira spürte die Irritation, die in diesem Moment von Gray ausging. Die Superbia war es nicht gewohnt, dass man ihre Aussagen hinterfragte, gar verspottete.

»Wir wollten Keira willkommen heißen«, erklärte sie.

Ms Killingworth sog derartig scharf den Atem ein, dass Keira befürchtete, ihr Brustkorb könnte platzen. Ernst blickte sie in die Runde. »Wie seid ihr vom Gelände gekommen?«

»W-wir hatten einen Schlüssel«, stotterte Avery.

»Wo hattet ihr den her?«

»Er steckte im Schloss«, antwortete Ian, kaum war die Frage ausgesprochen.

Selbst Keira erkannte auf Anhieb, dass er log. Ms Killingworths Augen blitzten ihn an, als könnte sie Giftpfeile damit abschießen. Unter ihrer beherrschten Oberfläche brodelte es. Auch das konnte Keira fühlen.

»Wie aus dem Nichts taucht also ein Satz Schlüssel auf«, sagte die Schulleiterin und sah erneut in die Runde.

Niemand wagte, ihren Blick zu erwidern.

»Wenn ihr denkt, dass ihr mich zum Narren halten könnt, dann irrt ihr euch gewaltig. Ihr habt gegen die Hausregeln verstoßen. Das lässt sich schwer leugnen.« Ms Killingworth schien besorgter um die Regelverstöße ihrer Schüler zu sein als um die Leiche im Wald. Langsam dämmerte Keira, was die Schulleiterin in dem Müllsack entsorgt hatte: die Spuren der Feier. Vermutlich hatte sie die leeren Flaschen und Pappbecher eingesammelt, das Feuer gelöscht und den Lautsprecher mitgenommen. Die Vorstellung, dass die Schulleiterin lieber Spuren verwischte, als sich umgehend um den Todesfall zu kümmern, irritierte Keira.

»Ist irgendetwas an den Hausregeln nicht zu verstehen? Habe ich mich unklar ausgedrückt?«, fragte Ms Killingworth aufgebracht. »Ist euch bewusst, in welche Gefahr ihr die CSE und die Saligia damit gebracht habt? Da draußen liegt ein totes Mädchen und ihr feiert eine Party. Nicht einmal fünfhundert Meter entfernt. Samt Lagerfeuer.«

»Von Caprice wussten wir nichts«, sagte Mats. »Wir haben sie, kurz bevor Sie aufgetaucht sind, entdeckt.«

»Was hattet ihr überhaupt im Wald zu suchen?«, hakte Ms Killingworth nach.

Keira und Ian wollten einander die Köpfe einschlagen. Nichts weiter.

Keira vergrub die Daumennägel in ihren Handinnenflächen, bis es schmerzte. Nervös sah sie zu ihren Mitschülern und wartete, dass diese sie verpetzten. Ians Augen blitzten sie rot an, als sich ihre Blicke trafen. Tiefe Abscheu trat aus ihnen hervor.

»Niemand?«, fragte Ms Killingworth.

Zu Keiras Überraschung blieben die Saligia stumm und starrten betreten auf ihre Füße. Sie hielten zueinander. Sie hielten zu Keira. Bei dieser Erkenntnis überkam die Ira ein seltenes Glücksgefühl. Das war das erste Mal, dass sich jemand für sie einsetzte. Und das in einem Moment, in dem es ein Leichtes gewesen wäre, mit dem Finger auf sie zu zeigen.

»Eines muss man euch zugestehen: Ihr haltet zueinander«, sagte Ms Killingworth und stützte sich auf ihrem Schreibtisch ab. Erstaunt blickte sie in die Runde. »Vielleicht fallen euch die Details zu letzter Nacht wieder ein, wenn ihr nüchtern seid. Damit das klar ist: Ihr redet mit niemandem darüber. Diese Party bleibt vorerst unter uns. Das Letzte, was wir gebrauchen können, sind Gerüchte und Spekulationen.« Sie schüttelte abschätzig den Kopf. »Sollte ich mitbekommen, dass ihr irgendwem von den Geschehnissen erzählt, dann werdet ihr mit sofortiger Wirkung dieser Schule verwiesen.«

Die Ankündigung schlug ein wie ein Blitz. Fehlten nur noch bedrohliche Rauchschwaden. Ms Killingworth brauchte ihre Kräfte nicht anzuwenden. Sie hatte genug Macht, um ihre Schüler ohne übernatürliche Tricks in die Schranken zu weisen.

»Ms Killingworth, das können Sie nicht tun«, protestierte Gray.

»Und ob ich das kann. Ihr habt gegen mehrere der Regeln verstoßen. Ich bin gnädig genug, euch eine zweite Chance zu geben. Und ich schwöre bei Gott und beim Teufel, wenn ihr mich auch nur ein weiteres Mal hintergeht, dann könnt ihr euch eure Zukunft an diesem Internat abschminken.«

Widerstand war zwecklos.

»Und jetzt raus.«

Stumm sahen die Schüler einander an. In Ms Killingworths Gegenwart traute sich keiner, ein weiteres Wort zu sagen.

Keira konnte es kaum erwarten, das Büro zu verlassen und unter die Dusche zu steigen. Doch kurz vor der Türschwelle hielt die Schulleiterin sie zurück:

»Keira, du bleibst bitte hier.«

Keira entgingen die misstrauischen Blicke ihrer Mitschüler nicht, als sie im Büro der Schulleiterin zurückblieb. Wunderbar. Egal, was folgte, sie würde als mögliche Verräterin gelten.

»Setz dich ruhig«, sagte Ms Killingworth und deutete auf die beiden Ledersessel vor ihrem Schreibtisch. Es klang wie ein Angebot. In Wirklichkeit war es ein Befehl.

Zögerlich trat Keira an den Schreibtisch und ließ sich in den rechten der beiden Sessel sinken. Sie war erschöpft und aufgeputscht zugleich. Sie hatte keine Ahnung, was sie als Nächstes erwartete.

Die Schulleiterin blieb hinter ihrem Schreibtisch stehen und blickte auf Keira hinab wie auf ein kleines Kind. »Möchtest du mir sagen, wie die Kratzer in Ians Gesicht gekommen sind, oder soll ich raten?«

Scheiße.

»Du denkst, ich verliere in solch einer Situation den Blick für die Kleinigkeiten«, sagte Ms Killingworth und schürzte die Lippen. »Sieh dich an, Keira. Du sitzt hier im dreckigen Pyjama, ungeduscht, verkatert, mit blauen Flecken.«

»Die Nacht lief anders als erwartet«, bemerkte Keira nüchtern.

»Das kann man wohl sagen.« Ms Killingworth schritt zu dem breiten Bücherregal an der Rückwand des Zimmers und betrachtete die säuberlich aufgereihten Werke.

»Weißt du, warum ich dich in Zimmer 107 untergebracht habe?«, fragte sie und zog eines der Bücher hervor. Wie üblich wartete sie keine Antwort ab. »Die Dynamik dieser Gruppe ist nahezu vorbildlich. Es ist nicht selbstverständlich, dass sich so viele unterschiedliche Hauptlaster ein Zimmer teilen. Wir haben viele Kombinationen ausprobiert. Ursprünglich waren die Zimmer gänzlich nach Hauptlastern getrennt. Im Laufe der Zeit begannen wir, die Laster zu mischen.« Ms Killingworth blieb mit dem Rücken zu Keira gewandt und zog weitere Bücher aus dem Regal, während sie sprach.

»Es zeigte sich, dass die Avaritia, Luxuria, Acedia und Gula dazu tendieren, sich an ihresgleichen zu halten«, erklärte sie. »Die Avaritia verbünden sich mit den Avaritia, die Luxuria mit den Luxuria, die Gula mit den Gula – du verstehst das Prinzip.

Ein Superbia hingegen akzeptiert in der Regel keinen zweiten Superbia auf seinem Zimmer. Sie ringen stets um die Alphaposition in der Gruppe. Auf den ersten Blick scheinen einige von ihnen zu kooperieren, doch dahinter verbirgt sich der Plan, die Mitschüler auf ihre Seite zu ziehen.

Die Invidia wiederum versuchen konstant, in andere Gruppen zu drängen, mit dem Wunsch, aus ihrer eigenen auszubrechen.

Sie sind von Natur aus unzufrieden mit dem, was sie sind. Und die Ira …«, zum ersten Mal wandte sich Ms Killingworth wieder Keira zu, »… die Ira kommen in der Regel weder mit ihresgleichen noch mit den anderen Hauptlastern aus.«

Keiras Handflächen waren schweißnass, so sehr massierte sie ihre Hände. Ms Killingworth würde sie für den Streit mit Ian bestrafen, so viel stand fest. Noch konnte sie nicht erahnen, wie diese Strafe aussehen würde – oder ob sie auf der CSE bleiben durfte.

»Nun gibt es auf Zimmer 107 keine Doppelungen«, sagte Ms Killingworth. »Und jedes der Mädchen scheint auf ganz natürliche Weise seine Rolle in dieser Gemeinschaft gefunden zu haben. Selbstverständlich sind einige von ihnen in der Beherrschung ihrer Fähigkeiten weiter als andere, aber für eine Gruppe junger Saligia halten die Mädchen äußerst gut zusammen.« Ms Killingworth blätterte durch das oberste der Bücher, die sie auf ihrem Unterarm gestapelt hatte. »Ich weiß mehr über dich, als du denkst. Ich war mir von Anfang an sicher, dass es dir trotz deiner aggressiven und feindseligen Natur gelingen könnte, Teil dieser kleinen Gemeinschaft zu werden. Stimmst du dieser Einschätzung zu?« Ms Killingworth erwartete keine ehrliche Antwort, sie erwartete Bestätigung.

Keira nickte stumm. Schweiß und Blut vermischten sich in ihren Handinnenflächen.

»Dann habe ich meinen Teil der Aufgabe erfüllt«, sagte sie. »Der Grundstein für deine Zukunft an der CSE ist gelegt.«

Keiras Finger glitten bei diesen Worten auseinander. Erleichtert atmete sie auf. Ms Killingworth würde sie nicht der Schule verweisen.

»Jetzt liegt es an dir, dir diese Zukunft aufzubauen«, sagte die Schulleiterin und kam auf sie zu, ein halbes Dutzend Wälzer in den Händen. Sie ließ den Bücherstapel vor Keira auf den Schreibtisch knallen wie ein Fallbeil auf den Nacken des Verurteilten. »Die wirst du in den nächsten zwei Wochen lesen. Die Lehrer werden dein Wissen abfragen.«

»Was?«, entfuhr es Keira.

Sofort kam die Anspannung zurück.

Der Höhe des Stapels nach waren das über zweitausend Seiten. So viel hatte Keira in den letzten drei Jahren nicht gelesen.

»Hast du etwa ein Problem damit?«

Ein Problem? Eher zweitausend. Vor anderthalb Stunden hatte Keira eine Leiche im Wald entdeckt und jetzt sollte sie sich um ihre schulischen Leistungen kümmern? Viel Zeit zur Trauer blieb den Schülern nicht. Abgesehen davon hasste sie Bücher. Keira wollte nicht lesen. Sie hatte keine Ahnung, wie ihr diese Wälzer weiterhelfen sollten.

»Ehrlich gesagt dachte ich, dass der Unterricht hier praktischer ausfallen würde.«

»Praktisch, ja? So wie deine Auseinandersetzung mit Ian?« Die Schulleiterin verschränkte die Arme vor der Brust. »Dafür bist du noch nicht weit genug. Exkursionen finden für dich erst im zweiten Halbjahr statt.«

»In sechs Monaten?«

Keira konnte ihr Temperament nicht länger zurückhalten. Es brodelte auf und zischte heraus wie aus einem Teekessel. Sie sollte ein halbes Jahr Bücher wälzen, bevor sie ihre Kräfte anwenden durfte. Bis dahin würde sie vor Wut explodieren.

»Was hast du erwartet?«, fragte Ms Killingworth. »Dass du von heute auf morgen lernst, deine Kräfte zu beherrschen? Das ist harte Arbeit, und du kannst dir nicht leisten, weitere Zeit zu verlieren. Du hängst bereits hinterher. Zudem hast du mit deinem Angriff auf Ian bewiesen, dass du weit von deinem Ziel entfernt bist.«

»*Mein* Angriff auf Ian? Er hat angefangen, nicht ich.«

Ms Killingworth ließ sich von Keiras zorniger Miene nicht einschüchtern. Sie leitete die CSE seit über zwanzig Jahren. Vermutlich beeindruckte sie der gefährliche Blick der Ira schon lange nicht mehr.

»*Ian hat angefangen, ich war betrunken, es war eine Ausnahme*«, zählte die Schulleiterin auf. »Klingt verdächtig nach Ausreden, findest du nicht? Was habe ich dir gerade eben erzählt? Ira neigen dazu, sich selbst auszugrenzen. Du musst lernen, Geduld zu üben, Keira. Mit anderen und mit dir selbst. Selbsterkenntnis ist der erste Schritt zur Besserung.«

Mit diesen Worten schob die Schulleiterin ihr den Stapel Bücher entgegen.

Keira kam nicht drum herum. Sie musste diese dicken Schinken lesen. Und das schnell, denn die Lehrer würden die Inhalte bald abfragen.

»Jetzt geh duschen und zieh dir saubere Sachen an, bevor die anderen Schüler wach werden.«

Widerwillig stand Keira auf und nahm die Bücher in die Hand. Sie konnte nicht fassen, dass die Schulleiterin sie deswegen zurückgepfiffen hatte. Nach allem, was in den letzten Stunden geschehen war.

»Was ist mit Caprice?«, fragte sie.

»Lass das meine Sorge sein«, antwortete Ms Killingworth und verschränkte die Arme vor der Brust.

Mehr würden ihre zusammengepressten Lippen nicht verraten.

SECHSUNDZWANZIG

Die Bücher wogen schwer in Keiras Händen, als sie durch den langen Gang zurück zu ihrem Zimmer lief. Inzwischen waren die ersten Mitschüler wach. Leises Gemurmel drang aus den Zimmern. Noch ahnten sie nichts von Caprice' Tod.

Am liebsten hätte Keira die Bücher in die Ecke geschleudert und nie wieder angefasst. Sie konnte nicht entscheiden, was sie wütender machte: dass Ms Killingworth ihr ausgerechnet diese Strafe aufs Auge drückte oder dass sie dies zu einem derartig unpassenden Zeitpunkt tat.

Keira balancierte die Bücher auf den Unterarmen und drückte die Türklinke zu ihrem Zimmer mit dem Ellenbogen herunter. Sie lehnte sich gegen die Tür, um sie aufzudrücken, doch die bewegte sich keinen Zentimeter. Sie klemmte. Keira stemmte ihr gesamtes Gewicht gegen das harte Holz. Noch immer tat sich nichts.

Die Tür klemmte nicht, sie war verschlossen.

Verwundert richtete Keira sich auf. Ihre Mitbewohnerinnen hatten sich eingeschlossen. Energisch schob Keira die Bücher unter ihren Arm, griff nach der Türklinke und rüttelte so kräftig daran, dass das Schloss erzitterte. Als sich nichts tat, schlug Keira dreimal fest mit der Handfläche gegen das Holz.

»Hey«, forderte sie lautstark.

Ein Klacken ertönte, als sich der Schlüssel im Schloss drehte.

Reflexartig stieß Keira die Tür auf. Die prallte an etwas ab und traf die Ira mit voller Wucht, sodass ihr die Bücher aus den Händen glitten. Mit flatternden Seiten gingen die Wälzer zu Boden wie dicke Wachteln, die sich nicht in der Luft halten konnten.

»Bist du bescheuert?«, fluchte Brooke und tauchte mit feuerrotem Gesicht hinter der Tür auf. Sie rieb sich das Schlüsselbein. Die Tür war nicht an etwas abgeprallt, sie war an Brooke abgeprallt.

Keira verspürte keinerlei Bedürfnis, sich bei der Invidia zu entschuldigen. Und wenn sie ihr das Schlüsselbein zertrümmerte hätte.

»Komm rein und mach die Tür zu«, sagte Gray mit gewohnt ruhiger Stimme. Sie stand vor ihrem Bett und strich das Laken glatt, bevor sie sich setzte. Direkt neben ihr standen Avery und Scarlett.

Irritiert stieg Keira über die Bücher hinweg und betrat das Zimmer. »Warum habt ihr abgeschlossen?«

»Wir haben über letzte Nacht geredet«, sagte Gray. »Wir wollten nicht, dass jemand unerwartet ins Gespräch platzt.«

»Richtig«, zischte Brooke und rieb sich demonstrativ das Schlüsselbein.

»Was wollte Ms Killingworth von dir?«, fragte Avery. In der Hand hielt sie einen Ring, den sie wiederholt auf ihren Finger schob und wieder abnahm.

»Die soll ich in den nächsten zwei Wochen lesen«, antwortete Keira und deutete auf die Bücher, die über den Boden verteilt lagen.

»Das ist alles?« Brooke klang skeptisch. »Ms Killingworth wollte mit dir über Hausaufgaben sprechen?«

»Das sind keine Hausaufgaben. Das ist Strafarbeit. Sie hat herausgefunden, dass ich mich mit Ian geprügelt habe.«

Brookes Lippen verzogen sich zu einem süffisanten Grinsen. Diese Mitteilung gab ihr offensichtlich Genugtuung.

»Und sie hat dich nicht zu der Party befragt?«, hakte Gray nach.

»Nein. Sie wollte mit mir über meine Fähigkeiten sprechen.«

»Verstehe.« Grays Augen bildeten schmale Schlitze, als sie Keira prüfend ansah.

Die Ira kam sich vor wie eine Zeugin im Verhör. Eine Zeugin – oder eine Verdächtige. Sie spürte die misstrauischen Blicke der vier Saligia auf sich ruhen.

»Was hätte ich ihr auch erzählen sollen?«, fügte sie hinzu.

»Du hast recht. Blöde Frage«, sagte Gray. Das Lächeln kam zurück auf ihre Lippen und sie deutete auf den Bücherhaufen. »Sag Bescheid, wenn du Hilfe brauchst. Avery ist die beste Nachhilfelehrerin, die diese Schule je gesehen hat. Nicht wahr, Ave?«

»Was?«, entfuhr es dieser, als hätte sie gar nicht zugehört.

»Du hast den besten Notenschnitt. Wenn jemand helfen kann, dann bist du es.«

Avery nickte bestätigend, doch sie wirkte abwesend.

»Vielleicht solltest du erst mal duschen und dich umziehen«, bemerkte Brooke dann und musterte Keira.

Ihre Augenbrauen wanderten in die Höhe, als sie die Turnschuhe an Keiras Füßen sah. Sie trug noch immer Tarans Sneakers, die an ihr wie die übergroßen Schuhe eines Clowns wirkten.

»Man kann dir von hundert Metern Entfernung aus ansehen,

dass du letzte Nacht nicht in deinem Bett verbracht hast.« Brooke rümpfte die Nase. »Und riechen kann man es langsam auch.«

Diese verdammte Zicke.

»Kein Grund, sich zu streiten«, sagte Gray und stand auf. »Es war für alle eine anstrengende Nacht. Geben wir Keira etwas Ruhe.«

Mit diesen Worten scheuchte sie die Mitbewohnerinnen aus dem Zimmer.

Keira war dankbar, dass Gray ihr den Rücken freihielt. Sobald die Mädchen den Raum verlassen hatten, atmete sie tief durch. Endlich hatte sie einen Moment für sich. Ihr wurde bewusst, welch ein seltenes Gut das an einem Internat war. Bis vor Kurzem war die Leere ihres Zuhauses ein natürlicher Zustand für Keira gewesen. Die meiste Zeit hatte sie alleine auf ihrem Zimmer verbracht. An der CSE hingegen würde sie sich für die nächsten zwei Jahre ein Zimmer mit mindestens fünf Mädchen teilen. Privatsphäre existierte an diesem Ort nicht. Es sei denn, man schloss seine Mitbewohnerinnen aus …

Keira zog die Tür ihres Schrankabschnittes auf und griff sich einen Satz frischer Kleidung. Auf einmal konnte sie kaum erwarten, aus den dreckigen Klamotten zu steigen. Als könne sie dadurch die Ereignisse der letzten Nacht abstreifen.

Als Keira die Schranktür zustieß, fiel ihr Blick auf den orangen Stofffetzen, der aus der danebenliegenden Tür hervorlugte. Sie fuhr mit den Fingern über das weiche Stück Baumwolle. Es war der Ärmel eines Pullovers, der in der Tür klemmte. Orange, die Farbe der Gula. Das war Caprice' Schrankabschnitt.

Keira war sich sicher, dass der Ärmel zuvor nicht aus der Tür hervorgelugt hatte. Das wäre ihr aufgefallen, als sie am Vortag ihre neue Kleidung im Schrank verstaut hatte. Sie ließ von dem Stoffstreifen ab und sah zu der Stelle, an der ihre Mitbewohnerinnen vor wenigen Sekunden gestanden hatten. Darum hatten sie die Tür verschlossen. Die Mädchen waren heimlich durch Caprice' Sachen gegangen.

SIEBENUNDZWANZIG

Elliot sprang einen Schritt zurück, als das Fett zischend in der Pfanne tanzte und auf seine Hand spritzte. Er steckte den rechten Daumen in den Mund. Selbst die Spiegeleier erwiesen sich an diesem Morgen als Herausforderung.

»Du bist noch da«, sagte Violet, als sie in die Küche kam.

Sie lehnte sich gegen den Türrahmen. Violet trug Elliots Hemd, das ihr knapp bis über die Knie ging. Ihre linke Wange zierte ein streifenförmiger Kissenabdruck.

»Wo sollte ich sonst sein?«

»Sehr witzig. Du bleibst sonst nie zum Frühstück.«

Aus Violets Mund klang es neckisch, nicht vorwurfsvoll. Sie durchquerte die schmale Küche in zwei Schritten und warf einen neugierigen Blick in die Pfanne. »Und heute machst du sogar das Frühstück.«

»Es gibt für alles ein erstes Mal«, sagte Elliot.

»Sag bloß, du wirst erwachsen«, erwiderte sie und gab ihm einen Kuss auf die nackte Schulter.

Für diese kleinen Gesten war er geblieben.

Violet holte Besteck und zwei Teller aus dem quietschgelben Küchenschrank hervor. Die Teller hatten unterschiedliche Designs, einer war rot kariert, der andere blau umrandet. Das Porzellan war am Rand abgestoßen. Alles in dieser Küche sah aus, als käme es vom Flohmarkt.

»Hast du deine Chefin erreicht?«, fragte Violet, als Elliot die Spiegeleier auf die Teller hievte.

»Hab's noch nicht versucht.« Er hatte sich eine Pause verdient.

»Ruft sie öfter zu solch unmenschlichen Zeiten an?« Violet pulte am verkrusteten Rand ihres Spiegeleis und schob sich ein kleines Stück in den Mund.

»Sie kann fordernd sein«, tat Elliot die Frage ab und stellte die heiße Pfanne beiseite.

Violet schüttelte den Kopf. »Du und dein Job.«

»Nicht jeder kann für einen Freizeitpark arbeiten.«

»Ferienpark«, korrigierte sie ihn.

»Gibt es da einen Unterschied?«

Violet legte den Kopf schief. »Ja, Mr Hammond, den gibt es. In einem Ferienpark verbringt man seine Ferien, man campt oder nimmt sich einen Bungalow und genießt die Ruhe. In einem Freizeitpark dagegen isst man Zuckerwatte, fährt Achterbahn und kotzt anschließend auf den Wegrand.«

Elliot grinste bei dieser Beschreibung. »Komisch. In dem Fall passt du viel eher in den Freizeitpark als in einen Ferienpark.«

»Sehr komisch«, sagte Violet und verpasste ihm einen spielerischen Klaps auf den nackten Bauch. »Wenigstens habe ich geregelte Arbeitszeiten und einen festen Arbeitsort.«

»Klingt verlockend.«

»Weißt du, was meine Freundin Linzi denkt, seitdem ich ihr erzählt habe, dass du keinen festen Wohnsitz hast?«

»Nein. Was sagt die gute Linzi?«

Violet unterdrückte ein Kichern. »Sie denkt, dass du für den MI6 arbeitest. Sie ist fest davon überzeugt, dass du auf geheimer Mission bist.«

Elliot schmunzelte. Das klang weitaus spannender als seine Behauptung, er sei Wirtschaftsprüfer. Ganz falsch lag die gute Linzi mit ihrer Vorstellung nicht, auch wenn Elliot keineswegs im Auftrag Ihrer Majestät unterwegs war. Zumindest nicht, dass er wusste.

»Manchmal glaube ich, sie hat recht«, sagte Violet. »Es passt alles zusammen. Dein Wagen, die Anzüge und dann dieser Schirm.«

»Was ist mit meinem Schirm?«

»Elliot, der Griff besteht aus einem Stück Geweih. Es würde mich nicht überraschen, wenn du damit Giftpfeile abschießen kannst. Oder Torpedos.«

»Torpedos? Du und deine Freundinnen haben wirklich zu viele Bond-Filme gesehen«, bemerkte er und zog sie an sich.

Elliot wollte nicht weiter über die Arbeit sprechen. Er durfte Violet so oder so nicht die Wahrheit über seinen Beruf erzählen. Außerdem fielen ihm in diesem Moment mindestens hundert Dinge ein, die er lieber mit ihr getan hätte.

»Weißt du, was Linzi noch gesagt hat?«, fragte Violet, als Elliot ihr über das zerzauste Haar strich und ihre Stirn küsste.

Er schüttelte den Kopf.

»Dass ich dein Bond-Girl bin.«

»Klingt gut«, sagte er und wollte sie auf den Mund küssen.

Doch Violet wand sich aus seiner Umarmung, nahm sich ihren Teller und setzte sich auf einen der wackeligen Klappstühle. »Das hättest du wohl gern.«

»Was soll das schon wieder heißen?«, fragte Elliot.

»Jede Frau weiß, dass James Bond mindestens zwei Girls gleichzeitig hat, und dann lässt er sie auch noch reihenweise fallen.«

Das flüssige Eigelb bildete einen kleinen See auf ihrem Teller, als sie hineinstach.

»Und du denkst, ich mache das genauso?«

Ein Blick von Violet reichte als Antwort. »Wie lange kennen wir uns schon?«

»Fünf, sechs Jahre?«

»Acht. Elliot, wir haben uns an der Uni fast zwei Jahre gedatet. Und ich war trotzdem nie deine feste Freundin.« Sie zuckte gelassen mit den Schultern. »Vielleicht bist du nicht der Typ für was Festes.«

»Dr. Freud, Sie sind es«, konterte Elliot. »Für einen Moment hatte ich Sie mit meiner guten Freundin Violet verwechselt. Mein Fehler.«

Violet durchschaute diesen Abwehrmechanismus direkt. Sie stand auf und kam erneut auf ihn zu.

»Ich mag es, wenn du hier bist«, sagte sie und legte die Arme um seinen Hals. »Aber ich möchte kein Bond-Girl sein. Das reicht mir nicht. Nicht mehr.«

Sie fuhr Elliot mit der Hand durch den Nacken und sah ihn erwartungsvoll an. Wie oft hatte er schon in diese Augen geblickt? Seit fünf Jahren tauchte Elliot auf Violets Türschwelle auf, wenn er »zufällig in der Gegend« war. Jedes Mal gewährte sie ihm Einlass. Aber Violet wollte mehr und das zu Recht.

»Also, was sagst du?«, fragte sie.

Elliot bekam kein Wort heraus. Er wusste nicht, ob er ihr geben konnte, worum sie bat. Seine Besuche bei ihr waren wie Kurzurlaube von seinem Leben als Sucher. Und jeder Urlaub musste irgendwann enden. Sonst war es keiner mehr.

Vielleicht hatte Elliot ihr an diesem Morgen die falschen Signale gesendet. Er hatte den Anruf seiner Chefin ignoriert, war länger geblieben als sonst und hatte Frühstück für Violet zubereitet. Es entsprach nicht seinem üblichen Verhalten.

Ausgerechnet in diesem Moment klingelte sein Handy. Elliot unterdrückte ein Seufzen. Violet fragte ihn nach einer festen Beziehung und in seiner Hosentasche vibrierte es. Sie wich einen Schritt zurück, als er das Smartphone hervorzog.

Killingworth.

Elliot biss die Kiefer aufeinander und stieß einen stummen Fluch aus. Die Frau hatte die Fähigkeit, zum denkbar schlechtesten Zeitpunkt anzurufen.

Das Gerät vibrierte fordernd in seiner Hand, als er unschlüssig zu Violet aufblickte.

Die sah ihn eindringlich an. Wenn er jetzt abnahm, dann käme das einer Absage an ihre Beziehung gleich, und Violet hatte sich geirrt. Nichts hatte sich geändert.

»Tut mir leid«, sagte Elliot.

Er konnte die Enttäuschung in ihren Augen sehen, als er den Anruf entgegennahm.

Violet lag falsch.

Elliot war bereits in einer Beziehung.

Mit seinem Job.

ACHTUNDZWANZIG

Missmutig blickte Elliot auf das Gebäude der CSE, als er den Pfad zum Anwesen hinauffuhr. Selbst auf den letzten Metern zögerte er seine Ankunft hinaus. Elliot hatte nicht erwartet, dass sein Weg so schnell zurück nach Canterbury führen würde.

Der Abschied von Violet war ihm nicht leichtgefallen. Nach Ms Killingworths Anruf hatten die beiden schweigend ihre Spiegeleier gegessen, dann war Elliot in seine Sachen geschlüpft und hatte sich auf den Weg nach Canterbury begeben. Er wusste, dass er Violet mit seiner Entscheidung enttäuscht hatte.

Er fragte sich, wie der Morgen ausgegangen wäre, hätte die Schulleiterin ihn nicht angerufen. Für kurze Zeit hatte er so getan, als wäre sein Leben ganz normal. Aber das war es nicht. Eine feste Freundin passte da nicht hinein.

Violet kannte lediglich eine Version von ihm. Nie würde Elliot ihr von seiner Herkunft und dem Beruf als Sucher erzählen können. Damit fußte jede Beziehung mit ihm auf dem Fundament einer Lüge.

Er atmete tief durch, als er vor dem Tor der Schule hielt. Erst als er aus dem Wagen stieg, um es aufzuschließen, bemerkte er die schwere Metallkette, die sich um die Eisenstreben wand. Als Sucher besaß Elliot einen Schlüssel für das Tor und den Haupteingang. Aber die Metallkette war neu und für die hatte er keinen Schlüssel.

Zweifelnd blickte Elliot das spitze Tor hinauf, das ihn um knapp anderthalb Meter überragte. Wollte Ms Killingworth unerwünschte Gäste fernhalten – oder wollte sie Ausbrüche verhindern?

Irritiert betätigte Elliot den Klingelknopf an der Gegensprechanlage.

»Jaaa?«, meldete sich der Pförtner krächzend zu Wort.

»Harry, hier ist Elliot. Machst du bitte das Tor auf?«

»Was?«

»Das Tor.«

»Wer?«

Harry hatte anscheinend sein Hörgerät nicht eingeschaltet.

»Elliot hier. Ich habe keinen Schlüssel. Lass mich rein!«, rief der Sucher und schlug kräftig die Autotür zu, als er in den Wagen stieg.

Am liebsten hätte er den Rückwärtsgang eingelegt und wäre wieder davongefahren. Er wollte sich die Stimmung hinter diesen Toren nicht ausmalen.

Die ganze Zeit hatten sie angenommen, dass Caprice weggelaufen war. Ms Killingworth hatte keinerlei Bemühungen gezeigt, das Mädchen als vermisst zu melden. Dass ausgerechnet sie es war, die Caprice bei ihrem Morgenspaziergang mit eingeschlagenem Kopf im Wald fand, war wohl Ironie des Schicksals.

Als Elliot kurz darauf ihr Büro betrat, war Ms Killingworth in Gesellschaft. Vor ihrem Schreibtisch saß ein Mann mit schütterem Haar und tiefen Falten auf der Stirn, wie Jahrzehnte zweifelnder Blicke sie zurückließen. Der Detective. Neben ihm stand

Alicia McCoy. Elliot stutzte beim Anblick der hobbitartigen Frau mit den hellen Locken. Er war ihr nie persönlich begegnet, kannte ihr Gesicht aber aus diversen Zeitungsartikeln. McCoy war die Leiterin des *Crown Prosecution Service*, der Staatsanwaltschaft mit Sitz in London. Sie hatte schnell ihren Weg nach Canterbury gefunden.

»Elliot, kommen Sie herein«, begrüßte Ms Killingworth ihn und erhob sich von ihrem Stuhl. »Darf ich Ihnen Detective Piggs und Alicia McCoy vorstellen?«

Als Elliot den beiden die Hand reichte, wanderte der Blick der Staatsanwältin von seinen Schuhen hinauf bis zu dem eleganten Chronografen an seinem Handgelenk. Unweigerlich fragte Elliot sich, ob ihre Augen in diesem Moment gelb leuchteten. Denn Alicia McCoy war eine von ihnen. Sie war eine Avaritia. Deshalb war sie hier.

»Mr Hammond hat den Mantel gefunden, von dem ich Ihnen berichtet habe«, erklärte Ms Killingworth und forderte den Sucher mit einer Geste dazu auf, die Tüte mit dem Beweisstück herauszurücken.

»Ich hoffe, Sie können etwas damit anfangen«, sagte Elliot und überreichte sie dem Detective.

»Das Geschäft haben Sie noch nicht ausfindig machen können?«, fragte Piggs.

»Ich war in jedem Secondhandshop in Carlisle. Keinem kam der Mantel bekannt vor. Ich kann mir nicht erklären, wie er überhaupt nach Carlisle gekommen ist.«

»Was ist mit dem Mädchen?«, hakte der Detective nach. »Haben Sie ihre Kontaktinformationen? Name? Anschrift?«

»Da muss ich passen«, gestand Elliot und ärgerte sich direkt, dass er nicht daran gedacht hatte. Aber zu dem Zeitpunkt hatte er nicht gewusst, dass sie es mit einem Mordfall zu tun hatten.

»Denken Sie, dass sie Ihnen die Wahrheit gesagt hat? Bezüglich des Secondhandshops, meine ich.«

»Ich denke schon«, antwortete Elliot. »Sie erschien mir ehrlich. Dreist, aber ehrlich.«

Piggs gab ein schwaches Grunzen von sich. Unschlüssig blickte er auf die Tüte.

Das Kleidungsstück war in den letzten Tagen durch viele Hände gewandert. Auf dem Mantel befanden sich vermutlich mehr Spuren als in den Snackschalen, die man in Bars serviert bekam. Elliot wusste nicht, ob die Polizei irgendetwas damit würde anfangen können.

»Vielen Dank, Elliot«, sagte Ms Killingworth und ergriff seinen Arm. Sanft, aber bestimmt schob sie ihn in Richtung Tür. »Mehr können Sie im Moment nicht für uns tun.«

»Heißt das, ich kann wieder fahren?«, fragte Elliot, als sie auf die Galerie traten.

»Wenn Sie möchten.«

Ihm erschien es taktlos, sich nach weniger als fünf Minuten aus dem Staub zu machen. Zudem war er auf ihre Anfrage hin extra nach Canterbury gekommen.

»Sind Sie sicher?«, hakte er nach. »Ich könnte mit den Schülern sprechen. Mich zu Caprice umhören. Vielleicht ist ihnen ja doch etwas …«

»Das wird nicht nötig sein«, lehnte Ms Killingworth ab. »Wie Sie sehen, ist der Fall in guten Händen.«

Vermutlich hatte sie recht. Elliot war Sucher und kein Polizist.

Erst jetzt fiel ihm die Stille im Internat auf. Nicht eine Stimme war zu hören.

»Wo stecken die Schüler eigentlich?«, fragte er.

»Im Unterricht.«

»Sie haben sie in ihre Klassen geschickt?«

»Wo sollten sie denn sonst hin?«, fragte Ms Killingworth, als hätte sie keine andere Wahl gehabt.

»Stimmt. Hinaus können sie ja nicht. Mir ist die Kette am Eingangstor aufgefallen.«

»Nur eine kleine Vorsichtsmaßnahme«, sagte Ms Killingworth und tastete vorsichtig ihren Dutt ab. »Keiner verlässt das Grundstück.«

»Klingt eher wie eine Bestrafung.«

Der Mund der Schulleiterin öffnete sich wortlos, als hätte Elliot soeben etwas Unerhörtes gesagt, auf das sie nichts zu erwidern wusste. Womöglich war er mit seiner Feststellung zu weit gegangen.

Dann wand sich ein Lächeln auf die Lippen der Schulleiterin. »Elliot, ich bitte Sie. Wofür sollte ich die Schüler denn bestrafen?«

NEUNUNDZWANZIG

Das war eindeutig eine Strafe.

Erst die Bücher und jetzt das. Keira unterdrückte ein Gähnen.

Ms Bouwer stand vor der Klasse und referierte seit gefühlten zehn Stunden über die viel zu lange Geschichte der sieben Hauptlaster.

»… das führt mich auf die Achtlasterlehre des Evagrius Ponticus zurück. Der Wüstenvater gilt als Urheber der klassischen Todsündenlehre. Er benannte fälschlicherweise acht Laster und ordnete diese jeweils dem begehrlichen, emotionalen und geistigen Teil unserer Seele zu. Wir wissen nicht, ob Ponticus jemals selbst einem Saligia begegnet ist, aber …«

Keiras Augenlider wurden bei dem seichten Gerede schwer und schlossen sich ganz von alleine. Der pulsierende Kopfschmerz in ihren Schläfen kam zurück und ließ die Zeit zäh dahinfließen. Sie konnte die Anstrengung der letzten Nacht bis in die Haarspitzen spüren.

Auch ihre Mitschüler saßen mit leerem Blick da, als schauten sie eine sinnfreie Fernsehshow. Keiner von ihnen war in der Verfassung, der Lehrerin aufmerksam zuzuhören.

Mittlerweile war die gesamte Schülerschaft über Caprice' Tod informiert. Die Gula war allem Anschein nach durch »Fremdeinwirkung« gestorben. So hatte es der Detective mit dem unvorteilhaften Namen formuliert. Caprice war nicht unglücklich gestürzt oder hatte sich den Kopf angeschlagen. Jemand hatte nachgeholfen.

Nach dieser Schreckensnachricht hatte Ms Killingworth die Schüler direkt in ihre Kurse geschickt. Unterricht sei die beste Ablenkung. Solch ein Spruch konnte nur von einer Schulleiterin kommen.

Widerwillig waren die Schüler in die Lehrräume gegangen. Ms Bouwer hatte zu Unterrichtsbeginn in einem Halbsatz ihr Bedauern über Caprice' Tod geäußert. Danach war sie zur Tagesordnung übergegangen und hatte seitdem nicht aufgehört, zu sprechen.

»… wer von euch weiß, wer die Achtlasterlehre im 5. Jahrhundert nach Mitteleuropa brachte? Niemand? Steht alles in Kapitel 5 eures Lehrbuches. Niemand? Es war der Mönch Johannes Cassianus …«

Ms Bouwer war eine Acedia. Sie sprach so leidenschaftslos, als hätte sie ihre Gefühle vor Jahren abgeschaltet. Vermutlich musste man ihr hoch anrechnen, dass sie zu ihrem eigenen Unterricht erschienen war.

»Es war schließlich Papst Gregor der Große, der den Lasterkatalog mit den uns heute bekannten sieben Lastern verfasste. Laut ihm führten die Laster zu sündigem Verhalten. Deshalb ist die korrekte Terminologie auch sieben Hauptlaster *und nicht* sieben Todsünden *…«*

Keira unterdrückte ein weiteres Gähnen und rieb sich die brennenden Augen. Achtlasterlehre, Wüstenväter, Lasterkatalog. Sie hatte nicht den blassesten Schimmer, was ihre Lehrerin da brabbelte. Ms Killingworth hatte sie für *Mythologie II* eingetragen. Die Inhalte aus *Mythologie I* würde Keira sich in den nächsten Wochen selbst erarbeiten müssen.

»*Gregor der Große beschrieb zudem die sieben himmlischen Tugenden als Gegenentwurf zu den Hauptlast…*«

Ms Bouwers Gerede wurde jäh durch die Schulglocke unterbrochen. Endlich.

Bevor sie ihren Satz beenden konnte, standen die Schüler auf und packten ihre Sachen. Stuhlbeine fuhren kratzend über die Holzdielen. Stimmengewirr platzte aus dem Raum.

Dankbar ergriff Keira ihren Block und folgte ihren Mitschülern zur Tür hinaus.

»Du bist noch blasser, als ich dich in Erinnerung hatte«, begrüßte sie eine vertraute Stimme, als sie auf den Flur trat.

Elliot stand vor ihr und lächelte sie schelmisch an.

»Du bist zurück«, sagte Keira überrascht. »Und du siehst schrecklich aus.«

Auf Elliots Lippen zeichnete sich ein schwaches Schmunzeln ab. Der Sucher sah so abgeschlagen aus, wie Keira sich fühlte. Die Schattierungen um sein Kinn verrieten, dass er sich an diesem Morgen nicht rasiert hatte. Sein braunes Haar fiel ihm wirr in die Stirn und lud alle Vögel Englands zum Nestbau ein.

»Danke. Du auch«, erwiderte er. »Was ist mit deinem Gesicht passiert?«

Reflexartig fuhren Keiras Finger an die zerkratzten Stellen auf ihrer Haut. Am liebsten hätte sie die Spuren verdeckt.

»Nichts weiter.«

»Jemand aus deinem Zimmer?«, fragte er und führte sie aus dem Gang in Richtung Eingangshalle. »Du verfällst doch nicht in alte Muster?«

»Ich bin noch gar nicht aus den Mustern rausgekommen«, antwortete Keira seufzend.

Sie hatte seit ihrer Ankunft keine Zeit gehabt, an ihren Kräften zu arbeiten. Im Gegenteil.

Sie erreichten die Eingangshalle und blieben neben *Dantes Inferno* stehen. Keira ließ die Finger über die Oberfläche der Statue gleiten und ertastete die gequälten Geister, die darin gefangen waren. Die Metallfiguren waren kalt und spitz unter ihren Fingerkuppen.

»Die neue Umgebung, der Unterricht, der Mord«, zählte sie auf. »Ist alles ein bisschen viel.«

»Mord ist hier nicht an der Tagesordnung, falls du das befürchtest«, sagte Elliot. »Kommt vielleicht einmal im Monat vor. Höchstens.«

Keira war nicht zu Scherzen aufgelegt. Elliot ahnte nicht, was sie in der letzten Nacht gesehen hatte. Wie nah sie der Leiche gewesen war …

»Denkst du, sie finden den Täter?«, fragte sie.

»Ich bin mir sicher, dass sie den Kerl bald schnappen. Es gibt erste Hinweise und der Fall ist in guten Händen.«

»Ich bin hier doch sicher, oder?«

Elliot sah sie überrascht an. »Natürlich. Wie kommst du auf diese Frage?«

Keira erwog, ihm von der vergangenen Nacht zu erzählen. Von dem Anblick der Leiche, der aus ihrer Erinnerung hervorstach wie die dämonischen Figuren aus der Statue. Von Killingworths Ultimatum. Von dem seltsamen Verhalten ihrer Mitbewohnerinnen.

Aber dazu vertraute sie Elliot nicht genug. Was, wenn er

Ms Killingworth verriet, dass sie ihm von der heimlichen Feier erzählt hatte? Dann konnte Keira ihre Sachen packen und direkt zurück nach Parsons End fahren, um dort ein perspektivloses Dasein zu fristen.

»Vergiss es«, sagte sie.

»Du weißt, was ich gestern zu dir gesagt habe.« Elliot stutzte. »Oh, wow, das war erst gestern?«

Er hatte die CSE tatsächlich erst am Vortag verlassen.

»Du hörst auf alles, was dir die Lehrer sagen. Du verzichtest ab jetzt auf Linksausleger und Kinnhaken. Ich will keine Kratzer oder blauen Flecken mehr an deinem Körper sehen. Wenn ich dich das nächste Mal treffe, soll die einzige Farbe in deinem Gesicht das rosige Glühen der Freude sein.«

»*Das rosige Glühen der Freude?* Hast du das gerade wirklich gesagt?«

»Das wird ausgezeichnet. Wir werden uns in die Arme fallen, Kekse essen, Tee schlürfen und lachend auf diese düsteren Tage zurückblicken.«

Keira legte die Stirn in Falten. »Willst du schon wieder weg?«

»Ich habe noch einen Auftrag. Schon vergessen? Er beginnt mit *dein* und endet mit *Vater*.«

Natürlich. Keira hatte Elliot selbst darum gebeten, mehr über Adam in Erfahrung zu bringen. Auch das lag erst einen Tag zurück. In den letzten vierundzwanzig Stunden war so viel vorgefallen, dass es ein halbes Buch gefüllt hätte. Und das war erst der Anfang.

Teil III
GEHEIMNISSE

DREISSIG

Am späten Nachmittag hockte Keira im Schneidersitz auf ihrem Bett und ging den Stapel Bücher durch, den Ms Killingworth ihr gereicht hatte. Sie hatte sich von Elliot verabschiedet und den Unterricht pflichtbewusst hinter sich gebracht, ohne einzuschlafen. Besonders produktiv war sie dabei nicht gewesen.

In *Psychologie und Physiologie* hatte Ms de Witt die Schüler dazu aufgefordert, an einen Moment zu denken, in dem sie die Kontrolle über ihre Kräfte verloren hatten. Keira waren spontan so viele Beispiele in den Sinn gekommen, dass sie zunächst nicht gewusst hatte, welches sie wählen sollte. Sie entschied sich schließlich für ihren Kampf mit Ian im Wald.

Dann bat Ms de Witt die Schüler, die Augen zu schließen, sich in jenen Moment zurückzuversetzen und den extremen Gefühlen, die sie dabei empfunden hatten, eine greifbare Form zu geben. Das konnte zum Beispiel ein Ball sein, den sie gedanklich festhielten, oder ein Tier, das sie an einer Leine führten. Gray gab nach dem Unterricht stolz preis, dass sie sich ihren Hochmut wie eine Krone vorstellte, die sie auf- und absetzen konnte.

Keira hingegen mangelte es an Erfahrung und Konzentration, um diese Aufgabe zu meistern. Sosehr sie sich bemühte, sie bekam den Zorn nicht zu fassen. Zwar konnte sie die Wut tief in ihrem Inneren verorten, aber sie war nicht dazu in der Lage, hineinzugreifen, sie zu packen und hervorzuzerren wie eine giftige Schlange aus ihrem Nest.

Ihre Wut war kein Ball, kein Tier und auch keine Krone. Keiras Wut rann ihr durch die Finger, versengte ihr die Haut und ließ sie mit Schmerzen zurück, wenn sie danach fasste. Ihre Wut war siedend heiß wie frisch gebrühter Kaffee, den man nur noch ausspucken konnte, wollte man sich nicht den Gaumen daran verbrennen.

Am Ende der Stunde hatte Keira ihr Lehrbuch fast in zwei Hälften zerrissen, ihren Zorn jedoch hatte sie nicht zwischen die Finger bekommen.

Jetzt fuhr sie mit den Fingerspitzen über den Rücken des lädierten Buches. Ein unebener Riss ging bis zur Mitte. Sie würde ihn später kleben müssen.

Keira legte *Psychologie und Physiologie für Saligia* beiseite und ließ den Blick über die anderen Buchtitel schweifen, die Ms Killingworth ihr gegeben hatte und die sie in den nächsten Tagen durcharbeiten musste: *Kirche, Staat & Mythen – Eine kurze Geschichte der Saligia*, *Ira: Eine Analyse des Zorns* und – Keira stutzte – *Aggressionen bewältigen für Dummies*?

Ernsthaft?

Keira stieß einen tiefen Seufzer aus, der mehr Bände sprach als all diese Bücher. Sie hatte noch kein Wort gelesen und bereits keine Lust mehr.

Entnervt ließ sie den Blick durch das Zimmer gleiten. Sie war so gut wie alleine. Lazy lag über ihr und zählte kaum als anwesend, Avery und Gray waren bei der Meditation, und wo Brooke und Scarlett steckten, wusste sie nicht.

Keiras Blick wanderte zu dem breiten Wandschrank. Der orange Ärmel des Pullovers stach noch immer aus der Tür hervor wie ein Warndreieck. Sie wurde nicht schlau aus dem Verhalten ihrer Mitbewohnerinnen. In einem Moment veranstalteten sie eine Party für sie, im nächsten schlossen sie Keira aus dem Zimmer aus und gingen heimlich durch Caprice' Sachen. Was verbargen sie vor ihr?

Keira schlug *Aggressionen bewältigen für Dummies* zu und krabbelte von ihrem Bett. Mit einem raschen Blick versicherte sie sich, dass Lazy schlief. Tief und fest wie ein gesättigtes Faultier.

Keira ging zu der Schranktür und zog sie auf. Caprice' Kleidung lag geordnet auf den Regalbrettern. Ihre Blusen, Blazer und Pullover baumelten sorgfältig aufgereiht von der Stange. Auf dem Schrankboden standen zehn Paar Schuhe in zwei Reihen Spalier. Nichts wies darauf hin, dass jemand durch die Sachen gegangen war. Wenn die Mädchen den Schrank durchsucht hatten, dann waren sie äußerst behutsam vorgegangen.

Keira spielte den Moment, in dem sie ins Zimmer geplatzt war, gedanklich durch. Brooke hatte die Tür aufgeschlossen und war zum Dank fast davon erschlagen worden. Scarlett und Avery hatten neben Gray gestanden, die ihr Bett zurechtgemacht hatte.

Das Bett.

Kurz entschlossen ging Keira zu dem Hochbett. Mit vorsichtigen Bewegungen sah sie unter Grays Kopfkissen und der Decke nach. Nichts. Als Nächstes zog sie die Nachttischschublade auf und durchwühlte den Inhalt. Taschentücher, Kopfschmerztabletten, ein Handspiegel, Lippenstift, ein paar Briefe, ein Flachmann mit Roségoldüberzug. Keira hob ihn an. Leer. Was auch immer sie suchte, es befand sich nicht darin. Sie schob die Schublade wieder zu.

Unschlüssig ließ sie den Blick über die purpurne Bettdecke wandern. Vielleicht hatte Gray den Gegenstand bereits an einem sicheren Ort verstaut. Oder … Keira ging auf die Knie und suchte den Boden ab. Ein dünner Staubfilm zog sich über den dunklen Dielenboden unter dem Bett. Der Staub kitzelte in Keiras Nase, als sie den Kopf drehte. Unter dem Bett klemmte etwas. Das schwarze Buch lugte zwischen Lattenrost und Matratze hervor.

Keira fuhr hoch und schob ihren Arm unter Grays Matratze. Erst als sie halb unter dem dicken Schaumstoff hing, entdeckte sie die vielen Fotos, die am oberen Lattenrost klebten. Auf diese Weise konnte Gray die Bilder betrachten, wenn sie auf ihrem Bett lag.

Neugierig musterte Keira die Aufnahmen. Sie erzählten von Grays Leben außerhalb der CSE. Da war das berühmte Zahnpastalächeln ihres Vaters, um den sich Mommy Sharpe, Gray und ihr kleiner Bruder gruppiert hatten. Vor ihnen hockte ein silbergrauer Labrador auf dem getrimmten Gras, hinter ihnen ragte eine weiße Villa in den strahlend blauen Himmel.

Neben dem Familienfoto klemmte ein Bild von Gray im Bikini. Sie streckte die Zunge raus und hielt ein Champagnerglas in der Hand. Hinter ihr standen drei Mädchen, die wie schlechte Kopien von Gray aussahen – braun gebrannt in neonpinken Bikinis, mit Sonnenbrillen und blonder Tönung.

Auf einem weiteren Bild lag Gray in den auffällig muskulösen Armen eines Jungen. Sie saßen vor Palmen im Sand und strahlten glücklich in die Kamera. Ein zweites Foto zeigte die beiden in festlicher Kleidung auf einer Feier oder einem Ball.

Die Realität, die diese Bilder zeigten, war Keira so fremd wie ferne Galaxien in einer Science-Fiction-Serie. Keira und Gray mochten sich ein Zimmer teilen, doch sie kamen aus unterschiedlichen Welten. Gray war die Tochter eines erfolgreichen Schauspielers, Keira die einer alleinerziehenden Krankenschwester. Grays Vater liebte und unterstützte sie, Keiras Vater war tot. Gray war beliebt und begehrt, Keira eckte überall an. Trotzdem hatte die Superbia sie sofort in ihrer Mitte aufgenommen.

Keira zögerte, als ihr Zweifel an ihrem Vorhaben kamen. Auf einmal war sie unsicher, ob es richtig war, Gray in den Rücken zu fallen. Sie wollte sich nicht die aufkeimende Freundschaft mit den Mädchen verspielen, indem sie in deren Angelegenheiten herumschnüffelte. Andererseits verbargen ihre Mitbewohnerinnen etwas vor ihr, und wenn sie sich weiterhin ein Zimmer mit ihnen teilen sollte, dann wollte Keira wissen, was das war. Außerdem würde niemand erfahren, dass sie herumspionierte.

Der Ledereinband war rau an ihren Fingerspitzen, als sie das Notizbuch hervorzog. Neugierig blätterte sie darin. Schmierige Tintenschrift füllte es bis zur Mitte. Alle Einträge waren auf Französisch.

Das war ein Tagebuch.

Das war Caprice' Tagebuch.

Ratlos blickte Keira auf die Seiten. Die Mädchen waren tatsächlich durch den persönlichen Besitz der Gula gegangen. Was konnte so Schlimmes in diesem Buch stehen, dass sie es versteckten?

Keira sprach kaum ein Wort Französisch. Wenn sie das Tagebuch einsteckte, würde Gray bald merken, dass es fehlte. Unschlüssig kaute sie auf ihrer Unterlippe. Sie würde die Absätze abschreiben und später übersetzen müssen.

Keira holte Notizbuch und Stift von ihrem Bett. Sie hatte nicht genug Zeit, eine komplette Abschrift zu machen, dessen war sie sich bewusst. Aber wie sollte sie wissen, welche Passagen wichtig waren? Verzweifelt blätterte sie durch die vielen beschriebenen Seiten. Schwarze Tinte floss in krakeligen Buchstaben über das gestreifte Papier. Immer wieder tauchten die Namen ihrer Mitbewohnerinnen zwischen den Fremdwörtern auf.

Keira beschloss, von hinten anzufangen. Sie schlug die letzte beschriebene Seite auf, die mit dem 2. September datiert war. Das lag fünf Tage zurück. Zu dem Zeitpunkt hatte Keira noch in Parsons End gelebt und ihre Kräfte an ahnungslosen Parkbesuchern getestet. Seltsam, wie schnell sich das eigene Leben um hundertachtzig Grad drehen konnte.

Und wie schnell es enden konnte.

Keira hatte Mühe, die Buchstaben zu entziffern. Sie hatte erst vier Sätze abgeschrieben, als Stimmen auf dem Flur zu hören waren. Hastig schlug sie das Tagebuch zu. In dem Moment ging bereits die Zimmertür auf. Keira gelang es gerade rechtzeitig, das Buch zurück unter die Matratze zu schieben, aber sie hockte noch immer auf dem Boden, als Gray und Avery das Zimmer betraten.

Als sie Keira vor ihrem Bett knien sah, blickte Gray sie mit hochgezogener Augenbraue an.

Geistesgegenwärtig hielt Keira ihren Stift in die Höhe. »Ist mir davongerollt.«

Schnell stand sie auf, klopfte sich den Staub von den Knien und kroch zurück zu ihren Büchern.

»Oh, zeig mal«, sagte Avery und griff nach *Psychologie und Physiologie für Saligia.* »Ich liebe dieses Buch.«

Avery sagte ständig solche Dinge. *Ich liebe dieses Buch. Ich liebe dieses Fach. Ich liebe es, zu lernen.*

Damit war sie alleine.

In diesem Moment war Keira allerdings froh, dass die Avaritia die Aufmerksamkeit auf die Lektüre lenkte.

»Schon was Hilfreiches entdeckt?«, fragte Gray und setzte sich auf ihr Bett.

Keira fragte sich, ob die Superbia das Tagebuch durch die dicke Matratze hindurch spüren konnte.

»Vielleicht«, antwortete sie und hielt ihr Notizheft fest umschlossen. »Wir werden sehen.«

EINUNDDREISSIG

Am nächsten Tag ging Keira die Bücherregale in der Bibliothek ab. Sie war auf der Suche nach einem französischen Wörterbuch. Hinter ihr ertönte das Rascheln von Seiten. Von der Galerie tröpfelte schwaches Flüstern ins Erdgeschoss. Einige Schüler blätterten dort in Büchern, andere machten im Lesebereich ihre Hausaufgaben.

Keira sah vorsichtig über ihre Schulter. Taran saß in einem der Lesesessel am Fenster. Auf seinem Schoß lag ein schweres Buch. In der Hand hielt er einen Block, in den er etwas kritzelte. Taran war voll und ganz in seine Arbeit vertieft. Einige kurze Strähnen fielen ihm in die Stirn, unter der sich seine dunkelblonden Augenbrauen in tiefer Konzentration zusammenzogen. Er hatte sein Schuljackett abgelegt und über die Armlehne gehängt. In seinem schwarzen Hemd wirkte Taran erwachsen, nicht wie ein sechzehnjähriger Junge.

Als er den Kopf hob, wandte Keira sich schnell ab und fuhr mit ihrer Suche fort. Sie stieg auf eine der Leitern, die an den Regalen befestigt waren. Dantes *Göttliche Komödie*, Miltons *Das verlorene Paradies*, Chaucers *Canterbury Tales*. Keira hatte noch keines der Bücher gelesen, aber sie erkannte die Titel. Sie standen allesamt auf der Leseliste für dieses Schuljahr. Dann erblickte sie die Wörterbuchsammlung, die sich neben ihrem rechten Ellenbogen erstreckte.

Keira lehnte sich seitlich über die Leiter und ließ den Blick über die Buchrücken gleiten. Arabisch, Chinesisch, Deutsch, Hindi, Japanisch, Koreanisch, Latein, Portugiesisch, Russisch, Schwedisch, Spanisch, Türkisch. Ihr Blick wanderte zurück zu der Lücke zwischen Chinesisch und Deutsch. Dort musste das Französisch-Wörterbuch gestanden haben. Anscheinend war ihr jemand zuvorgekommen.

Keira fragte sich, ob es Zufall war, dass ausgerechnet diese Ausgabe fehlte. Da es kein Register gab, konnte sie nicht nachprüfen, wer sich das Buch genommen hatte.

Sie würde ein anderes Mal ihr Glück versuchen. Es war spät und sie musste noch Hausaufgaben machen und trainieren. Obwohl Keira anfangs nicht daran geglaubt hatte, tat ihr das Training gut. Nach einem langen Lauf fühlte sie sich wie betäubt. Auf der Aschenbahn verschwand die Aufregung der letzten Tage in einem dichten Nebel der Benommenheit. Die Leiche im Wald? Einbildung.

Doch dann saß Keira mit ihren Mitbewohnerinnen zusammen, und plötzlich wurde sie daran erinnert, welch schreckliches Geheimnis sie vor ihren Mitschülern verbargen. Die Mädchen schwiegen Caprice im wahrsten Sinne des Wortes tot. Sie hatten die Leiche mit eigenen Augen gesehen und machten weiter, als wäre nichts geschehen. So wie Ms Killingworth es von ihnen verlangte. Stattdessen behauptete die Schulleiterin, die Leiche selbst im Wald entdeckt zu haben.

Da sie zudem darauf bestand, dass der Unterricht planmäßig fortgeführt wurde, hing Keira mit dem Stoff hinterher. Die Hausaufgaben waren kaum zu bewältigen. Es war, als wollte man die Schüler mit Aufgaben ruhigstellen.

Für *Mythologie II* sollte Keira das sagenumwobene Kapitel 5 ihres Lehrbuches zusammenfassen. In *Literatur* war sie meilenweit vom Wissensstand ihrer Mitschüler entfernt. Und für den Kurs *Selbstwahrnehmung und Selbstreflexion* sollte sie ganz nebenbei einen zehnseitigen Aufsatz über ihr bisher größtes Erfolgserlebnis schreiben. Keira hatte keine Ahnung, was sie darin erwähnen sollte. Als Erstes waren ihr all die Momente eingefallen, in denen sie Vicky Walker *nicht* geschlagen hatte, aber ein kleines Stimmchen sagte ihr, dass dies nicht im Sinne der Aufgabenstellung war.

Gezwungenermaßen setzte Keira sich an den Studientisch in der Mitte der Bibliothek und machte sich an die Arbeit. Ihr Blick wanderte erneut zu Taran, der noch immer am Fenster saß. Als könne er ihren Blick spüren, sah er zu Keira auf. Die Ira schaute schnell auf ihr Notizheft und fühlte sofort, dass ihr Gesicht sengend heiß wurde. Sie hatte Taran viel zu lange angestarrt. Als Keira vorsichtig in seine Richtung blickte, musste sie feststellen, dass er sie noch immer ansah. Ein Grinsen breitete sich auf seinem Gesicht aus. Erwischt.

Ein Gefühl der Wärme überkam Keira wie ein unerwarteter Regenschauer im Sommer. Erneut wich sie Tarans Blick aus und fuhr sich mit der Hand über das Gesicht, als könnte sie damit die Rötung von ihren Wangen wischen. Das war das rosige Glühen, das Elliot sich gewünscht hatte.

Keira räusperte sich und schlug ihren Block auf, um sich ihren Hausaufgaben zu widmen. Noch bevor sie den Stift in die Hand nahm, bemerkte sie die Rissspuren an der Innenseite des Blocks. Ungläubig fuhr sie mit den Fingerspitzen über das ausgefranste Papier, dann blätterte sie hastig eine Seite zurück. *Ponticus, 8, falsch, Papst,* stand dort in ihrer nahezu unleserlichen Handschrift. Keiras sinnfreie Notizen aus *Mythologie II.*

»Nein, nein, nein«, murmelte sie, als sie durch das gesamte Notizheft blätterte. Vorwärts, rückwärts, nochmals vorwärts. Die Abschrift aus Caprice' Tagebuch war weg. Jemand hatte sie herausgerissen.

»Nein«, entfuhr es Keira nun lauter.

Als hätte das Heft laut »Doch!« zurückgerufen, sprang sie von ihrem Platz auf. Ihr Stuhl fiel polternd auf den Perserteppich. Sofort ruhte die Aufmerksamkeit aller Anwesenden auf Keira. Die Saligia sahen sie fragend und gespannt zugleich an, als warteten sie darauf, dass sie wieder ein Messer in den Tisch rammte oder mit Tellern um sich warf. Auch Taran blickte sie verwundert an.

»Jemand hat meine Seite geklaut«, wollte Keira sich erklären. Aber das wäre völlig unsinnig gewesen. Stattdessen ergriff sie ihre Sachen und lief aus der Bibliothek.

ZWEIUNDDREISSIG

Keira presste das Notizheft fest an ihren Körper, als sie zurück zu ihrem Zimmer lief. Während sie die Stufen zum ersten Stock hochsprintete, murmelte sie ein leises »Fuck.« Hoffentlich irrte sie sich. Andererseits: Die Seite hatte sich kaum selbst aus dem Heft gerissen.

Als Keira in ihr Zimmer stürmte, begrüßte sie ein unerwarteter Anblick. Gray stand in der Mitte des Raumes. Statt Schuluniform trug sie ihre Alltagskleidung. In der Jeansshorts und dem hautengen schwarzen Body wirkte die Superbia noch graziler als in ihrem Schuloutfit. Sie nahm einen Stapel Kleidung in die Hand und legte ihn in den großen Reisekoffer auf ihrem Bett.

»Gray. Wo willst du hin?«, fragte Keira.

Die Amerikanerin würdigte sie keines Blickes. Sie hatte offensichtlich keine Lust auf ein Gespräch. Stattdessen ging sie zum Schrank und nahm eine weitere Ladung Kleidung heraus.

»Gray?«, sprach Keira sie erneut an.

»Ich fahre für eine Weile nach Hause«, erbarmte die sich einer Antwort und legte die Sachen auf ihr Bett. »Bis sich die Lage hier beruhigt hat.«

Ein eigenartiges Gefühl der Enge breitete sich in Keiras Brustkorb aus. »Du kannst doch nicht einfach gehen.«

»Was willst du eigentlich von mir?« Gray fuhr herum und sah sie herausfordernd an.

Jetzt spürte Keira es klar und deutlich. Eine lodernde Flamme der Wut saß in Grays Brust. Das war das erste Mal, dass sie diese Emotion in der Superbia wahrnahm.

Gray zog ein Stück Papier aus ihrer Gesäßtasche und schnipste es Keira entgegen. »Denkst du, ich bekomme nicht mit, wenn du hinter meinem Rücken herumspionierst?«

Der Zettel segelte zu Boden wie ein kaputter Drachen, der nie wieder fliegen würde. Es war die Abschrift aus Caprice' Tagebuch. Gray war ihr auf die Schliche gekommen. Instinktiv ging Keiras Blick zu Lazys leerem Bett.

»Lazy hat dich nicht verpetzt. Ihr ist die Wahrheit egal. Ich bin selbst drauf gekommen«, sagte Gray. »Hältst du mich eigentlich für blöd? Ich habe dich in die Gruppe aufgenommen. Ich habe dich vom ersten Moment an verteidigt. Ich habe eine verdammte Party für dich organisiert und damit alles aufs Spiel gesetzt. Und du hintergehst mich?«

Grays wütende Seite schüchterte Keira auf eine ungewohnte Art und Weise ein. Wenn sie eines in den letzten Tagen gelernt hatte, dann war es, dass man die Superbia niemals in ihrer Ehre verletzen durfte. Keira hatte Grays Vertrauen missbraucht und war damit spektakulär aufgeflogen. Genau diese Situation hatte sie vermeiden wollen.

Die Amerikanerin atmete tief ein und wandte sich ihrem Koffer zu. Als wäre nichts gewesen, nahm sie ein Shirt in die Hand und faltete es zusammen.

»Übersetz den Text, wenn du willst«, sagte sie. »Vielleicht ergibt er ja für dich Sinn.«

»Gray, was soll das? Warum habt ihr das Tagebuch versteckt? Wieso gehst du weg?«

»Hast du einmal darüber nachgedacht, dass es besser ist, nicht alles zu wissen?«

Unbehagen überkam Keira. Ihre Mitbewohnerinnen verschwiegen ihr offenbar mehr, als sie zugeben wollten.

Automatisch griff sie nach Grays Hand und zwang die Superbia dazu, sie anzusehen. »Was ist mit Caprice passiert?«

»Ich weiß es nicht«, sagte Gray und wand sich aus ihrem Griff.

»Aber du weißt etwas.«

Keira würde nicht länger zurückweichen. Gray war drauf und dran, das Land zu verlassen. Wenn Keira Licht ins Dunkel bringen wollte, war dies ihre Chance.

»Du kanntest Caprice nicht. Du weißt nicht, wie sie war«, blockte Gray ab.

»Dann erzähl es mir.« Keira löste sich aus ihrer Angriffsstellung und ließ die Hände neben den Körper sinken. Jeder anderen Person hätte sie mit Gewalt gedroht, um an die Wahrheit zu gelangen. Aber Gray war nicht jede andere Person.

»Gray«, bat sie.

Die Superbia wich Keiras Blick aus und packte weiter ihren Koffer.

»Caprice hat sich nie an die Regeln gehalten«, sagte sie. »Ständig hat sie mit ihren Kräften herumgespielt. Jeder hat seine Ticks, aber sie hat das Spiel ganz neu erfunden. Einmal hat sie Schnaps und Zigarren von Mr Wellesley geklaut. Den Schnaps hat sie vor dem Frühstück getrunken und die Zigarre hat sie in der ersten Stunde angezündet. In Mr Wellesleys Unterricht. Caprice hatte vor nichts und niemandem Respekt.«

Kraftvoll klappte Gray den Koffer zu.

»Zu uns war sie nicht anders. Caprice war unberechenbar. Und deshalb kann ich nur erahnen, was alles in ihrem Tagebuch steht.«

Gray befürchtete, dass Caprice in ihrem Tagebuch mit den Mädchen abrechnete und sie in ein schlechtes Licht rückte.

»Ich will nicht wissen, was du jetzt von mir denkst«, sagte sie. »Caprice ist tot und ich ziehe über sie her.«

»Nein. Ich verstehe, was du meinst«, sagte Keira. »Aber das ist nicht alles. Was verschweigt ihr Ms Killingworth noch?«

Grays graublaue Augen musterten Keira, als müsste sie abwägen, ob diese der Wahrheit würdig war. Dann machte sie einen Schritt auf die Ira zu. »Wenn ich es dir sage, gibst du dann endlich Ruhe?«

»Ja.«

»Du versprichst, dass du mit keinem darüber sprichst?«

»Ich verspreche es.«

Gray atmete tief ein und sah zum Fenster hinaus. »Wir wussten nicht, dass Caprice da draußen liegt«, sagte sie. »Als am Morgen jede Spur von ihr fehlte, haben wir Ms Killingworth erzählt, dass sie abgehauen ist, während wir tief und fest geschlafen haben. Wir haben behauptet, wir hätten nichts von ihrem Verschwinden mitbekommen.

Aber die Wahrheit ist …« Gray zögerte. »Das bleibt unter uns, ja?«

»Ja, doch.«

Was denn? Sollte Keira erst eine Verschwiegenheitserklärung unterzeichnen?

»Wir haben in der Nacht alle gemeinsam das Gelände verlassen«, sagte Gray. »Nur so ist Caprice vom Grundstück gekommen.«

»Oh«, entwich es Keira.

»Das kannst du laut sagen. Jetzt weißt du, warum niemand davon erfahren darf.«

»Wo hattet ihr den Schlüssel her?«, stellte Keira die Frage, auf die Ms Killingworth keine Antwort erhalten hatte.

»Von Mr Wellesley.«

»Von unserem Sportlehrer?«

»Ian ist der Sohn von Mr Wellesley und Ms de Witt. Lehrerkind. Sie sind getrennt, falls dich das tröstet«, sagte Gray. »Ian hat heimlich eine Kopie des Schlüssels machen lassen.«

Was war aus der alten Regel geworden, die wichtigste Information an den Anfang zu stellen? Keira hatte also den Sohn ihres Sportlehrers und ihrer Psychologielehrerin verprügelt. Bravo.

Das erklärte, warum Ian zu ihrer Überraschungsfeier eingeladen gewesen war. Nur dank seines Schlüssels konnte die Gruppe das Gelände verlassen.

»Ihr habt also alle gemeinsam das Grundstück verlassen. Und dann?«

»Wir sind zur Feuerstelle und haben dort gefeiert. Wir wollten das neue Schuljahr einläuten. Irgendwie sind wir dann auf dem Friedhof gelandet.«

Friedhof?

»Frag nicht«, sagte Gray. »Wir waren so betrunken. Ich bin am nächsten Morgen in T-Shirt und Jeans aufgewacht.«

Bei ihr klang es, als hätte sie nackt vor dem gesamten Jahrgang gestanden.

»Und Caprice?«

»Weg.« Gray zuckte mit den Schultern. »Wir dachten wirklich, sie sei weggelaufen.«

»Aber warum hätte sie weglaufen sollen?«

Es wirkte nicht so, als wäre die CSE ein wahr gewordener Albtraum für die Gula gewesen. Bis auf die Geschichte mit dem Friedhof vielleicht ... Vielmehr schien Caprice die Zeit am Internat Spaß bereitet zu haben. Niemand hatte sie dazu gezwungen, ihren Tag mit Whisky und Zigarren zu beginnen, als wäre sie ein New Yorker Agenturchef aus den Sechzigern.

»Ich weiß es nicht«, sagte Gray. »Als sie am Mittag immer noch nicht zurück war, dachte ich, dass die Party nur ein Vorwand war, um auszureißen. So konnte Caprice sich vom Grundstück schleichen, ohne dass Killingworth und Harry etwas davon mitbekommen. Also haben wir gelogen.«

Die Geschichte warf kein gutes Licht auf Keiras Zimmernachbarinnen. Sie hatten in jener Nacht gegen die Regeln verstoßen und sich danach nicht einmal die Mühe gemacht, nach Caprice zu suchen.

Stattdessen hatten die Mädchen wenige Tage darauf die nächste Party geschmissen. Jetzt schützten sie lieber sich selbst, als mit der Wahrheit herauszurücken.

»Gray, das sind wichtige Hinweise«, sagte Keira. »Ihr müsst Ms Killingworth davon erzählen.«

»Denkst du, das weiß ich nicht? Du kapierst es nicht, oder? Wir haben Ms Killingworth von Anfang an belogen. Ohne unsere Regelverstöße würde Caprice noch leben.

Wenn Killingworth erfährt, dass wir schuld an dem ganzen Schlamassel sind, werden Köpfe rollen. Mein Dad ist im Rat. Wenn herauskommt, dass seine eigene Tochter das Ansehen der

CSE in den Schmutz gezogen hat, sogar aufs Spiel gesetzt hat – weißt du, was das für eine Schande ist? Er würde mir das nie verzeihen.«

Zum ersten Mal erkannte Keira den Druck, dem Gray ausgesetzt war. Beim Anblick ihrer Fotos hatte Keira allein die positiven Seiten gesehen. Die intakte Familie, den Luxus, die vielen Freunde. Sie hatte nicht darüber nachgedacht, was es bedeutete, die Tochter eines Superbia zu sein.

Es musste erniedrigend sein, einer anderen Person stets die Anerkennung und den Respekt entgegenbringen zu müssen, den man sich selbst aus tiefster Seele wünschte. An der CSE mochte Gray die Königin sein, zu Hause war sie höchstens Prinzessin.

»Willst du wirklich gehen?«

Keira wollte nicht, dass Gray abreiste. Auch weil die Superbia ihr Schutz bot. Wenn Keira der Kragen zu platzen drohte, hielt Gray sie zurück. Wie würde sie in der Gruppe zurechtkommen, wenn ihre Anführerin nicht länger zur Stelle war?

Ein dumpfes Poltern ertönte, als Gray den Koffer von ihrem Bett zog.

»Ich muss los«, sagte sie und griff sich ihren Mantel. »Kein Wort. Versprochen?«

»Ja«, sagte Keira widerwillig.

Sie folgte Gray auf den Flur und blickte ihr hinterher. Die Superbia tat alles, um ihr Ansehen zu wahren. Das lag in ihrer Natur. Zugleich stahl sie sich aus der Verantwortung.

Unschlüssig sah Keira zu Grays leerem Bett. Der Koffer hatte eine deutliche Druckstelle auf der Matratze hinterlassen. Der herausgerissene Zettel lag verloren auf dem Boden. Keira ging zurück ins Zimmer und hob die Notiz auf. Die Aktion war nach hinten losgegangen. Was war mit dem Tagebuch?

Keira ging in die Hocke und griff unter Grays Matratze. Sie verschwand fast unter dem dicken Schaum, als sie nach dem Tagebuch tastete. Es war weg.

Keira lief zurück auf den Gang, Gray hinterher, die den Westflügel bereits verlassen hatte. Sie musste wissen, was die Superbia mit dem Tagebuch angestellt hatte. Möglicherweise gab es die Antwort auf die Frage, ob Caprice in ihrer Todesnacht wirklich hatte weglaufen wollen. Vielleicht hatte sie sich heimlich mit jemandem verabredet. Mit einem großen Unbekannten, von dem niemand etwas wusste. Mit ihrem Mörder.

Als sie über die Türschwelle zum Hauptgebäude stolperte, riss Keira beinahe Ms Killingworth von den Füßen. Die beiden knallten ineinander wie zwei Boulekugeln. Die Unterlagen, die Ms Killingworth in ihren Händen gehalten hatte, flatterten in losen Seiten zu Boden.

»Kannst du nicht aufpassen?«, entfuhr es ihr, als sie das Gleichgewicht suchte.

»Tut mir leid«, sagte Keira und sah Gray ein Stockwerk tiefer durch den Haupteingang verschwinden.

Sie wollte ihrer Mitbewohnerin gerade hinterher, als ihr Blick auf die vielen Zettel zu ihren Füßen fiel. Einige der Seiten waren in auffälligem Neongelb gehalten.

»Was für ein Durcheinander«, fluchte Ms Killingworth und ging auf die Knie, um das Chaos zu beseitigen.

Keira hob bei dem Anblick die Augenbrauen. In dieser Position bekam sie die Schulleiterin wahrscheinlich selten zu sehen.

Dann las sie die fett gedruckte Überschrift auf einem der gelben Zettel. Keira ging in die Hocke und ergriff das Flugblatt.

Einladung
Die Schulleitung der
Canterbury School of Excellence
lädt herzlich zur diesjährigen ***Gründerfeier***
am Sonntag, den 16. September.
Der Empfang findet ab 19 Uhr auf der
Terrasse statt.

Dies ist eine Pflichtveranstaltung für alle
Schüler der Canterbury School of Excellence.
Dresscode: Die Kostüme werden von der
Schulleitung gestellt.

Fragend sah Keira auf das Zettelmeer. Dutzende dieser Flyer lagen auf dem Boden verteilt zwischen rosa Pappmappen und weißen Formularen.

Die Schulleiterin griff derweil hastig nach den weißen Seiten und schob sie in eine der Mappen. Keira sah einen Zettel mit der Überschrift »Caprice DuPont« zwischen den Deckeln verschwinden. Ein roter Stempelabdruck mit dem Wort »Raus« prangte darauf. Ihr Herzschlag setzte bei dem Anblick zwei Schläge aus. Ohne zu überlegen, fischte sie einen der weißen Zettel hervor, den Ms Killingworth ihr direkt aus der Hand riss. »Avery Evermoore« stand oben. Unruhig suchten Keiras Augen nach dem roten Stempel, bevor auch dieses Blatt in der Mappe verschwand. Sie konnte kein rotes »Raus« entdecken.

»Solltest du nicht lernen oder Sport treiben?«, fragte Ms Killingworth, als sie Keiras perplexes Gesicht las.

»Was ist das?«

»Schulunterlagen«, antwortete die Schulleiterin knapp und las den letzten weißen Zettel auf. »Nichts, was dich zu interessieren hätte.«

Sie deutete auf die zwei Dutzend gelber Flyer, die auf dem Boden verstreut lagen. »Sammle die ein. Und danach hängst du sie bitte im ganzen Gebäude auf.«

Keira unterdrückte ein Seufzen. Das hatte man davon, wenn man auf die Schulleiterin stieß.

»Und verteile sie bloß gleichmäßig«, fügte Ms Killingworth hinzu, bevor sie sich zum Gehen wandte.

Erbost sah Keira ihr hinterher und zerknüllte den gelben Zettel in ihrer Hand. Was sollte das alles? An den Wänden hätten Fahndungsplakate hängen sollen und keine Einladungen für Partys. Am liebsten hätte Keira die Flyer in einen Müllkorb geworfen und angezündet.

Caprice war tot. Gray war weg. Die verdammte Schule glich einem Gefängnis. Und Ms Killingworth lud zur größten Feier des Jahres ein.

Interessierte sich niemand dafür, was wirklich mit Caprice geschehen war?

DREIUNDDREISSIG

Elliot zog den Kopf ein und schlug den Kragen seines Mantels hoch, als ein kalter Windzug durch sein Haar fuhr. Der Herbst feierte seine Ankunft in Südengland und schob eine Parade hellgrauer Wolken über die flach abfallenden Dächer der British Library.

Elliot hatte die letzten beiden Tage in der Bibliothek recherchiert und war den Index für Geburts- und Todesurkunden durchgegangen, um mehr über Adam Nighy in Erfahrung zu bringen.

Keiras Geburtsurkunde lag ihm bereits vor. Elliot hatte sie sich vor Monaten besorgt. Allerdings war darin niemand als Vater eingetragen. Dies war nicht ungewöhnlich, denn soweit Elliot wusste, waren Keiras Eltern nicht verheiratet gewesen. Nun hoffte er, auf die Urkunden ihres Vaters zugreifen zu können, um ihren Stammbaum nachzuverfolgen. Er musste herausfinden, wo dieser Adam herkam.

Nachdem Elliot die Mikrofilme mit den Indexnummern durchgegangen war, hatte er sich in eine stille Ecke zurückgezogen, um zu recherchieren. Der Nachname Nighy war nicht weit verbreitet. Dies erleichterte ihm die Suche. Der digitale Nachlass verriet Elliot, wo Adam zur Universität gegangen war (Roehampton), wie er seine Freizeit verbracht hatte (Fußball, Kanufahren) und, natürlich, wie er gestorben war (Schädelhirntrauma). Normalerweise mochte Elliot die Recherchearbeit, aber in diesem Fall …

Berichten zufolge war ein Streit während des gemeinsamen Abendessens aus dem Ruder gelaufen. Adam hatte Keiras Mutter mit einem Brotmesser verletzt und ihre Halsschlagader nur knapp verfehlt. Ms Venin hatte sich mit Leibeskräften gewehrt und ihn mit einer verschlossenen Weinflasche außer Gefecht gesetzt. Adam erlag seinen Kopfverletzungen, bevor die Rettungskräfte in der Wohnung eintrafen. Schädelhirntrauma. Wie bei Caprice.

Vor Elliots Augen vermischte sich ein Todesfall mit dem anderen, bis er nichts als eingeschlagene Köpfe und Blut sah. Die Kombination aus den beiden Fällen bereitete ihm Übelkeit. Er musste an die frische Luft. Elliot atmete tief durch. Insgeheim war er froh, dass Ms Killingworth ihn mit Caprice' Fall in Ruhe ließ. Seit seiner Abreise war es still um die Schulleiterin geworden. Vermutlich war sie rund um die Uhr damit beschäftigt, den Mord zu klären. Ms Killingworth musste die Lage unter Kontrolle bringen, bevor zu viele Fragen gestellt wurden.

Ein Großteil der Belegschaft glaubte, an einer Schule für schwer erziehbare Jugendliche zu arbeiten. Für sie war Canterbury ein Ort, an dem die genervte Elite Großbritanniens ihren verhaltensauffälligen Nachwuchs abgab. Ein Mord passte da nicht gut ins Bild.

Prüfend sah Elliot auf seine Uhr. Kurz vor sieben. Er machte besser Schluss für heute. Sein Schädel brummte von der Arbeit und Adams Fall lief ihm nicht davon.

Eine Sache wollte er allerdings noch erledigen, bevor er Feierabend machte. Er zog sein Handy hervor und wählte die Nummer des Vorsitzenden des Westminster City Council.

»Hammond«, drang die tiefe, autoritäre Stimme seines Vaters aus dem Hörer.

»Ebenfalls.«

»Elliot, wie geht es dir? Ich habe von deinem jüngsten Erfolg gehört«, sagte Mr Hammond. »Eine Ira. Nicht schlecht. Ich hoffe, Killingworth hat dir dafür ein hübsches Sümmchen gezahlt.«

Elliots Mundwinkel krochen nach oben. Anerkennung vom alten Hammond. Eine seltene Ehre.

»Ja, sehr hübsch«, bestätigte er. »Deshalb rufe ich dich an. Ich bin in London. Ich bin auf der Suche nach weiteren Ira und benötige deine Hilfe. Es geht um einige Urkunden.«

Das Netzwerk der CSE war komplexer als ein Ameisenbau. Das schloss seine eigene Familie mit ein.

»Du bist in London?«, fragte sein Vater. »Trotz der aktuellen Lage?«

Lage. Ein so harmloses Wort.

»Ja, es war Ms Killingworths Idee.«

»Hm.« Obwohl es nur ein kurzer Laut war, trug er einen kritischen Unterton. Lob und Tadel kamen bei seinem Vater im ständigen Wechsel und selten im passenden Moment. Das hatte Elliot bereits als kleines Kind begriffen.

Als er vier gewesen war, hatte er einmal einen ausgesprochen edlen Füllfederhalter vom Schreibtisch seines Vaters genommen. Mr Hammond bewahrte den Füller in einer dunkelblauen Schatulle auf seinem Schreibtisch auf, und wenn er ihn herausnahm, wirkte es zeremoniell. Die Papiere, die er damit unterschrieb, mussten für besonders wichtige Personen bestimmt sein. Vielleicht für die Queen oder den Weihnachtsmann, dachte der kleine Elliot.

Eines Tages, als sein Vater bei der Arbeit war, schlich er sich in das Arbeitszimmer, kletterte auf den Schreibtischstuhl und nahm den Füllfederhalter aus der Schatulle. Elliot kniete sich auf den Stuhl, legte den verschlossenen Stift an und tat so, als würde er wichtige Dokumente unterschreiben, genau wie sein Vater es immer tat. Dass der Stift aus teurem Edelharz bestand und der schöne Stein auf der Verschlusskappe ein noch teurerer Edelstein war, wusste Elliot nicht. Als seine Mutter ihn kurz darauf bei dem Spiel erwischte, waren der Schreibtisch zerkratzt und der Edelstein abgebrochen.

Zu der Verwunderung seiner Mutter war ihr Mann nicht erzürnt über das Verhalten seines Sohnes. Als er erfuhr, dass Elliot den wertvollen Stift genommen und nicht mehr hatte weggeben wollen, breitete sich ein hoffnungsfrohes Lächeln auf seinem Gesicht aus.

Lange hatte Elliot diese Reaktion seines Vaters nicht verstanden. Erst Jahre später, als er die Vorgeschichte seiner Familie erfuhr, formte sich die Erinnerung in seinem Kopf neu.

Sein Vater hatte gelächelt, weil die Hoffnung in ihm aufgekeimt war, dass sein Sohn doch die Kräfte der Avaritia in sich trug. Er dachte, Elliot hätte den Füller aus Habgier geklaut, und war stolz auf den Diebstahl.

Lob und Tadel. Tadel und Lob.

»Also, hilfst du mir?«, fragte Elliot.

»Selbstverständlich«, antwortete Mr Hammond. »Wozu sind Väter denn da?«

VIERUNDDREISSIG

In dieser Nacht wurde Keira von einem Geräusch geweckt. Orientierungslos blinzelte sie in die Finsternis. Die Dunkelheit warf schwarze Schatten in den Raum, an dessen Wänden die Schränke schemenhaft hervortraten. Die Uhrzeit blinkte neongrün an der Mikrowelle. 20:34.

Verwirrt blickte Keira sich um. Statt in ihrem Bett befand sie sich auf dem kalten Linoleumboden ihrer Küche. Instinktiv ergriff sie das blutverschmierte Brotmesser, das vor ihr auf dem Boden lag, und stand auf.

Auf Zehenspitzen schlich sie zur Tür, schob sie auf und huschte hindurch. Der Durchgang führte Keira direkt in den Wald. Die eiskalte Luft trieb ihr eine Gänsehaut auf den Leib. Keira trug ihren blutroten Pyjama und ihre nackten Füße waren mit Schlamm bedeckt. Das Messer in ihrer Hand war verschwunden.

Panik erfasste sie, als sie sich hilflos umblickte. Vor ihr zog sich Polizeiabsperrband in die Dunkelheit, als schwebte es in der Luft. Da lag etwas im Niedermoor. Nein. Da lag *jemand.*

Hinter ihr erklang ein Knacken, wie von einem Raubtier, das sich durch dickes Geäst schob. Als Keira herumwirbelte, sah sie Gray mit dem blutigen Messer vor sich stehen. Angsterfüllt wandte sie sich um, doch Avery, Brooke und Scarlett umzingelten sie und versperrten ihr den Weg. Sie hielten ebenfalls

Messer in den Händen. Nur Lazy saß auf einem Ast weit über ihnen und sah unbeteiligt zu.

Keira war ihren Mitbewohnerinnen ausgeliefert. Niemand würde ihre Schreie in dem dunklen Wald hören. Die Erkenntnis kam schneidend wie die Messer, die ihr entgegenblitzten. Sie konnte sich ergeben oder kämpfen. Keira ballte die Hände zu Fäusten. Ihre Fingernägel schnitten tief in ihre Handinnenflächen, bis Blut zwischen ihren Fingern hervorquoll.

Die vier Mädchen versperrten ihr noch immer den Weg, umkreisten sie wie Raubvögel.

Such ihre Schwachstelle, schoss es Keira in den Kopf. *Das schwächste Glied.*

Entschlossen richtete sie ihren Blick auf Avery. Bevor die Avaritia reagieren konnte, machte Keira einen kräftigen Satz auf sie zu und stieß sie beiseite. Avery geriet ins Taumeln und stürzte die Senke hinab ins flache Wasser. Ohne zurückzublicken, sprintete Keira in Richtung Waldrand. Verdorrtes Laub und Zweige stachen in ihre Fußsohlen, als sie über eine breite Baumwurzel sprang. Ihr Herz schlug hart in ihrer Brust wie eine Faust, die sich Freiheit erkämpfen wollte.

Keira hatte sich dem Waldrand auf wenige Meter genähert, als Ms Killingworth wie aus dem Nichts vor ihr auftauchte und sich ihr in den Weg stellte. In der Hand hielt sie eine Taschenlampe, deren Licht so hell schien wie Flutlicht im Stadion. Doch als Keira wenige Zentimeter von der Schulleiterin entfernt war, erkannte sie, dass das keine Taschenlampe war, die Ms Killingworth in der Hand hielt. Es war ein Messer – und Keira lief direkt hinein.

Die Klinge ging in ihren Unterleib wie in Butter. Entsetzt blickte die Ira auf die Klinge in ihrem Bauch. Sie wollte kreischen, schreien, heulen. Aber sie war stumm. Kein Ton kam aus ihrer Kehle. Ein dämonisches Grinsen breitete sich auf Ms Killingworths Gesicht aus. Dann schob sie das Messer tiefer in Keiras Bauch.

Schweißgebadet fuhr Keira nach oben und schnappte nach Luft. Ihr eigener Herzschlag trommelte in ihren Ohren wie Kanonenfeuer. Kalter Schweiß perlte von ihrer Haut.

Der Traum hatte sich fürchterlich real angefühlt. Erinnerungen hatten sich mit Ängsten vermischt und sie an einen Ort gebracht, an den sie nie wieder zurückkehren wollte.

Mit weit aufgerissenen Augen suchte Keira Orientierung. Sie benötigte einige Sekunden, um sich in der Dunkelheit zurechtzufinden. Hochbetten, schwere Schränke und dicke Vorhänge. Über ihr veranstaltete Lazy erneut eine Schnarchparade. Keira lag in ihrem Bett in der School of Excellence.

Ihr Blick wanderte zu Grays leerem Bett, das sie nur schemenhaft ausmachen konnte. Keira erschrak erneut, als sie die Gestalt erblickte, die davor zusammengerollt auf dem Boden lag. Sie blinzelte. Keine Gestalt, eine Bettdecke. Schnell kroch sie aus ihrem Bett und hob die Decke hoch. Sie hatte einen dunklen Ton, den Keira schwer ausmachen konnte. Prüfend sah sie zu Scarletts Bett. Es war leer und die Decke war von der Matratze gerutscht.

Es war tiefe Nacht. Wo steckte ihre Mitbewohnerin?

Kurz spielte Keira mit dem Gedanken, sich wieder hinzulegen und so zu tun, als hätte sie nichts bemerkt. Das letzte Mal, als sie sich nachts aus dem Zimmer geschlichen hatten, hatte bekanntlich in einem Desaster geendet.

Doch Keiras Neugier überwog.

Soweit sie wusste, hatten die Mädchen keine Möglichkeit, das Gebäude zu verlassen. Und selbst wenn, hätte Scarlett wohl kaum riskiert, erneut von der Schulleiterin erwischt zu werden. Ihr Verbleib auf der Schule stand bereits auf der Kippe, und die Mädchen taten alles, um ihre zahlreichen Regelverstöße zu verschleiern. Gray war deswegen ans andere Ende der Welt geflogen.

Die restlichen Mädchen ahnten nicht, dass Keira in ihr kleines Geheimnis eingeweiht war. Und sie hatte nicht vor, damit hausieren zu gehen. Wer wusste, was sie noch alles herausfinden würde?

Keira öffnete die Zimmertür einen Spaltbreit und spähte auf den Flur. Das Licht des Mondes schien fahl durch die langen Fensterreihen und warf ein gitterförmiges Muster auf den Boden. Hier draußen war es totenstill. Kein Schnarchen, kein Ticken des Weckers.

Leise schloss Keira die Tür hinter sich und ging den Flur entlang Richtung Hauptgebäude. Nachts wirkte das Internat geisterhaft. Einige Äste klopften schwach gegen die Fensterscheiben, als bäten sie um Einlass.

Keira schob sich durch die Tür zum Hauptgebäude und blickte die Galerie hinab. Ms Killingworths Büro befand sich am Ende des Ganges und war zugleich Durchgangszimmer zum Schlafzimmer der Schulleiterin. Keira erstarrte, als sie den schmalen Lichtstrahl sah, der unter der Tür des Büros hervortrat. Schlief die alte Schachtel nie?

Vermutlich plante die Schulleiterin die Sitzordnung für ihre große Feier. Oder sie brütete über den rätselhaften Formularen, die sie Keira gegenüber als »Schulunterlagen« deklariert hatte. *Caprice DuPont. Raus.*

Auf Zehenspitzen schlich Keira die Treppe hinunter zur Eingangshalle. *Dantes Inferno* erschien in der Dunkelheit noch beklemmender. Keira hatte das Gefühl, dass die Skulptur sie direkt in einen der Höllenkreise ziehen wollte.

Im Literaturkurs hatten sie Passagen aus Dantes *Göttlicher Komödie* gelesen. Keira war nie ein großer Literaturfan gewesen. Dantes Verse hatten ihr Übriges getan. Sie selbst hätte sich niemals für dieses Fach eingetragen.

Ein Poltern ließ Keira erschrocken herumwirbeln. Reflexartig blickte sie zur Galerie hinauf. Die Bürotür der Schulleiterin war verschlossen.

Keiras Blick glitt hinab über die leere Eingangshalle. Das Geräusch war nicht aus dem ersten Stock gekommen, sondern aus der Bibliothek. Erst jetzt sah sie, dass dort ebenfalls Licht brannte. Ein dünner Lichtstreifen fiel in den Flur wie ein Pfeil, der ihr die Richtung vorgab.

Am liebsten hätte Keira sich einen Gegenstand geschnappt, um sich damit zu verteidigen. Bis auf die mannshohen Topfpflanzen und *Dantes* verdammtes *Inferno* gab es allerdings nichts, wonach sie hätte greifen können.

Als sie sich der Bibliothek näherte, vernahm Keira Stimmen, gefolgt von einem weiteren Poltern und einem Ächzen. Das waren eindeutig Kampfgeräusche. Ohne zu zögern, preschte Keira vor und stieß die Tür auf. Sie unterdrückte einen Aufschrei bei dem Anblick, der sich ihr in der Bibliothek bot.

Scarlett lag auf einem der langen Studientische.

Auf ihr lag Ian.

Beide waren halb nackt.

Und das war eindeutig kein Kampf zwischen den beiden.

FÜNFUNDDREISSIG

Keira hätte die Bibliothek augenblicklich verlassen sollen, stattdessen blieb sie wie festgeklebt stehen. Die Dielen unter ihren Füßen schienen zu beben. Sie konnte die Spannung bis zur Türschwelle spüren. Als stünde sie auf einem Geysir, der gleich ausbrach.

»Heilige Scheiße«, sagte Scarlett, als sie ihre Mitbewohnerin in der Tür stehen sah.

Schnell setzte sich die Luxuria auf und zog ihr Pyjamaoberteil zurecht, das ihr halb von den Schultern hing. Ians Oberteil hingegen lag zusammengeknüllt auf dem Boden zwischen einer Handvoll heruntergefallener Bücher.

Keira starrte die beiden ungläubig an. Sie hatte ihre Mitschüler beim Vorspiel erwischt, nicht bei einem Kampf. Viel mehr als das Was schockierte sie jedoch das Wen.

Scarlett war eine Luxuria. Irgendwie musste sie sich austoben, aber doch nicht mit irgend*wem*. Bisher hatte Keira angenommen, dass sie sich mit Lorenzo vergnügte. Oder mit einem der anderen Luxuria-Mädchen, die ihre Blusen immer einen Knopf zu weit offen trugen. Aber Ian? Keira hätte ihn nicht einmal mit der Kneifzange angefasst. Da blieb sie lieber auf ewig Single.

»Was stehst du da so blöd rum?«, fauchte er. »Willst du uns etwa zugucken?«

Ians kräftiger Bizeps spannte sich an, als er sich auf dem Tisch abstützte.

Keira hatte mit dem Schlimmsten gerechnet. Mit Gefahr, Gewalt, Tod. Dass ihre Mitschüler sich nachts bei heimlichen Sexdates trafen, war ihr nicht in den Sinn gekommen. Auf einmal kam sie sich bescheuert vor, weil sie unüberlegt in den Raum geplatzt war. Sie hätte in ihrem Bett bleiben und so tun sollen, als hätte sie nichts bemerkt. Stattdessen riskierte sie, dass auch sie nachts auf den Fluren der Schule erwischt wurde.

Ohne ein weiteres Wort machte sie auf den nackten Fersen kehrt und lief aus der Bibliothek.

»Keira«, hörte sie Scarletts Stimme hinter sich.

Die Ira steuerte geradewegs auf die Treppe zu, als Scarletts flache Schritte hinter ihr ertönten.

»Keira«, wiederholte die flüsternd.

Sie ignorierte Scarlett und bemühte sich, nicht polternd die Stufen hinaufzustürmen. Auf halber Treppe spürte sie Scarletts Hand an ihrem Unterarm. Die Berührung ging durch Keiras Körper wie ein elektrischer Schlag.

»Du erzählst keinem davon, okay?«, sagte Scarlett außer Atem. »Ms Killingworth darf nichts davon erfahren.«

»Das ist deine größte Sorge? Dass ich es ausplaudere?«, fragte Keira erzürnt und löste sich aus dem Griff.

Sie hatte genug von den Befehlen. Ihre Mitbewohnerinnen verlangten, dass sie schwieg, während sie reihenweise die Regeln brachen. So langsam wurde ihr bewusst, dass jedes der Mädchen seine ganz eigenen Geheimnisse mit sich herumtrug.

Entschlossen schob sie sich an Scarlett vorbei die Treppe hinauf, doch die Luxuria ließ nicht locker. Sie folgte Keira die letzten Stufen hinauf und stellte sich vor sie. »Was soll das heißen?«

»Wie kannst du dich nur mit diesem Kerl einlassen?«,

Scarlett blickte ihre Mitbewohnerin fragend an, als müsste sie diese Worte erst in eine andere Sprache übersetzen, dann stemmte sie die Hände in die Hüften. Die Gelassenheit wich aus ihrem Gesicht. »Wir sind nicht zusammen, falls du das denkst.«

»Ian ist trotzdem ein Arschloch.«

Scarletts Augen verengten sich bei dieser Aussage. Ihre sonst fröhliche Miene war in der nächtlichen Dunkelheit von schwarzen Schatten durchzogen. »Was denkst du dir eigentlich? Du glaubst, dass Ian seine Kräfte nicht im Griff hat. So ist es doch? Und jetzt denkst du über mich das Gleiche, weil ich mit ihm schlafe.«

Scarlett war gar nicht so dumm, wie sie vorgab. Richtig. Keira glaubte, dass weder Ian noch Scarlett ihre Kräfte im Griff hatten. Was hätte sie sonst dazu getrieben, sich mit diesem Widerling einzulassen? Es gab mindestens hundert Gründe, warum Scarlett sich besser von Ian fernhielt. Sein Temperament, seine Art, sein Gesicht … Je mehr Keira darüber nachdachte, desto verdächtiger erschien ihr der Typ.

»Du solltest dich nicht mit ihm abgeben. Du hast was Besseres verdient«, sagte sie. »Ian ist gefährlich.«

»Ach, machst du dir jetzt Sorgen um mich?«

Scarlett musterte ihr Gegenüber, als würde sie die Ira auf einmal mit neuen Augen sehen. Ihr glühender Blick wanderte über Keiras Gesicht. Die Luxuria schien jedes Detail in sich aufzunehmen.

»Verstehe«, sagte sie. »Du denkst aus irgendeinem Grund, dass du über mich urteilen kannst.«

Keira unterdrückte den Impuls, Scarlett von sich wegzustoßen, als diese ihr näher kam.

»Und was ist mit dir?«, fragte Scarlett.

»Was soll mit mir sein?«

»Tu nicht so ahnungslos. Ich kann die Anziehung zwischen Taran und dir spüren, sobald ihr im gleichen Raum seid. Ich habe dafür einen siebten Sinn.«

Diesen magischen siebten Sinn hatte Keira anscheinend nicht. Zugegeben: Taran war der erste Junge, der ihr Aufmerksamkeit schenkte. Aber Keira konnte sich nicht vorstellen, dass er ernsthaft an ihr interessiert war. An dieser Schule wimmelte es vor attraktiven Mädchen und die hatten garantiert mehr Erfahrung als sie. Für einen Luxuria war Keira eine langweilige Anfängerin.

»Du hast keine Ahnung«, erkannte Scarlett und schob sie unerwartet gegen das Treppengeländer, sodass ihr die hölzerne Kante ins Kreuz stieß.

Der süßliche Geruch ihres Parfüms stieg Keira in die Nase, als Scarlett sie buchstäblich in die Ecke drängte. Normalerweise hätte sie sich mit Gewalt zur Wehr gesetzt, aber Scarlett griff sie nicht an.

»Weißt du, wie es ist, eine Luxuria zu sein? Hast du auch nur irgendeine Vorstellung?« Scarletts Augen glühten kristallblau in der Nacht. »Weißt du, wie es ist, wenn sich dein Körper nach einer einzigen Berührung verzehrt? Hast du dich jemals nach jemandem gesehnt?«

Ein angenehmer Schauer rieselte über Keiras Haut, als Scarlett ihr mit den Fingern über das Gesicht fuhr. Keira konnte sich genauso wenig von ihr losreißen, wie sie wenige Minuten zuvor in der Bibliothek hatte wegschauen können. Sie fühlte sich völlig entwaffnet.

»Weißt du, wie es ist, von allen verurteilt zu werden, nur weil man seinen Sinnen folgt?«

Keira konnte Scarletts Atem auf ihren Lippen spüren, als diese ihr gefährlich nahe kam. Sie hatte keine Antworten auf Scarletts Fragen.

Die Luxuria schüttelte den Kopf. »Du hast nicht den blassesten Schimmer. Ich mache das, was ich will. Ich weiß, was gut für mich ist«, sagte sie und stieß sich von Keira ab. Das Glühen in ihren Augen erlosch und das Lächeln kam zurück auf ihre Lippen. »Also, sag mir nie wieder, was ich tun oder lassen soll.«

Mit diesen Worten zog Scarlett ab und ließ Keira alleine auf der dunklen Galerie zurück.

Die starrte ihrer Mitbewohnerin fassungslos hinterher. Auf einmal fühlte sie sich alleine und verloren in der bedrohlichen Dunkelheit des Gebäudes.

Scarlett hatte recht. Keira wusste absolut nichts. Aufgewühlt sah sie zur Bibliothek hinab, in der mittlerweile kein Licht mehr brannte. Ihr Blick wanderte zu Ms Killingworths Büro. Das Licht hinter der Bürotür war ebenfalls erloschen. Das gesamte Gebäude war in Dunkelheit getränkt. Als wäre nichts gewesen.

SECHSUNDDREISSIG

Keira wachte erst auf, als jemand die schweren Vorhänge vor den Fenstern beiseiteriss und ihr ein greller Sonnenstrahl ins Gesicht fiel. Sie schloss die Augen direkt wieder, so sehr brannte das morgendliche Licht in ihren Augen. Sie sehnte sich nach einer Nacht, in der sie acht Stunden Schlaf bekam. Am Stück und nicht unterbrochen von Albträumen, Entführungen oder Nachtwanderungen. Unter gequältem Blinzeln sah Keira, dass Scarlett in knallroter Spitzenunterwäsche vor ihr stand.

»Guten Morgen!«

Scarlett hüpfte zwischen Brookes und Keiras Bett hin und her wie eine Nymphe. Sie lehnte sich über Keira und gab ihr einen Kuss auf die Stirn.

Ein Kribbeln blieb auf Keiras Haut zurück. Dann fiel ihr ein, wen Scarletts Lippen letzte Nacht berührt hatten, und sie wischte sich schnell mit dem Handrücken über die Stelle.

»Hattest du eine gute Nacht, Scarlett?«, fragte Brooke und strich sich gähnend das Haar glatt.

»Fantastisch«, sagte die Luxuria und grinste, bevor sie sich ihr Make-up schnappte und in Unterwäsche auf den Flur verschwand. Dies war wohl einer der Gründe, warum die Jungs nicht den Westflügel betreten sollten.

Keira schüttelte irritiert den Kopf. Brooke wusste nicht, was sie in der letzten Nacht zu Gesicht bekommen hatte.

Für eine Weile hatte Keira wach in ihrem Bett gelegen und versucht, klare Gedanken zu fassen. Das Gefühl, das Scarlett in ihr zurückgelassen hatte, ließ sie noch immer erschauern. Wie Hunderte Ameisen, die ihr unter die Haut krochen.

Die Bilder von Ian und Scarlett in der Bibliothek gingen ihr nicht aus dem Kopf. Ihre aufeinandergepressten Lippen, Ians nackter Oberkörper, seine Hände unter Scarletts Oberteil. Keira selbst war einem Jungen noch nie so nahe gewesen. Trotzdem konnte sie nicht nachvollziehen, warum Scarlett sich ausgerechnet mit diesem Kerl abgab. Je mehr Keira über ihre Mitbewohnerinnen erfuhr, desto rätselhafter schienen sie ihr.

Als Keira kurze Zeit später durch die hohe Doppeltür in den Speisesaal trat, war der Raum mit Stimmengewirr und dem Geklapper von Besteck gefüllt. Es klang wie ein Orchester mit Kleinkindern an den Instrumenten. Obwohl ihr Magen bei dem Geruch des frisch gebrühten Kaffees knurrte, hatte Keira keinen Appetit.

Sie entdeckte Brooke, Scarlett und Avery am anderen Ende des Saales. Scarlett schenkte ihr ein Lächeln, als wäre nichts passiert.

Die Situation erschien Keira surreal. Gerade als sie dachte, ihre Mitbewohnerinnen zu durchschauen, wurde sie eines Besseren belehrt. Die Mädchen wurden ihr von Tag zu Tag fremder.

Sie dachte an den Albtraum, der sie so gewaltsam aus dem Schlaf gerissen hatte. Auf einmal erschien er ihr wie eine schreckliche Vorahnung. Keira konnte sich nicht zu ihren Mitbewohnerinnen setzen und so tun, als wäre alles in Ordnung. Diese Mädchen verbargen mehr vor ihr, als sie zugeben wollten. Sie hatten Caprice in ihrer Todesnacht nach draußen begleitet und taten so, als hätten sie nichts von deren Verschwinden mitbekommen. Sie belogen die Schulleiterin. Sie versteckten mögliche Beweismittel.

Keira konnte sich nicht zu ihren Mitbewohnerinnen setzen und so tun, als wüsste sie von all dem nichts. Entschlossen wandte sie sich zum Gehen und lief direkt in einen Mitschüler. Der Geruch von Schokolade und Chili war unverkennbar.

»Vorsicht«, sagte Taran.

Sofort schossen Keira Scarletts Worte in den Kopf. *Ich kann die Anziehung zwischen Taran und dir spüren, sobald ihr im gleichen Raum seid*. Stimmte, was die Luxuria behauptete?

»Alles okay?«, fragte Taran und fasste ihr sanft an die Schulter. In der anderen Hand hielt er ein Buch mit dickem Ledereinband.

»Ja.« Keira strich sich das Haar aus dem Gesicht, als könnte sie damit die vielen Gedanken wegwischen, die ihr durch den Kopf gingen. Sie war an diese Schule gekommen, um ihre Emotionen in den Griff zu bekommen. Stattdessen gerieten sie immer mehr durcheinander. Als hätte jemand all ihre Gefühle in einen Mixer geworfen und auf »Turbostart« gedrückt.

»Das war die womöglich schlechteste Lüge, die ich je gehört habe. Und das in nur einem Wort«, bemerkte Taran.

»Ist gerade viel los.«

»Ja. Ich weiß, was du meinst«, sagte er und blickte nachdenklich zu Boden.

Keira fragte sich, wie Taran über Caprice' Tod dachte. Bisher hatte sie allein die Sichtweise der Mädchen mitbekommen. Sie wusste nicht einmal, ob Taran und Caprice befreundet gewesen waren. Keira wollte gerade zu der Frage ansetzen, als er ihr zuvorkam: »Du hast noch meine Sneakers.«

»Richtig. Danke noch mal dafür. Sonst hätte ich jetzt vermutlich eine Lungenentzündung.«

»Keine Ursache. Du sahst übrigens niedlich darin aus.«

Darauf fand Keira keine passende Antwort. Sie war sich nicht sicher, was sie mehr verunsicherte: was Taran zu ihr sagte oder wie er es sagte.

Seine Augen durchstachen sie förmlich, als er auf eine Reaktion wartete. Keira wich seinem Blick aus.

»Was hast du da eigentlich?«, fragte sie und griff nach dem schweren Buch in seiner Hand.

Als sie es aufklappte, sah Keira, dass es ein alter Band mit Zeichenvorlagen war. In der Mitte steckte ein loses Blatt Papier, auf dem mit wenig Talent ein Reh nachgezeichnet war. Sie drehte die Zeichnung. Vielleicht war es auch ein Känguru.

»Schrecklich, oder?«, fragte Taran.

»Ja.«

Der Luxuria grinste bei diesem vernichtenden Urteil.

»Du hast das gemalt«, erkannte Keira.

»Ich weiß, dass ich kein Talent habe.« Taran nahm ihr das Buch ab und schlug es zu. »Aber es beruhigt mich. Bringt mich runter, wenn mein Kopf voll ist. Mein Dad hat mich drauf gebracht.«

»Hast du deine Kraft von ihm?«

Ein fast unmerkliches Zucken ging durch Tarans Augenbrauen. »Nein. Er ist ein Avaritia. Ich hab die Kraft von meiner Mum. Ist auch das Einzige, was ich von ihr habe. Sie hat uns sitzen gelassen, als ich klein war.«

Taran tat es mit einem Schulterzucken ab, aber sein Lächeln war nicht mehr ganz so breit. »Ist lange her. Und du?«

»Von wem ich es habe? Vater«, antwortete Keira knapp.

»So schlimm?«

»So offensichtlich?«, konterte sie.

Wieder schenkte Taran ihr diesen Blick, als würden ihre Augen ihm mehr erzählen als ihre Worte.

»Du versteckst deine Gefühle nicht. Das gefällt mir«, sagte er.

Keira konnte nicht länger leugnen, dass Taran mit ihr flirtete. Scarlett hatte recht. Der Gedanke, dass der Luxuria tatsächlich an ihr interessiert war, machte Keira nervös.

Er lehnte sich gegen den Türrahmen. »Wollen wir jetzt auf dein Zimmer gehen?«

Keira sah ihn mit offenem Mund an.

»Und meine Sneakers holen«, ergänzte Taran mit einem Grinsen. Er war sich der Doppeldeutigkeit seiner Aussagen bewusst.

»Die Sneakers«, sagte Keira.

Für einen Augenblick hatte sie die Schuhe völlig vergessen. Die Schuhe und Scarlett und Caprice und all die anderen, die ihr so viele Rätsel aufgaben. In Tarans Gegenwart konnte Keira alles um sich herum ausblenden. Als existierten diese Probleme gar nicht.

»Natürlich«, sagte sie. »Was sonst?«

SIEBENUNDDREISSIG

Scarletts Worte verfolgten Keira, als sie und Taran den Lärm des Speisesaals hinter sich ließen und zu ihrem Zimmer gingen. *Ich kann die Anziehung spüren*, flüsterten sie ihr ins Ohr.

Unruhig knetete Keira ihre Hände, während die beiden den stillen Gang entlanggingen. Sie wusste nicht, warum sie so aufgeregt war. Zwischen ihnen würde nichts passieren. Sie würden das Zimmer betreten, die Sneakers nehmen und danach zum Unterricht gehen. Nicht mehr und nicht weniger.

»Alles in Ordnung?«, fragte Taran und ergriff Keiras Hand, als sie mit den Knöcheln knackte. Seine Finger umschlossen ihre fest. »Du bist nicht diejenige, die gegen die Regeln verstößt.«

Keira sah sprachlos zu ihm auf, als sich seine Hand von ihrer löste. Nie hätte sie gedacht, dass ihr eine einzige Berührung jegliches Sprachvermögen rauben könnte.

Als die beiden sich ihrem Zimmer näherten, sah sie, dass Lazy auf dem Flur hockte. Die Acedia saß gegen die Wand gelehnt, die Beine angezogen. Ihr Kopf ruhte auf den Knien wie eine Felskante, die jeden Moment abzubrechen drohte. Außerhalb ihres natürlichen Habitats, ihrem Bett, wirkte sie verloren.

»Lazy, was machst du hier?«, fragte Keira.

Die Acedia hob zögerlich den Kopf und nickte in Richtung Zimmertür. Bloß keine Energie auf Worte verschwenden. Aus dem Raum erklang geschäftiges Rascheln.

Taran und Keira spähten in das Zimmer und erblickten Ms Killingworth zusammen mit einem älteren Paar in Tweed und Seide in der Mitte des Raumes. Die beleibte Frau stand regungslos da, während der Mann durch Caprice' Kleiderschrank ging.

»Scheiße«, fluchte Taran leise.

Zu spät. Ms Killingworth hatte ihn bereits entdeckt. Mit festen Schritten kam sie auf die beiden zu und schob sie zurück auf den Flur.

»Es ist besser, wenn ihr da jetzt nicht reingeht«, sagte sie und zog die Tür zu.

»Wer ist das?«, fragte Keira.

»Caprice' Eltern«, antwortete Taran.

Ein kalter Schauer überfiel Keira. Die Anwesenheit der Eltern machte Caprice' Tod spürbar und echt. Als wäre der Anblick ihrer Leiche nicht Beweis genug gewesen, dass sie tot war …

Tadelnd sah Ms Killingworth zu Taran. »Hast du dich verlaufen? Was hast du im Westflügel zu suchen?«

Sie ließ dem Luxuria keine Zeit, sich eine passende Ausrede auszudenken. »Jetzt geh schon.«

Taran zuckte entschuldigend mit den Schultern, als er zu Keira sah. Dann eilte er den Gang hinab in Richtung Hauptgebäude. Seine Sneakers würde er sich ein anderes Mal holen müssen.

»Taran Beaufort«, bemerkte Ms Killingworth. »Ihr versteht euch gut?«

»Wir kennen uns kaum«, sagte Keira.

»Natürlich nicht. Du bist gerade erst angekommen.« Die Augen der Schulleiterin taxierten sie. »Wie kommst du mit den Büchern zurecht?«

»Bestens.«

Keira hatte noch keine Seite gelesen.

»Ausgezeichnet«, sagte Ms Killingworth und nickte zufrieden.

Keira war erleichtert, dass die Schulleiterin nicht auf der Stelle ihr Wissen testete und ihre Lüge entlarvte. Stattdessen zog sie einen Schlüsselbund aus der Tasche ihres Blazers hervor und löste einen Satz. »Da ich dich gerade spreche: Wir sind in Verzug mit der Planung unserer Feier. Die Gründe muss ich dir nicht nennen. Und da du so viel Interesse an den Flyern gezeigt hast, bin ich mir sicher, dass dir auch diese Aufgabe gefallen wird.«

Keiras Blick fiel auf das gelbe Plakat, das sie selbst an die Wand hinter Ms Killingworth geklatscht hatte. Es hing schief und zu niedrig.

»Es geht um die Dekoration«, sagte die Schulleiterin.

»Die Dekoration?«

Waren die Flyer nicht Beweis genug, dass Keira keinerlei Geschick oder Augenmaß besaß? Ms Killingworth ignorierte den aggressiven Ton in ihrer Stimme und hielt ihr zwei alte Schlüssel entgegen. »Die sind für den Keller.«

Keira starrte auf die rostigen Teile, als handelte es sich um fiese, haarige Spinnen.

»Ich möchte, dass du nachsiehst, was wir aus dem letzten Jahr wiederverwenden können. Du kannst dir dazu gerne Unterstützung holen.« Ms Killingworth blickte zu Lazy, die noch immer mit niedergesunkenem Haupt auf dem Boden hockte. Dann stupste sie die Acedia mit der Spitze ihrer Pumps an, als handelte es sich um einen müden Gaul. »Aufwachen, Claudia. Wenn du nicht umgehend zum Frühstück gehst, hole ich den Wassereimer.«

Das war Warnung genug, um Lazy auf die Füße zu treiben.

Ms Killingworth seufzte und richtete ihren Blick wieder auf Keira. »Vielleicht suchst du dir jemanden mit etwas mehr Engagement und Initiative.«

Die Schulleiterin hatte Nerven. Nebenan trauerten zwei Eltern um ihre tote Tochter, und sie plante eine Feier, noch bevor diese unter der Erde lag.

Anscheinend waren der Schulleiterin alte Rituale wichtiger als die Aufklärung des Mordfalles. Erneut musste Keira an den Albtraum der letzten Nacht denken. An das Messer, das Ms Killingworth ihr kaltblütig in den Bauch gestoßen hatte. An das dämonische Blitzen in ihren Augen. Keira misstraute ihren Mitbewohnerinnen, aber genauso wenig traute sie der Schulleiterin über den Weg.

ACHTUNDDREISSIG

Kurz nachdem Ms Killingworth ihr die Schlüssel in die Hand gedrückt hatte, stiegen Keira und Avery mit zwei Taschenlampen bewaffnet in die muffigen Katakomben unter der Schule hinab.

»Würde mich nicht überraschen, wenn wir *hier* eine Leiche finden«, murmelte Keira und fischte einige Spinnweben vor ihrem Gesicht weg.

Die Luft roch modrig, wie Wäsche, die nicht richtig getrocknet war, und das Licht ihrer Taschenlampen verlor sich in der Finsternis. Vor den beiden tat sich ein Netzwerk aus Gängen auf, das unter dem gesamten Hauptgebäude verlief.

»Hier lang«, sagte Avery.

Sie deutete auf den Gang links von ihnen und führte Keira zum Archiv. Die beiden sollten die Inventur für die Feier vornehmen und zählen, wie viele Lichterketten und Requisiten das Fest vom Vorjahr überlebt hatten.

Sobald sie das Archiv betraten, ließ Keira den Lichtstrahl ihrer Taschenlampe über die vielen Boxen schweifen. Der gesamte Raum war voll davon. Na bravo.

Aus einer der Kisten lugten grüne Schuluniformen hervor, aus einer anderen graue Mäntel. Ein Regal am Ende des Raumes war mit mehreren Dutzend Büchern gefüllt. Auf den ledrigen Einbänden erkannte Keira die Tiersymbole der Hauptlaster.

»Schau dir das an!«, rief Avery.

Sie spreizte die Finger und blickte mit glänzenden Augen auf fünf Ringe an ihrer Hand. Typisch. Die beiden waren seit zwei Sekunden im Archiv und Avery hatte bereits die Box mit dem Schmuck entdeckt.

Sie nahm einen der Ringe ab und warf ihn Keira zu.

»Das ist eines Tages deiner.«

Keira begutachtete das goldene Schmuckstück. Ein dunkelroter Feueropal, der in die Form eines Heptagons geschliffen war, zierte den Ring. Das Licht der Taschenlampe brach sich in dem Edelstein, der es glühend auf Keira zurückwarf. In die Innenseiten des Ringes war das Wort *Ira* graviert.

»Wir bekommen alle einen zum Abschluss«, erklärte Avery mit gierigem Blick auf den Schmuck. »Ich wünschte, es wäre schon so weit.«

»Ist es aber nicht«, sagte Keira knapp und legte den Ring zurück in die Schatulle. Von ihrem Abschluss war sie weit entfernt.

Sie ließ das Licht der Taschenlampe über die verstaubten Kisten gleiten und ging zu den Regalen. Neugierig zog Keira eines der Bücher hervor. Auf dem Deckel war das Symbol der Ira eingestanzt. Das Buch lag so schwer in ihrer Hand, dass sie die dünne Taschenlampe zwischen die Zähne nehmen musste, um es aufschlagen zu können. Das Papier war vergilbt und knisterte zwischen Keiras Fingern.

Auf der ersten Seite ergoss sich eine Liste aus Namen, unter denen jeweils eine Jahreszahl stand. 1781, 1802, 1806 … Es war der Stammbaum der Gründerfamilie Edward Mordred. Keira blätterte durch das Buch. Mehr Namen, mehr Jahreszahlen. Alle

Ira, die die CSE seit ihrer Gründung besucht hatten, waren darin erfasst. Keira traf auf den letzten Eintrag: *Keira Venin*. Wie die anderen Namen war ihrer mit schwarzer Tinte niedergeschrieben worden. Nur gab es auf ihrer Seite keine Fächer und keine Linien zu weiteren Verwandten.

Keiras Herz wurde schwer, als hätte jemand einen Anker daran befestigt. Auf dem Papier wirkte sie wie eine Waise. Ohne Wurzeln. Ohne Familie.

Sie blätterte auf die vorangegangene Seite, auf der sich Ians Stammbaum befand. Sein Name entsprang aus *Samantha de Witt* und *Owen Wellesley*. Darüber zog sich der Stammbaum Mr Wellesleys, von dem Ian seine Kraft geerbt hatte. Eine sengende Hitze breitete sich bei dem Anblick in Keiras Magen aus. Schnell klappte sie das Buch zu und schob es zurück in das Regal.

Sie ging weiter und entdeckte mehrere Dutzend Bände mit eingestanzten Jahreszahlen auf den Buchrücken. Keira zog die Ausgabe vom letzten Schuljahr hervor. Mit den eingeklebten Fotos wirkte das Jahrbuch wie ein privates Fotoalbum. Die Schüler waren darin nicht nach Jahrgängen geordnet, sondern nach Hauptlastern. Mit Genugtuung sah Keira, dass Ian als einziger Schüler die Seite der Ira zierte. Jetzt war er der Außenseiter.

Zum ersten Mal kam ihr die Frage in den Sinn, ob Ian sich an der CSE manchmal genauso einsam fühlte wie sie sich früher in Parsons End. Bis auf Scarlett schien sich niemand für ihn zu interessieren. Nicht einmal seine Eltern. Und selbst Scarlett wollte sich zu keiner festen Beziehung mit Ian bekennen.

Keira blätterte den Gedanken weg zur nächsten Seite und plötzlich war da *sie*. Caprice DuPont grinste Keira entgegen, als könnte nichts auf der Welt ihre gute Laune trüben. Ihr Gesicht war voll und rund. Die dicken Lidstriche über den Wimpern brachten ihre hellen Augen zur Geltung. Dieses Mädchen hatte nichts mit der Leiche im Wald gemein.

Erneut fuhr ein Schauer über Keiras Rücken wie die dünnen Beine einer Spinne. Jetzt hatte die Tote ein Gesicht.

Sie wollte die Gula gerade zwischen den beiden Buchdeckeln verschwinden lassen, als ihr Blick auf die Hände der Französin fiel. Keira hielt den Lichtkegel der Taschenlampe auf den Ausschnitt des Bildes. Ein Ring mit einem grünen Edelstein schmückte Caprice' rechten Ringfinger. Keira kannte ihn. Aber wo hatte sie den Ring zuvor gesehen? An Caprice ja wohl nicht.

Ihr Verstand blätterte durch ihre Erinnerungen. Schnappschüsse von Ketten, Armbändern und Ringen zogen an Keiras innerem Auge vorbei. Jeden Tag bekam sie unzählige Ringe zu sehen. Die Mädchen hier schienen mit Schmuck auf die Welt gekommen zu sein. Wer brauchte einen Schnuller, wenn er an einer Goldkette nuckeln konnte? Aber nur eine von ihnen hatte einen regelrechten Ringfetisch: Avery.

Sie hatte dieses Schmuckstück an Keiras erstem Tag an der CSE getragen.

»Alles okay?«

Bei dem Klang von Averys Stimme machte Keiras Herz einen Aussetzer. Die Luft im Keller kam ihr auf einmal stickig und beengend vor. »Ja.«

»Du siehst aber nicht so aus.«

Keira seufzte. Sie wünschte, ihre Gefühle stünden ihr einmal nicht ins Gesicht geschrieben.

»Warum hast du Caprice' Ring?«

Averys Augen weiteten sich merklich.

»Lüg mich jetzt bloß nicht an«, sagte Keira und hielt ihr das Bild von Caprice unter die Nase. Ihre Finger krallten sich so fest um das Buch, dass sich der Einband unter ihrem Griff bog.

Avery wich einen Schritt zurück.

»Ich habe den Ring …« Sie stockte und biss sich auf die Unterlippe. »Ich habe ihn mir vor den Sommerferien genommen, okay? Zusammen mit ein paar anderen Sachen. Ich konnte ja nicht ahnen, dass Caprice tot ist. Sonst hätte ich das Ding nie aufge…«

»Du hast ihn gestohlen?«, unterbrach Keira sie. »Aus Habgier?«

»Du bist nicht die Einzige, die ein Hauptlaster mit sich herumträgt, Keira.«

Averys Antwort wirkte aufrichtig. Die sonst eher vorbildliche Avaritia war sichtlich beschämt, dass sie ihrem eigenen Laster zum Opfer gefallen war.

»Was ist passiert?«, fragte Keira.

»Wann?«

»In der Nacht, in der Caprice gestorben ist. Gray hat mir erzählt, dass ihr zusammen draußen wart.«

»Gray hat dir davon erzählt?« Eine Falte des Missmuts zog sich über Averys Stirn. »Und uns hat sie verboten, darüber zu sprechen.«

»Wann habt ihr Caprice zum letzten Mal gesehen? Wer war als Letztes mit ihr zusammen?«

Avery blickte sie verständnislos an. »Glaubst du etwa, jemand von uns hätte was mit dem Mord zu tun?«

»Mittlerweile weiß ich gar nicht mehr, was ich glauben soll.

Ihr versteckt Beweise, lügt, klaut. Und dann flieht Gray quasi über Nacht in die USA. Unauffällig ist anders.«

Keiras Stimme wurde mit jedem Wort lauter.

Ihre Mitbewohnerinnen schleppten viel zu viele Geheimnisse mit sich herum.

»Beweise?«, fragte die Avaritia.

»Ihr habt Caprice' Tagebuch versteckt.«

»Hat Gray dir das etwa auch gesagt?« Averys Unmut wuchs sekündlich. »Das ist so typisch. Nur damit du es weißt: Wenn es nach mir gegangen wäre, wüsste Ms Killingworth längst über die Party Bescheid. Die anderen haben mich überstimmt. Aber Ms Killingworth scheint sich eh nicht für die Wahrheit zu interessieren, sondern nur für die Gründerfeier und für das Ritual, das – nebenbei gesagt – absoluter Schwachsinn ist. Also, hör jetzt bitte auf, mich so vorwurfsvoll anzustarren.«

Averys ruhiger, aber bestimmter Ton verwunderte Keira so sehr, dass ihr Zorn tatsächlich nachließ. Trotz ihres Diebstahls machte die Avaritia einen ehrlichen Eindruck.

Avery war als einziges der Mädchen nach der Nacht im Wald völlig aufgelöst gewesen. Der Anblick der Leiche hatte sie zutiefst erschüttert. Sie hatte die Trauer nicht vorgetäuscht. In dem Punkt war Keira sich sicher.

»Warum sagst du mir nicht einfach, was du weißt?«, fragte sie und legte das Jahrbuch beiseite.

»Keira, ich weiß wirklich nicht, was mit Caprice passiert ist«, sagte Avery und schob eine ihrer dunklen Locken aus der Stirn. »Nach dem Streit war die Party vorbei und wir sind zurück auf unsere Zimmer. Das war das letzte Mal, dass ich Caprice gesehen habe.«

»Moment. Was für ein Streit?«, fragte Keira.

»Davon hat dir Gray wohl nicht erzählt«, sagte Avery und verschränkte die Arme vor der Brust. »Caprice hat bemerkt, dass einige ihrer Sachen fehlten. Auf der Party kam sie auf mich zu und hat mich beschimpft. Hat gesagt, ich hätte sie bestohlen.«

»Was auch stimmt«, kommentierte Keira.

»Es war mir so peinlich, dass ich alles abgestritten habe. Wie hätte ich denn sonst vor den anderen dagestanden? Gray hat mir geglaubt und mich verteidigt. Sie wusste, dass Caprice uns mit ihren Kräften manipuliert hat, damit wir mehr trinken.«

»Caprice hat bewusst ihre Kräfte auf euch angewandt?«

Avery nickte. »Das war ihre Art, die *Stimmung zu heben*. Sie wollte uns betrunken machen. Hat sich einen Spaß draus gemacht, uns gegenseitig anzustacheln. Gray hat das zur Weißglut getrieben. Sie hat Caprice unterstellt, ihre Kräfte zu missbrauchen. Da ist Caprice ausgetickt. Sie hat gesagt, wenn jemand seine Kräfte missbrauchen würde, dann wären wir das. Sie hat die CSE als schlechten Scherz bezeichnet, hat uns als Heuchlerinnen, Schlampen und Lügnerinnen beschimpft. Es war schrecklich.« Unruhig drehte Avery an den Ringen an ihrer Hand. »Und da ist Gray endgültig der Kragen geplatzt. Sie hat Caprice eine geknallt.«

»Bitte was?«, fragte Keira ungläubig.

Das passt so gar nicht zu der Person, die sie kennengelernt hatte. Gray verlor nie die Beherrschung. Jetzt stellte sich heraus, dass sie Caprice kurz vor deren Tod geschlagen hatte. Kein Wunder, dass die Superbia so schnell wie möglich das Land verlassen hatte.

»Wie hat Caprice darauf reagiert?«

»Erst dachte ich, die beiden gehen sich an die Gurgel. Aber Caprice schien der Moment Genugtuung zu geben. Als sähe sie sich endgültig im Recht. Gray ist daraufhin wortlos gegangen«, sagte Avery. »Und wir hinterher.«

»Wer?« Keira schluckte die Ungeduld herunter, aber sie kroch direkt wieder ihre Kehle hoch. »Gray, du und wer noch?«

»Mats, Scarlett und Enzo. Ich weiß noch, dass wir vor dem Tor auf die anderen gewartet haben. Scar und Enzo waren auf jeden Fall bei uns. Sie konnten nämlich die Finger nicht voneinander lassen. Daran kann ich mich leider sehr gut erinnern«, sagte sie und rollte mit den Augen.

Scarlett ließ wirklich nichts anbrennen.

»Als die anderen nicht kamen, sind wir reingegangen.«

»Und du hast Caprice zum letzten Mal auf dem Friedhof gesehen?«

Avery nickte und schluckte bei dem Gedanken schwer.

»Bist du dir ganz sicher, dass Gray und Scarlett danach die ganze Zeit bei dir waren?«

»Ja«, sagte Avery und atmete hörbar aus, als hätte sie soeben ein Geständnis vor einem Richter abgelegt.

Damit waren die beiden Mädchen raus. Blieben Ian, Taran und Brooke. Die drei waren womöglich die letzten Personen, die Caprice lebend gesehen hatten. Aber traute Keira einem von ihnen einen Mord zu?

Sofort musste sie daran denken, wie Ian auf sie losgegangen war, weil sie ihn angerempelt hatte. Wenn er bei solch einer Kleinigkeit an die Decke ging, wie verhielt er sich, wenn er sturzbetrunken war?

»Ian, Brooke und Taran«, sagte Keira. »Haben sie dir gegenüber erwähnt, wann sie Caprice zuletzt gesehen haben?«

Avery zuckte mit den Schultern. »Keine Ahnung.« Sie drehte erneut an ihren Ringen. »Aber da ist etwas, das du wissen solltest. Es hat wahrscheinlich nichts mit der Sache zu tun, aber ich habe bemerkt, wie ihr euch anseht.«

Keira verstand kein Wort. »Wer?«

»Taran und du.«

Oh. *Davon* redete sie.

Avery blickte bedrückt zu Boden. »Zwischen Caprice und Taran lief was.«

Keiras Mund klappte bei dieser Nachricht auf, als hätte er eine eigene Persönlichkeit entwickelt. Sie wusste nicht, warum sie diese Neuigkeit so unerwartet traf. Es fühlte sich an, als hätte Avery sie mit einer Abrissbirne von den Füßen gerissen.

»Nicht nur zwischen ihm und Caprice«, sagte die Avaritia. »Taran und Scarlett waren eine Weile zusammen. Und als Brooke vor ein paar Monaten neu an die Schule kam, haben sie und Taran viel Zeit miteinander verbracht. Ich weiß nicht, ob da was lief.«

Spätestens jetzt kam Keira sich lächerlich vor. Ihr gegenüber hatte Taran so getan, als könne er Brooke nicht ausstehen. Er hatte Keira das Gefühl vermittelt, etwas Besonderes zu sein. Stattdessen ging er mit jedem Mädchen ins Bett, das nicht bei drei auf den Bäumen war. Die Gespräche, die Flirts, die Blicke. Das alles war offenbar Teil einer Masche, die er auf alle Mädchen anwandte, die er interessant fand. Und anscheinend fand er jedes Mädchen interessant. Selbst die unerträglichen und intriganten.

»Ich wollte nur, dass du es weißt. Bevor … du weißt schon«, sagte Avery.

Keira unterdrückte den Wunsch, die Taschenlampe auf den harten Steinboden zu schleudern.

»Du sagst doch keinem, dass ich dir das alles erzählt habe?«, fragte Avery vorsichtig.

Keira reagierte nicht auf ihre Frage. Sie war gedanklich an einem anderen Ort.

Alle hatten in Caprice' Todesnacht zu viel getrunken. Dass Ian gewalttätig werden konnte, war längst bekannt. Aber wozu war ein Luxuria fähig, wenn er nicht mehr bei klarem Verstand war? Oder eine Invidia, getrieben von Neid?

Für Keira stand mittlerweile fest, dass Caprice' Mörder genauso gut von innen kommen konnte wie von außen, und womöglich stand ihr der Täter näher, als ihr lieb war.

NEUNUNDDREISSIG

Der muffige Geruch in Mr Hammonds privatem Büro erinnerte Elliot an seine Kindheit. Die Mittagssonne brach durch die dünnen Einfachfenster und beleuchtete den feinen Staub, der durch das Zimmer tanzte. Hier hatte er unzählige Geheimnisse versteckt. Zwischen den Ritzen des Ledersofas. Unter dem schweren Schreibtisch aus Mahagoni. In der alten Globusbar neben dem Sofa.

Mr Hammond ging um seinen Schreibtisch herum, zog eine schmale Mappe aus seiner Aktentasche und reichte sie Elliot. »Ist das alles, was du benötigst?«

Elliot klappte die Mappe auf und warf einen prüfenden Blick auf Adam Nighys Urkunden. »Ja, danke.«

»Denkst du nicht, du solltest an die CSE zurückkehren, bevor du mit der Suche weitermachst?«

»Es gibt nichts, was ich in Canterbury tun kann. Diese Spur könnte mich zu weiteren Ira führen«, sagte Elliot. »Ich tue der Schule einen weitaus größeren Gefallen, wenn ich mich auf meine Aufgaben konzentriere, anstatt die Ermittlungen zu stören.«

Mr Hammond nahm dies nickend zur Kenntnis und fuhr sich mit der Hand über den weiß-grauen Vollbart.

Dass Elliot damit sein Versprechen an Keira einlöste, brauchte sein Vater nicht zu wissen.

»Irgendwelche Neuigkeiten von Rebecca?«, fragte Mr Hammond und setzte sich in seinen Schreibtischstuhl.

»Sie folgen einigen wenigen Hinweisen. Caprice hat mehrere Tage im Wald gelegen. Viele Spuren sind wohl der Witterung zum Opfer gefallen«, antwortete Elliot.

Er war nicht in die Details der Ermittlungen eingeweiht und wusste nicht, was für Spuren sie gesichert hatten oder wen sie verhörten. Elliot hatte die Verantwortung zusammen mit dem Mantel abgegeben. Er wollte sich den aufgedunsenen Körper im modrigen Wasser nicht vorstellen. Doch je weiter er sie von sich wegschob, desto näher rückte die Vorstellung von Caprice' Leiche.

»Rebecca und Alicia werden schon wissen, wie sie den Detective und seine Leute anzugehen haben«, sagte Mr Hammond.

Die beiden wechselten wissende Blicke. Ms Killingworth würde jeden möglichen Verdacht von der CSE weglenken. Keiner der Anwohner Canterburys durfte auf die Idee kommen, dass es hinter den Türen des Internats nicht mit rechten Dingen zuging. Den Detective hatten sie längst in der Tasche.

Ein Klopfen ertönte an der Bürotür und Ms Hammond schob ihren schmalen Kopf durch den Spalt. Elliot fühlte sich wie ein Fünfjähriger, der heimlich vom Kuchen genascht hatte, als er schnell die Mappe mit den Urkunden zuschlug.

»Was besprecht ihr zwei schon wieder?«, fragte seine Mutter lächelnd. »Elliot, bleibst du zum Abendessen? Ich mache Roastbeef.«

Er warf einen raschen Blick auf seine Uhr. Eigentlich musste er mit der Suche nach Keiras Familie weitermachen. Als nächste

Gesprächspartner standen Adams Eltern auf seiner Liste. Elliot war gespannt, ob Adam seine Kräfte von seiner Mutter oder von seinem Vater geerbt hatte.

Andererseits war Ms Hammonds Roastbeef eines seiner Lieblingsgerichte. Und ob Elliot seine Suche heute oder morgen fortführte, machte kaum einen Unterschied.

»Gerne«, sagte er.

Seine Mutter nickte zufrieden. »Wir essen in einer Dreiviertelstunde.«

Sobald sie die Tür geschlossen hatte, wandte Elliot sich wieder seinem Vater zu. »Hast du jemals darüber nachgedacht, ihr davon zu erzählen?«

»Was meinst du?«

»Von deiner Vergangenheit als Sucher. Von unserer Vergangenheit.«

Mr Hammond entwich ein schwaches Lachen. »Warum sollte ich das tun? Du weißt, dass das gegen die Regeln verstößt.«

»Ihr seid seit dreißig Jahren verheiratet. Findest du es nicht seltsam, dass sie keine Ahnung von einem so wichtigen Teil deines Lebens hat?«

Elliot hatte diese Tatsache immer als selbstverständlich hingenommen. Als eine Notwendigkeit. Auf einmal erschien es ihm falsch.

Sein Vater stand auf und ging zu der Globusbar.

»Und welchen Vorteil hätte es, wenn ich deiner Mutter von den Saligia erzählte?«, fragte er, während er ein Glas Cognac einschenkte. »Was denkst du, wie sie reagieren würde, wenn sie wüsste, dass es Menschen mit übernatürlichen Kräften gibt? Menschen, die unsere Emotionen so sehr beeinflussen können, dass wir zu ihren Marionetten werden. Die unsere dunkelsten Abgründe zutage fördern können.«

Mr Hammond hielt Elliot den Cognac entgegen. Dieser lehnte mit einem Kopfschütteln ab, woraufhin sein Vater sich selbst einen Schluck genehmigte.

»Denkst du, deine Mutter wäre glücklicher, wenn sie wüsste, dass genau diese Menschen uns täglich umgeben – im Fernsehen, in der Politik, an unseren Gerichtshöfen? Dass selbst ihr Schwiegervater einer von ihnen ist?«

Elliot konnte nicht einschätzen, wie seine Mutter auf diese Tatsachen reagieren würde. Vermutlich würde sie zunächst kein Wort glauben, so wie er damals. Aber darum ging es ihm nicht. Seine Mutter hatte keine Ahnung, wer sein Vater wirklich war und wie er zu der Person geworden war, die sie zu kennen glaubte.

Stuart Hammond war das Kind eines Saligia und besaß doch keinerlei übernatürliche Kräfte. Die Ausbildung an der CSE war ihm damit verwehrt geblieben. Großvater Hammond hatte ihn sein Leben lang spüren lassen, was für eine Enttäuschung Stuart für ihn war. Nur aus Gnade hatte er ihn trotz mangelnder Kräfte als Sucher vorgeschlagen.

Als sich wenige Jahre nach Elliots Geburt zeigte, dass er ebenfalls nicht die Kräfte der Avaritia in sich trug, gab Großvater Hammond den Glauben an diese Blutlinie auf und wandte sich von Stuart und seiner Familie ab.

Der Alte trennte sich nach langer Ehe von seiner Frau, heiratete ein zweites Mal (jünger, schlanker, gebärfähiger) und bekam einen weiteren Sohn. Liam, Elliots Onkel, war sechs Jahre jünger als er und trug die Kräfte der Avaritia fort. Er würde ebenfalls Sucher werden und war genauso beschränkt wie Großvater Hammond. Als Elliot ihm vor wenigen Monaten auf den Fluren der CSE begegnet war, hatte Liam ihn keines Blickes gewürdigt.

Elliot konnte darüber nur lachen. Sein Vater hatte ihn bestens auf seine Arbeit für die Saligia vorbereitet. Er war auch ohne besondere Kräfte der beste Sucher der Schule, und Ms Killingworth vertraute ihm, gerade weil er nicht von übernatürlichen Kräften getrieben war.

An seinem Vater hingegen nagte die Vergangenheit bis heute. Er litt darunter, dass er kein Saligia war.

Und seine Frau wusste von all dem nichts.

»Du hast also nie darüber nachgedacht?«, fragte Elliot.

Mr Hammond schüttelte den Kopf und nahm einen weiteren Schluck Cognac. »Wieso fragst du all das? Hast du jemanden kennengelernt?«

»Interessiert mich eben«, sagte Elliot und zuckte mit den Schultern.

Ihm selbst stand das gleiche Schicksal bevor wie seinem Vater. Elliot hatte Violet belogen. Er belog seine Mutter. Er würde jede Frau belügen, die in sein Leben trat.

Mr Hammond musterte seinen Sohn. Behutsam stellte er das Glas ab. »Elliot, Geheimnisse zu haben ist normal. Jeder von uns hat welche. Selbst deine Mutter. Da bin ich mir sicher«, sagte er. »Manchmal kann die Wahrheit mehr Schaden anrichten als eine Lüge. Stell dir vor, ich würde ihr jetzt von meiner Vergangenheit erzählen. Nach all den Jahren. Was meinst du, was dann los wäre?«

Nachdenklich blickte Elliot auf die Mappe in seinen Händen. Hatte die Wahrheit ein Verfallsdatum? Möglicherweise gab es einen Punkt, an dem sie schlecht wurde. Wie abgestandene Milch, an der man sich nur noch den Magen verderben konnte.

»Du weißt doch noch, was ich dir über das Hüten von Geheimnissen beigebracht habe?«, fragte Mr Hammond.

»Natürlich.« Das Wissen begleitete Elliot jeden Tag. »Ein gutes Geheimnis ist nur eines, wenn von dessen Existenz niemand weiß.«

»Exakt. Guter Junge«, lobte ihn sein Vater.

Erneut musste Elliot an das Spiel denken, das sie in seiner Kindheit gespielt hatten. »Versteck das Geheimnis.«

Mittlerweile war es kein Spiel mehr.

VIERZIG

Keira ließ den Blick mehrmals über die Zeilen aus Caprice' Tagebuch gleiten. Nach der Inventur hatte sie sich in den Computerraum zurückgezogen, um endlich die Sätze zu übersetzen, die Gray ihr so achtlos vor die Füße geworfen hatte. Zwar erhoffte Keira sich nicht viel von der Abschrift, aber einen Versuch war es wert.

Wie Gray hatte auch Avery sie darum gebeten, mit niemandem über Caprice' Todesnacht zu sprechen. Angeblich wollte Avery keinen der Mitschüler zu Unrecht verdächtigen. Keira glaubte eher, dass Avery Angst davor hatte, mit ihrem Diebstahl aufzufliegen, wenn herauskam, dass sie andere beschuldigte. Jeder an der CSE war sich selbst am nächsten. So viel stand fest.

Nachdem sie sich mit dem Wörterbuch abgemüht hatte, war Keira zu dem Schluss gekommen, dass es weitaus einfacher war, den Text innerhalb weniger Sekunden online zu übersetzen. Das war das erste Mal, dass sie den Computerraum nutzte. Jedem Schüler stand es frei, an einem der zehn Rechner im Internet zu surfen, solange er wollte. Alle gängigen Social-Media-Seiten und Apps waren jedoch gesperrt. Auch der Handyempfang an der Schule war gestört. Man wollte vermeiden, dass die Schüler enthüllende Informationen über die CSE teilten. Zudem wirkte das Netz wie Rauschgift auf die Saligia. Es befeuerte ihre Eitelkeit, die Gier und den Neid. Viele der Schüler hatten ihre

Smartphones freiwillig abgegeben. Gray hatte gar einen Vorteil darin erkannt: Die zeitweilige Funkstille zwischen ihr und ihren amerikanischen Freunden verliehe ihrem Aufenthalt in England eine »mysteriöse Aura«.

Ms Montgomery hatte den Schülern empfohlen, den Computerraum ausschließlich zu Recherchezwecken zu nutzen. Genau diesem Tipp folgte Keira jetzt. Alles andere interessierte sie ohnehin nicht. Sie hatte weder offline noch online viele Freunde. Stattdessen suchte sie nach Hinweisen zu Caprice' Todesnacht.

Leider war die Übersetzung ziemlich kryptisch:

»... ich kann nicht anders«, las Keira die Zeilen zum wiederholten Male. *»Wenn ich jetzt nichts unternehme, ist es vielleicht zu spät. Heute Nacht. Ganz oder gar nicht.«*

Immer wieder wanderte ihr Blick über die Worte. Doch je öfter sie die Sätze las, desto schwammiger erschienen sie ihr. Was wollte Caprice unternehmen? Und für was war es sonst zu spät?

Gray hatte recht. Mit den Zeilen ließ sich nichts anfangen. Enttäuscht klappte Keira das Notizbuch zu.

»Supergirl.«

Sie zuckte zusammen, als sie diesen Spitznamen hörte. *Supergirl.* Von wegen. Schnell schloss sie das Browserfenster mit der Übersetzung.

»Genau dich habe ich gesucht«, sagte Taran und stützte sich neben ihr auf dem Schreibtisch ab.

In Keira geriet alles in Aufruhr, als sie zu ihm aufblickte. Zum einen war da dieses wohlige Gefühl der Wärme, das sich in ihr ausbreitete, wenn sie in Tarans Nähe war. Doch darunter brodelte es. Der Zorn sickerte durch ihren Körper wie Säure und drohte, alles zu zersetzen.

Keira blieb stumm. Sie wurde den Gedanken nicht los, dass Taran mit ihr spielte. Hatte er Caprice noch vor wenigen Tagen mit dem gleichen charmanten Lächeln begrüßt? Und Brooke vor ihr?

»Hast du Ärger von Killingworth bekommen?«, fragte er.

Keira murmelte ein knappes »Wie man's sieht« und stand auf. Sie trat Taran fast auf die Zehen, doch er wich keinen Schritt zurück.

»Die Sneakers möchte ich trotzdem wiederhaben«, sagte er grinsend.

Keira wurde nicht aus ihm schlau. Noch weniger wurde sie aus sich selbst schlau. Eigentlich hätte sie Abstand von Taran halten müssen. Stattdessen ließ sie zu, dass er ihr so nahekam wie sonst niemand. Keira sah auf sein markantes Kinn, als sie seinem Blick auswich. Er hatte eine winzige Narbe unter seiner Lippe, die ihr zum ersten Mal auffiel.

»Alles in Ordnung?«, fragte er, als sie stumm blieb.

»Nichts ist in Ordnung«, platzte es aus Keira heraus. Sie konnte sich nicht länger beherrschen. »Was ist mit Caprice?«

Das Lächeln schwand aus Tarans Gesicht. Die Frage kam für ihn aus dem toten Winkel. »Caprice?«

»Ja. Du kanntest sie. Wir haben sie …« Keira biss sich auf die Zunge. »Sie ist tot. Lässt dich das völlig kalt?«

Taran wich einen Schritt zurück, als hätte sie ihm einen verbalen Kinnhaken verpasst.

»Was ist das für eine Frage? Natürlich nicht«, sagte er.

Zum ersten Mal schienen ihm die Worte zu fehlen. Unsicher schaute er zu dem Gula, der am anderen Ende des Raumes saß und mit Kopfhörern auf den Ohren in die Tasten hackte. Bis auf ihn waren sie alleine im Computerraum. »Ich weiß nicht, was ich sagen soll.«

Seine Reaktion wirkte aufrichtig. Hilflosigkeit schwang darin mit. Doch Keira zweifelte mittlerweile an jeder seiner Aussagen. In diesem Moment wünschte sie sich Grays Fähigkeiten. Zu gern hätte sie andere lesen können und gewusst, wie sie auf sie einzugehen hatte.

Keira wollte Taran zu der Nacht befragen. Sie wollte wissen, was geschehen war, nachdem Avery und der Rest der Gruppe den Friedhof verlassen hatten. Aber offiziell wusste sie nichts von der Party und dem Streit. Und wenn sie doch danach fragte, woher sollte sie wissen, ob Taran ihr die Wahrheit sagte? Wenn er etwas mit Caprice' Tod zu tun hatte, würde er ihr wohl kaum im Detail davon berichten. Der wahre Täter schwieg seit Tagen und würde es auch weiterhin tun.

»Ihr standet euch nahe«, sagte sie stattdessen.

»Wie meinst du das?«

»Das weißt du ganz genau.«

Keira sah ihn fordernd an. Sie fühlte sich wie eine eifersüchtige Freundin, die ihrem Partner Untreue vorwarf. Voreilig für jemanden, der noch nie in einer Beziehung war.

»Ja, zwischen uns lief was«, gab Taran zu. »Ist es das, was du hören willst?«

Keira unterdrückte ein Zittern. Ihr war danach, etwas zu zerreißen.

»Was willst du wirklich von mir wissen?«, fragte er.

»Wer noch?«

Keira wusste selbst nicht, warum sie ausgerechnet diese Frage stellte. Ihre impulsive Seite gewann, und die tat leider selten, was gut für sie war. Unerwünschte Bilder drängten sich in ihre Vorstellung. Taran mit Caprice. Taran mit Brooke. Taran mit Scarlett. Taran …

»Mit wem ich was hatte?«

Keira nickte bestimmt.

Er zögerte und fuhr sich mit der Hand über das Kinn. »Willst du das echt wissen?«

Keira glaubte, ein Schmunzeln über Tarans Gesicht huschen zu sehen.

»Vergiss, dass ich gefragt habe«, sagte sie und rollte mit den Augen.

Sie hätte das Thema nicht ansprechen sollen. Sie wollte keine Namen hören, und wenn er mit jedem Mädchen aus Zimmer 107 schlief. Ein Schauer durchfuhr Keira bei dem Gedanken.

Sie hatte wissen wollen, was zwischen Taran und Caprice vorgefallen war. Stattdessen fragte sie ihn nach seinen Eroberungen aus und Taran machte sich einen Spaß daraus.

Wütend wandte Keira sich zum Gehen, doch er ergriff ihren Arm. »Warte.«

Seine Hand umschloss ihr Handgelenk fest. Die Berührung erfasste sie wie eine Welle. Sie riss Keira mit und drohte, sie zu ertränken. Vor wenigen Stunden hatte sie sich das noch gewünscht. Seitdem war sie ein Stück schlauer.

Sie musste an die nächtliche Begegnung mit Scarlett denken. Keira spürte die Berührungen der Luxuria noch immer auf ihrer Haut. Sie würde nicht zulassen, dass Taran genauso mit ihr umging.

»Wag es ja nicht, deine Kräfte auf mich anzuwenden«, warnte sie ihn.

»Wäre das denn nötig?«

Keiras Blick fiel auf seine Lippen, als Taran auf sie herabsah. Sie war sich nicht sicher, ob er ihr näher kam oder ob sie es sich einbildete. War das seine Masche? Hatte er Caprice auch so angesehen und berührt? Kurz vor ihrem Tod?

Reflexartig befreite Keira sich aus seinem Griff.

»Ich bin nicht wie die anderen Mädchen«, stellte sie klar.

»Keira.«

Sie schlug seine Hand weg, bevor er sie erneut berühren konnte. »Fass mich nicht an.«

Dann lief sie aus dem Raum.

Sobald Keira den Computerraum verlassen hatte, lehnte sie sich gegen die schwere Tür und atmete tief durch. Ihre Hände zitterten, als sie den Taschenspiegel von Elliot hervorzog und sich darin betrachtete. Ihre Gesichtszüge waren hart und ernst, doch das Rot war bereits aus ihren Augen gewichen.

Der naive Teil von Keira wollte zurück in den Raum gehen und herausfinden, wie die Szene zwischen ihnen ausgegangen wäre. Sie konnte Tarans Hand noch immer auf ihrem Arm spüren. Jede seiner Berührungen glühte nach. Irgendwas machte dieser Kerl mit ihr, und sie wusste nicht länger, ob es ihr gefiel.

Denn der andere Teil von ihr war sauer auf ihn. Zum ersten Mal hatte Taran den Zorn in ihr geweckt und diese Erkenntnis machte Keira traurig. Bisher hatte Taran eine nahezu betäubende Wirkung auf sie gehabt, wie eine starke Dosis Beruhigungsmittel. Keira fühlte sich in seiner Nähe besonders, weil er sich nicht vor ihr fürchtete. Nun fragte sie sich, ob *sie* sich vor *ihm* fürchten musste.

Was Taran so anziehend machte, stieß Keira zugleich von ihm ab. Er war der erste Junge, der ihr Beachtung geschenkt hatte. Sie ertrug den Gedanken nicht, dass das alles vorgetäuscht war. Wenn Keira nachgab, war sie dann eine weitere Eroberung von vielen? War es sogar gefährlich, sich mit Taran einzulassen? Bei der bloßen Vorstellung regte sich die Wut in Keiras Magen wie eine tickende Granate.

Sie schluckte schwer, als die Magensäure beißend ihre Kehle hochstieg. Sie konnte ihm nicht näherkommen, solange sie diese Ungewissheit mit sich herumtrug. Vor allem nicht, solange Caprice' Mörder frei herumlief. Die Granate in Keiras Innerem drohte sonst zu explodieren und alles zu zerfetzen, auf das sie hinarbeitete. Ms Killingworth hatte recht. Es war nicht an Keira, den Fall zu lösen. Sie war hier, um an ihren Kräften zu arbeiten. Keira hatte ihre eigenen Probleme. Sie musste ihren Zorn in den Griff bekommen. Trainieren, lernen, üben.

Von jetzt an würde sie Abstand von Taran halten. Von ihm und von all den anderen, die Keiras dunkelste Impulse zu wecken drohten. Sie war wieder auf sich allein gestellt. Eine Rolle, die sie zu gut kannte.

EINUNDVIERZIG

Elliot musterte Ms Nighys faltiges Gesicht, als er ihr gegenüber Platz nahm. Ihr kastanienbraunes Haar legte sich um ihre Stirn wie ein Kranz. Es hatte den unnatürlichen rötlichen Glanz einer Tönung.

»Bedienen Sie sich ruhig«, sagte sie. Der Blick ihrer braunen Augen fiel auf die Schale Kekse zwischen den beiden. Elliot gab ihrer Bitte nach und griff zu.

»Sie planen also eine Veranstaltung?«, fragte Ms Nighy.

»Richtig. Adam und ich waren im gleichen Fußballteam. Roehamptons Erste«, log er und hoffte, dass ihr der Altersunterschied nicht auffiel. Aufgrund seines Erscheinungsbildes wurde Elliot oft älter geschätzt. Er wischte sich einige Krümel aus dem Mundwinkel. Backen konnte die Dame. »Für unsere große Alumni-Feier nächsten Monat möchten wir so viele Ehemalige wie möglich zusammentrommeln. Das war zumindest die Idee.« Er legte eine künstliche Pause ein. »Das mit Adam tut mir leid. Ich hatte ja keine Ahnung.«

Mithilfe der Urkunden, die sein Vater ihm im Schnellverfahren verschafft hatte, hatte Elliot Ms Nighy ausfindig machen können und sich auf den Weg nach Bristol begeben. Jetzt saß er im heimeligen Wohnzimmer von Adams Mutter und schlürfte mit ihr Tee.

Schon als die Tür aufgegangen war, hatte Elliot mit Sicherheit sagen können, dass Adam seinen Zorn nicht von Ms Nighy geerbt hatte. Sie war so milde wie eine gute Märchenfee.

»Adam hat Fußball geliebt.« Ihre Augen glänzten, als sie ihnen Tee einschenkte.

»Er hat oft von Ihnen gesprochen«, log Elliot und lehnte sich in dem weichen Ohrensessel zurück.

»Adam war ein guter Mensch. Ein wunderbarer Sohn.«

»Tatsächlich?« Elliot merkte, dass er viel zu überrascht klang und schickte ein schnelles »Das kann ich mir vorstellen« hinterher.

»Er konnte ein richtiges Muttersöhnchen sein. Noch als er studierte, kam er jeden Sonntag zum Essen. Nachdem mein Gilbert gestorben war, hatte Adam sich fest vorgenommen, mich mindestens einmal die Woche zu besuchen, und das Versprechen hat er gehalten. Davon hat er Ihnen bestimmt erzählt.«

Elliot nickte und schob sich einen weiteren Keks in den Mund.

»Das hatte er von seinem Vater. Diesen Beschützerinstinkt. Ja, so kann man es nennen.« Auf einmal verzogen sich Ms Nighys Gesichtszüge und ein Schatten legte sich über ihre Augen. »Dann hat er dieses Mädchen kennengelernt.«

Damit war wohl Keiras Mutter gemeint. Elliot konnte nachvollziehen, dass Ms Nighy einen Groll gegen sie hegte. Ms Venin hatte ihren einzigen Sohn getötet. Andererseits war ihr keine andere Wahl geblieben. Adam hätte ihr fast die Kehle durchgeschnitten.

»Das muss nach unserem Abschluss gewesen sein«, sagte er.

»Adam hatte gerade den Job im Labor angenommen, als sie einander kennenlernten. Und eh er sichs versah, war sie schwanger.«

»Adam hatte ein Kind?«, täuschte Elliot Überraschung vor.

»Eine Tochter«, sagte Ms Nighy mit kühler Stimme. »Keira. Er hat sie wie sein eigen Fleisch und Blut behandelt.«

»Wie meinen Sie das?«

»Wenn Sie mich fragen, ist Keira das Kind eines anderen. Veila hat es ihm untergeschoben. Diese Augen. Schwarz wie die Nacht. Das Mädchen sieht weder Adam noch Veila ähnlich.«

»Das ist ja unglaublich.« Zum ersten Mal log Elliot nicht. Keira sollte die Tochter eines anderen sein? Kein Wunder, dass Adam nicht auf ihrer Geburtsurkunde als Vater eingetragen war.

»Das ist alles Veilas Schuld. Ich kann Ihnen nicht sagen, was genau zwischen Adam und ihr vorgefallen ist. Aber wie sie ihn in dieser Nacht beschrieben hat …« Sie stockte und schüttelte ungläubig den Kopf. »So war er nicht. Sechsundzwanzig Jahre und Adam ist nie gewalttätig gewesen. Was auch immer das war zwischen den beiden, es war toxisch. Und Keira, das arme Ding, mittendrin.«

»Das arme Ding«, wiederholte Elliot gedankenversunken.

Keiras Stammbaum ordnete sich in seinem Kopf neu. Adam Nighy war eine Sackgasse, die in seinem eigenen Tod endete. Wenn Ms Nighys Beschreibungen stimmten, war Adam nicht mehr als ein Kollateralschaden. Er hatte nichts mit den Ira und ihren Kräften zu tun.

Das erklärte, warum Elliot während seiner Recherche nichts Bedenkliches über Adam herausgefunden hatte. Er war kein *Anderer* gewesen.

»Manchmal frage ich mich, wie es Keira jetzt geht. Sie muss schon eine junge Frau sein. Vermutlich kann sie sich nicht an mich erinnern«, sagte Ms Nighy. Eine Träne drängte sich in ihren Augenwinkel. »Entschuldigen Sie bitte.«

Elliot reichte ihr eine Serviette vom Tisch.

»Ich könnte ihr nicht gegenübertreten, ohne mich zu fühlen wie damals. Die Trauer geht nie weg«, sagte sie.

Mit einem Mal war Elliot der Appetit auf die köstlichen Kekse vergangen. Wenn Adam kein Ira war, dann war er an dem Abend vor dreizehn Jahren nicht von einem übernatürlichen Zorn getrieben worden. Zumindest nicht von seinem eigenen. Entweder die Situation war auf natürliche Weise eskaliert oder andere Kräfte hatten auf ihn eingewirkt. Keiras Kräfte. Aber in so jungem Alter hätten ihre Fähigkeiten dafür zu schwach sein müssen.

Einige Krümel kratzten in Elliots Hals. Sollte sich Keiras größte Angst bewahrheiten? War ihr Zorn schuld an Adams Tod? Es gab nur eine Person, die ihm helfen konnte, diese Frage zu beantworten.

Veila Venin.

ZWEIUNDVIERZIG

Von Tag zu Tag wurde es kälter in Canterbury. Tiefer Nebel hing über der CSE, als wolle er die Ereignisse der letzten Tage vor der Außenwelt verschleiern.

Keira ging ihren Mitschülern größtenteils aus dem Weg. Sie machte es sich zur Angewohnheit, immer als Letzte ins Klassenzimmer zu kommen. In den Pausen vergrub sie die Nase in ihren Büchern, sie trainierte, wenn die anderen zu Mittag aßen, und abends saß sie bis zur Bettzeit an ihren Hausaufgaben. Nachmittags lief sie ein paar zusätzliche Runden auf der Aschenbahn, obwohl ihre Muskeln bereits mürbe waren von dem vielen Training. Sie musste den Kopf freibekommen und das war auf ihrem Zimmer nicht möglich. Beim Anblick von Caprice' leerem Bett fiel es ihr schwer, nutzlos herumzusitzen.

Wenn es regnete, ging Keira in den Fitnessraum, um sich am Boxsack zu verausgaben. Sie bandagierte sich die Hände, wie Mr Wellesley es ihr in der Zwischenzeit beigebracht hatte. Abgesehen davon, dass er Ians Vater und extrem cholerisch war, kam sie gut mit ihm aus. Hieß: Sie waren einander noch nicht an die Kehle gegangen.

In Mr Wellesleys Gegenwart fragte Keira sich unweigerlich, wie ihr Leben verlaufen wäre, wenn sie all diese Jahre einen Vater gehabt hätte. Jemanden, der ihre Wut verstand und mit dem sie ihre Kräfte hätte teilen können. Wenigstens hatte Keira jetzt einen Lehrer, der sich ansatzweise in sie hineinversetzen und ihr wichtige Tipps geben konnte.

Wenn sie auf die schwarzglänzende Kunststoffhaut einschlug, agierten ihre Hände wie von selbst. Links, links, rechts, links, links, rechts. Sie sah nur noch den Boxsack vor ihren Augen. Sie dachte nichts.

Nach dem Training brannten Keiras Muskeln vor Anstrengung. Ihre Knie schmerzten. Ihre Handknöchel waren rot und geschwollen. Ihr Kopf aber war wie in Watte gepackt. Als hätte sie sich selbst besinnungslos geschlagen.

Keira machte der körperliche Schmerz nichts aus. Es waren die Emotionen, vor denen sie Angst hatte. Nicht nur ihre eigenen. Seit ihrer Ankunft war sie versteift darauf gewesen, dazuzugehören. Dabei hatte sie vollkommen ignoriert, dass sie nicht die Einzige mit Problemen war. Auch ihre Mitschüler kämpften tagaus, tagein mit ihrer dunklen Seite. Sie besuchten die CSE länger als die Ira und trotzdem hatten sie noch viel zu lernen.

Wenn sie Taran begegnete, machte Keira schnell kehrt. Brooke und sie ignorierten einander, als wäre die jeweils andere unsichtbar. Ian und Keira schwiegen sich im Trainingsraum erbittert an. Und auf Gespräche mit Scarlett hatte sie keine Lust mehr, nachdem diese sie bedrängt hatte.

Nur Avery war begeistert von Keiras Wandel. So sehr, dass sie ihr eine Leseliste mit ihren dreißig liebsten Schulbüchern erstellte. Keira wusste die Geste zu schätzen, allerdings waren Literaturtipps das Letzte, was sie gebrauchen konnte. Auch störte sie, dass Avery sich weiterhin weigerte, Ms Killingworth von der geheimen Feier zu erzählen. Die Schulleiterin hatte den Schülern in der Zwischenzeit versichert, dass die Polizei mit

Hochdruck an Caprice' Mordfall arbeitete. Es gäbe einige Hinweise, denen die Ermittler nachgingen. Keira fragte sich, ob dies die gleichen Hinweise waren, die Elliot ihr gegenüber bereits vor Tagen erwähnt hatte. Langsam bekam sie den Eindruck, dass Ms Killingworth diese als Vorwand nahm, um in Ruhe mit der Planung der Gründerfeier fortfahren zu können.

Auf den Gängen der Schule kursierten derweil die wildesten Gerüchte über Caprice' Todesnacht. Die anderen Schüler ahnten nicht, dass die Gula gemeinsam mit ihren Mitbewohnerinnen vom Gelände geschlichen war. Deshalb behaupteten einige von ihnen, dass Caprice eine heimliche Affäre mit dem (steinalten) Pförtner gehabt hatte. Sie glaubten, dass er Caprice in den Wald gelockt hatte, um sie dort zu verführen und anschließend zu ermorden.

Wäre es nur so gewesen. Leider wusste Keira, mit wem Caprice wirklich eine Affäre gehabt hatte. Wenn sie jemand in den Wald gelockt hatte, um sie zu verführen, dann war das Taran.

»Das Herz!«, riss Ms de Witts enthusiastische Stimme sie an diesem Nachmittag aus den Gedanken.

Die Lehrerin stand vor der Klasse und deutete auf die Kreidezeichnung eines Herzens, das sie mit zu viel Liebe zum Detail an die Tafel gemalt hatte.

»Ein enormer Muskel, der an einem Tag um die hunderttausend Mal schlägt. Es sei denn, man trifft auf einen Ira.«

Ms de Witt lächelte bedeutsam in die Menge. Die Frau strahlte heller als die Sonne. Kaum zu fassen, dass Ian ihr Sohn war. Ob Ms de Witt wusste, dass sie einen selbstgerechten Psychopathen großzog?

»Weiß jemand, was ich damit meine?«, fragte die Lehrerin.

»Keira?« Noch vor wenigen Tagen wäre Keira in solch einer Situation zusammengezuckt und hätte unwissend die Schultern gehoben. Doch da sie zurzeit ihre Nase lieber in Bücher steckte als in die Angelegenheiten ihrer Mitschüler, hatte sie mit dem Lehrstoff aufgeholt.

»Unter hoher Belastung und in Stresssituationen kann sich die Herzschlagrate verdoppeln«, antwortete sie. »Unsere Kräfte lösen solch eine Belastung bei unseren Opfern aus.«

»Empfänger«, korrigierte Ms de Witt. »Nicht Opfer.«

Natürlich. Und ihren Urahnen war eine *Gabe* auferlegt worden und kein *Fluch*.

»Richtig. Empfänger«, gab Keira widerwillig zu.

»Und kannst du uns erklären, was dieser Stress im Herzen des Empfängers bewirkt?«, fragte Ms de Witt.

»Im Zorn schlägt das Herz stärker und schneller. Stresshormone werden ausgeschüttet und das Herz wird förmlich damit überschwemmt. Die linke Kammer bläst sich unter dem Druck auf wie ein Ballon. In Extremfällen kann es zum Herzversagen kommen.«

Ms de Witt sah sie an, als hätte Keira soeben das Heilmittel gegen alle Seuchen der Welt entdeckt.

»Das ist korrekt.« Sie nickte anerkennend. »Wie ich sehe, hast du dich schnell in die Materie eingearbeitet. Ausgezeichnet, Keira.«

»Pures Glück«, zischte jemand in der letzten Reihe. Brooke.

Keira ignorierte den Kommentar. Stattdessen sah sie zu Ian, der am anderen Ende des Raumes saß. Sie konnte seine Wut bis zu ihrem Tisch spüren. Wenn Scarlett einen siebten Sinn für die Lust hatte, dann hatte Keira ihn für den Zorn.

Offenbar passte es Ian nicht, dass seine eigene Mutter seine verhasste Konkurrentin lobte. Die Zornesfalte zwischen Ians Augenbrauen kam deutlich zum Vorschein, als er den Bleistift in seiner Hand in zwei Teile zerbrach. Der Typ war in Sachen dramatischer Drohgebärden nicht zu überbieten.

»Ein starker Saligia kann sein Gegenüber mit purer Willenskraft in die Knie zwingen«, sagte Ms de Witt. »Er muss dazu nicht einen Finger rühren. Natürlich belastet er damit auch seinen eigenen Körper. Nur erfahrene Saligia sind dazu in der Lage, ihre Kräfte einzusetzen, ohne sich selbst zu schaden.

Ihr dürft niemals unterschätzen, wie eng Körper und Geist miteinander verbunden sind. Jeder Angriff auf die Psyche hat Auswirkungen auf den Körper und andersherum. Nächste Woche beschäftigen wir uns ausführlicher mit dem *sympathischen Nervensystem.*«

Noch bevor sie den Satz beendet hatte, sprangen die ersten Schüler auf und strömten aus dem Klassenzimmer. Keira blieb bewusst zurück. Als sie aufblickte, sah sie, dass Taran wenige Meter entfernt stand. Er schenkte ihr ein vorsichtiges Lächeln.

Keira wusste nicht, wie sie darauf reagieren sollte. Seit dem Gespräch im Computerraum hatten sie kaum ein Wort miteinander gewechselt. Sich von Taran fernzuhalten, fiel ihr schwerer als gedacht. Normalerweise hatte sie kein Problem damit, andere aus ihrem Leben auszuschließen. Bei ihm war es anders.

Sie erwiderte das Lächeln nicht. Stattdessen wandte sie sich der Lehrerin zu, die gerade das Herz von der Tafel wischte.

»Ms de Witt, haben sie einen Moment?«, fragte Keira und ging auf sie zu.

Als sie einen flüchtigen Blick über ihre Schulter warf, sah sie, dass Taran wortlos den Raum verlassen hatte.

»Wie kann ich dir helfen?«, fragte Ms de Witt.

»Sie sagten, dass nur erfahrene Saligia dazu in der Lage sind, ihre Kräfte einzusetzen, ohne sich selbst zu schaden. Wie meinen Sie das?«

»Oh, das ist ganz einfach«, sagte die Lehrerin lächelnd. »Wenn du deine Kräfte nutzt, was empfindest du dann?«

»Zorn natürlich.«

»Und was passiert mit deinem Körper?«, fragte Ms de Witt weiter.

»Meine Muskeln spannen sich an, mein Herz schlägt schneller.«

»Ganz genau. Du empfindest die Symptome, die du eigentlich bei deinen Empfänger auslösen möchtest. Damit belastest du dein eigenes System. Ein ausgebildeter Saligia hingegen ist in der Lage, sein Laster auf den Empfänger zu übertragen, ohne selbst so zu empfinden.«

Wut auf andere zu übertragen, ohne sie selbst zu spüren? Für Keira war das unvorstellbar.

»Gib mir deine Hand«, sagte die Lehrerin. »Wir machen einen kleinen Test.«

Zögerlich folgte Keira der Aufforderung.

Ms de Witts Hand war weich und fleischig. Sie legte ihren Zeige- und Mittelfinger auf Keiras Puls, sodass ein ungelenker Handschlag dabei herauskam. »Mach es mir nach.«

Keira erwiderte dies mit einem verwirrten Blick.

»Keine Angst«, sagte Ms de Witt. »Ich weiß, was ich tue. Ich unterrichte hier. Schon vergessen?«

Keira legte die zwei Finger auf den Übergang zwischen Ms de Witts Handballen und Unterarm. Sie musste die Finger strecken, da ihre Hand ein Stück kleiner war als die der Lehrerin.

»Fühlst du es?«

Keira tastete die Haut ab, bis sie das sanfte Pumpen des Pulses unter ihren Fingerkuppen spüren konnte.

»Jetzt konzentriere dich auf meinen Herzschlag. Zähl die Schläge.«

Auch wenn sie keine Ahnung hatte, worauf dieses Experiment hinauslief, folgte Keira weiter den Anweisungen ihrer Lehrerin. Sie richtete ihre volle Aufmerksamkeit auf den Herzschlag, der rhythmisch unter ihren Fingerspitzen tanzte. Ein Schlag pro Sekunde.

»Sehr gut. Und jetzt sorge dafür, dass sich mein Puls erhöht – und ausschließlich meiner.«

»Was?«

Keira wollte die Hand wegziehen, aber Ms de Witt hielt sie fest.

»Das kann ich nicht«, protestierte sie.

Die Lehrerin ließ nicht locker und zog sie näher an sich heran. Keira musste sich beherrschen, sich dem Griff nicht gewaltsam zu entreißen.

»Ganz ruhig«, sagte die Lehrerin mit sanfter Stimme. »Das ist wichtig, Keira. Du musst lernen, die Theorie in die Praxis umzusetzen. Hör mir einfach zu und tu, was ich sage.«

Ms de Witt sah Keira bestimmt an. Die warmen Augen verrieten der Ira, dass sie es gut mit ihr meinte. Ihr Sohn mochte irre sein, Ms de Witt war es nicht.

»Atme tief durch und fokussiere dich auf meinen Puls.«

Keira schloss die Augen, um sich besser konzentrieren zu können.

»Stell dir vor, wie das Blut von meinem Herzen durch meine Adern fließt. Schlag für Schlag. Stell dir vor, wie sich mein Herz mit jedem dieser Schläge zusammenzieht und wieder öffnet.«

Keira konnte es vor ihrem inneren Auge sehen. Aus der zweidimensionalen Kreidezeichnung von der Tafel wurde der rote, kräftige Muskel, der Ms de Witts Körper mit Blut versorgte.

»Und nun stell dir vor, wie mein Herz immer schneller schlägt und mein Puls in die Höhe schnellt.«

Klar und deutlich konnte Keira sehen, wie sich der Muskel in Ms de Witts Brust in immer kürzeren Intervallen zusammenzog. *Dudum dudum, dudum dudum.* Gefäße weiteten sich, als Blut in stets größeren Mengen durch den Körper floss. Liter um Liter schoss der Lebenssaft durch die Adern. *Dudumduddum.* Immer schneller. *Duddumduddumduddum.*

Ein Gefühl der Enge breitete sich in ihrem Brustkorb aus, als sich das Herz immer weiter aufzublähen schien. Eine Welle der Hitze überkam sie. Das Rauschen drang ihr bis in die Ohren und drohte, alles zu übertönen. *Dudddumddduddum.*

Ruckartig zog Ms de Witt ihre Hand zurück. Es war, als würde Keira aus einem Traum gerissen. Einen Moment lang tastete sie ins Leere, auf der Suche nach dem Puls. Dann öffnete sie die Augen und sah, dass Ms de Witt einige Schritte zurückgewichen war. Ihr Gesicht glühte rot.

»Das ist genug«, sagte sie und rieb sich die Hand, als hätte sie sich die Finger in der Tür eingeklemmt.

»Hab ich was falsch gemacht?«, fragte Keira. Ms de Witt schüttelte den Kopf. »Überhaupt nicht. Das war sehr gut.«

Sie atmete tief durch und lächelte, doch es wirkte nicht mehr so offen wie zuvor.

»Du bist stark, Keira«, sagte Ms de Witt. »Aber du musst unbedingt an deiner Selbstbeherrschung arbeiten.«

DREIUNDVIERZIG

Elliot hielt den Klingelknopf so lange gedrückt, bis nur noch ein schwaches Knacksen zu hören war. Die Klingel erstarb unter seinem Finger. Als die Tür verschlossen blieb, betrat er den ungepflegten Vorgarten des Reihenhauses und spähte durch das Wohnzimmerfenster.

Er war bereits seit zwei Tagen in Parsons End. Noch war es ihm nicht gelungen, Ms Venin zu Hause zu erwischen. Entweder sie schlief und ignorierte sein Klingeln oder sie war bei der Arbeit. Schon wieder. Immer noch.

Elliot hatte sie und Keira lange genug beobachtet, um zu wissen, dass Ms Venin viel arbeitete. Das brachte die Tätigkeit als Krankenschwester in diesem maroden Gesundheitssystem mit sich. Als Alleinerziehende konnte sie zudem jeden Penny gebrauchen.

Er startete einen erneuten Versuch. Diesmal klopfte er dreimal kräftig gegen das Holz und wartete auf ein Geräusch auf der anderen Seite der Tür. Nichts. Dafür erklang ein Surren aus seiner Jacketttasche. Elliot zog sein Handy hervor und sah prüfend auf das Display. Eine unbekannte Nummer.

Zögerlich nahm er ab. »Hammond?«

»Hi! Vinnie hier. Von *Vinnie's Vintage*«, meldete sich eine quäkige Männerstimme zu Wort. »Sie waren letzte Woche bei uns im Laden.«

Vinnie war einer der Secondhandverkäufer, die Elliot abgeklappert hatte. Der Sucher hatte gar nicht mehr mit einem Anruf aus Carlisle gerechnet.

Vinnies Vintage. So viel zu »Irgendwas mit B oder W«, wie das Mädchen in Penrith behauptet hatte.

»Sie wollten doch wissen, ob wir den Mantel verkauft haben«, sagte Vinnie. »Meine Tochter meint, sie hätte einen orangen Mantel vertickt.«

»Tatsächlich?«

»Ja. Sie war ein paar Tage krank. Deshalb melden wir uns erst jetzt. Hat sich drei Tage lang die Seele aus dem Leib gekotzt, die Kleine. Wollte sie schon ins Krankenhaus bringen. Dachte, es wäre vielleicht was Schlimmes.«

»Was Sie nicht sagen.«

So genau wollte Elliot das alles nicht wissen.

Er musste seine Gedanken sammeln. Die letzten Tage hatte er sich mit Adam Nighy beschäftigt und Caprice' Fall gedanklich zu den Akten gelegt.

»Sagen Sie, Vinnie, war in dieser Woche noch jemand anderes bei Ihnen, um sich nach dem Mantel zu erkundigen?«, hakte Elliot nach.

»Nicht dass ich wüsste. Aber ich hatte den Laden auch für ein paar Tage geschlossen.«

»Und Ihre Tochter ist sich sicher, dass es der gleiche Mantel ist? Mit dem goldenen Aufnäher auf der Brust?«

»Aber klar. Ist ja nicht so, als hätten wir unzählige orangefarbene Mäntel im Sortiment. Scheußliche Farbe.«

»Weiß sie noch, wer den Mantel in den Laden gebracht hat?«

»Auf jeden Fall nicht Ihre kleine Freundin«, sagte der Verkäufer.

Ein Rascheln ertönte am anderen Ende der Leitung.

»Es war ein Kerl«, sagte eine Frauenstimme, die genauso quäkig klang. »Hier ist Val, Vinnies Tochter.«

»Kannst du dich daran erinnern, wie der Typ aussah?«, fragte Elliot.

»Eigentlich ganz normal. Groß, blonde Haare, etwas blass vielleicht. Ich fand es nur schräg, dass er diesen orangen Mantel verkaufen wollte. Der passte überhaupt nicht zu ihm.«

Elliot konnte es nicht fassen. Vinnies Tochter hatte Caprice' Mörder gegenübergestanden. Das würde zumindest erklären, wie der Mantel nach Carlisle gekommen war, obwohl Caprice sich die ganze Zeit über in Canterbury befunden hatte. Der Mörder hatte ihn nach der Tat mitgenommen und anschließend verkauft.

»Fällt dir noch irgendwas ein?«, fragte Elliot weiter und ging zu seinem Wagen. »Hat er Kontaktdaten hinterlassen? Einen Namen vielleicht?«

»Moment.« Erneutes Rascheln übertönte dumpfes, unverständliches Gemurmel.

»Bist du noch da?«, fragte Val dann.

Als würde Elliot jetzt auflegen. »Ja«, sagte er und stieg in seinen Wagen.

»Unsere Quittungen. Jeder Verkäufer muss die unterzeichnen.«

Das war genau die Information, auf die Elliot gehofft hatte.

»Val, hör mir mal zu. Heute oder morgen wird jemand von der Polizei bei euch im Laden vorbeikommen und euch nach den Infos fragen.«

»Polizei?«, wiederholte sie erschrocken. »Wir bekommen doch keinen Ärger, oder?«

»Überhaupt nicht«, sagte Elliot. »Ihr habt vielleicht dabei geholfen, einen Mord aufzuklären.«

VIERUNDVIERZIG

»Wahrscheinlich wird dieser Mord nie aufgeklärt«, sagte Keira und griff nach der Kelle für die Kartoffeln. »Ich verwette mein ganzes Hab und Gut, dass wir bis zur Gründerfeier immer noch nicht wissen, wer Caprice auf dem Gewissen hat.«

Keine der Kartoffeln überstand den Aufprall auf ihrem Teller unversehrt.

Averys Augen leuchteten bei der Rede gelb auf. »Dein ganzes Hab und Gut?«

Keira seufzte. Natürlich war das alles, was die Avaritia gehört hatte. Danach hatte sich ihr Verstand bei der Vorstellung von Pfundnoten und Goldbarren abgeschaltet.

»Kein Grund, euphorisch zu werden. Ich besitze fast nichts, schon vergessen?«, sagte Keira. »Meinst du nicht, das sind genug Möhrchen?«

Sie blickte auf Averys Teller, den bereits zwei Fischfilets und ein halbes Dutzend Kartoffelhälften bevölkerten. Nun hielt Avery eine Kelle voll Gemüse in der Hand. Ein Großteil davon würde in die Mülltonne wandern, das wusste Keira. Aber nicht bevor Avery sie bat, ihr mit den Resten zu helfen. Jeden Tag das gleiche Dilemma.

»Vielleicht hast du recht«, stimmte Avery zu und ließ zwei Erbsen von der Kelle kullern. »Wenigstens musst du nicht die Hauptrolle beim Ritual spielen.«

Mit diesem Argument gewann sie automatisch jede Runde im Mitleidspoker. Durch Grays überstürzte Abreise war die Hauptrolle des Rituals frei geworden. Ms Killingworth hatte ihre Musterschülerin Avery in der Rolle nachbesetzt und zitierte diese täglich zur Privatprobe in ihr Büro.

Die Schulleiterin fuhr rigoros mit ihrer Planung der Feier fort. Die Schüler wurden dieser Tage in Grüppchen zur Anprobe geschickt, denn zum Gründerfest gehörten die passenden Outfits. Alle Saligia sollten sich im Regentschaftsstil des frühen neunzehnten Jahrhunderts präsentieren. Als die Schneiderin vor ihren Füßen gekniet hatte, hatte Keira kurz befürchtet, selbst in einem Theaterstück gelandet zu sein.

»Hast du mal drüber nachgedacht, Killingworth nicht doch die Wahrheit zu erzählen?«, fragte sie.

»Und damit alle zu verraten?«

»Vielleicht würde sich dann endlich was tun«, sagte Keira.

»Denkst du etwa immer noch, dass es einer von uns war?«

»Du hast selbst gesagt, dass Ian, Brooke und Taran die Letzten waren, die mit Caprice zusammen waren.«

»Richtig. Ich habe nicht gesagt, dass sie ihr den Schädel eingeschlagen haben.« Avery schüttelte seufzend den Kopf. »Ich weiß echt nicht, Keira. Ich kann mir das einfach nicht vorstellen. Wenn Gray bloß hier wäre. Sie weiß immer, was zu tun ist.«

Avery hatte recht. Mit einem einzigen Satz konnte Gray ihre Mitmenschen umstimmen, für sich gewinnen oder gegen andere aufbringen. Mit ihrem enormen Selbstbewusstsein überzeugte sie selbst den größten Skeptiker davon, dass sich alles zum Guten wenden würde. Auch wenn es das nie tat. Vielleicht hatte Gray sich deshalb aus dem Staub gemacht, sobald ihr die

Situation an der CSE zu brenzlig geworden war. Dafür, dass sie sich als Anführerin der Gruppe gab, hatte sie verblüffend schnell die Flucht ergriffen.

»Ich weiß«, sagte Keira. »Aber wenn nicht bald etwas geschieht, dann …« Sie kam nicht dazu, auszureden. Ein kräftiger Schlag in den Rücken riss sie aus dem Satz und zugleich von den Füßen. Sie ließ das Tablett nicht rechtzeitig los und landete vornüber auf ihrem Abendessen. Die Dessertschale zersprang bei dem Aufprall. Joghurt spritzte ihr ins Gesicht. Ein scharfer Schmerz zog durch Keiras Finger, als ihr Körper sie unter dem Tablett begrub.

Bevor Keira hinterfragen konnte, warum sie gestürzt war, ertönte Ians Stimme über ihr. »Uups.«

Fassungslos sah sie zu ihm auf. Hatte er sie wirklich vor allen Mädchen zu Boden gestoßen? Das war der Speisesaal und kein Rugbyfeld.

»Darauf hast du wohl keine schlaue Antwort«, spottete Ian und grinste auf sie herab.

Keiras Haut glühte vor Wut. Eine schlaue Antwort? Sie wollte ihm das Lachen aus dem Gesicht prügeln. Das war ihre Antwort.

Bevor sie dieses Bedürfnis in die Tat umsetzen konnte, griff Ian ihr in den Nacken und drückte Keira zu Boden. Er hielt sie beim Genick wie ein Raubtier ein Kaninchen. Seine Finger gruben sich fest in ihre Wirbel.

»Hör auf!«, forderte Avery.

»Du hältst die Klappe«, knurrte Ian. »Das ist eine Sache zwischen Keira und mir.«

Keira sah aus dem Augenwinkel, dass einige der Mädchen von ihren Tischen aufstanden. Sie bewegten sich wie in Zeitlupe, unsicher, wie sie mit der Situation umgehen sollten. Ein Showkampf stand für gewöhnlich nicht auf dem Speiseplan.

Ians Knie schob sich fest in Keiras Rücken, als er sich über sie lehnte. Sie war festgeklemmt zwischen seinem Körper und dem harten Dielenboden. Das Tablett drückte ihr in die Rippen. Der säuerliche Geruch des Joghurts zog in ihre Nase.

»Hab gehört, du holst dir Nachhilfe bei meiner Mum«, flüsterte Ian. Seine Worte stachen Keira ins Ohr, so nah war er ihr. »Das ist eine letzte Warnung. Leg dich nicht mit mir an.«

Ian presste ihren Kopf weiter in Richtung Boden, bis Keiras Stirn einer Scherbe gefährlich nahe kam. Die Kante blitzte ihr scharf entgegen. In Keira kochte Zorn auf, der schneidender war als Porzellan, aber sie hatte nicht die Kraft, sich nach oben zu stemmen. Ian hatte sie unter sich festgekeilt.

Als Keira sich unter ihm wand, verstärkte sich Ians Griff um ihren Kopf. Er würde ihr vor allen Mitschülerinnen das Gesicht aufschneiden.

»Was ist hier los?« Ms Killingworths Stimme zuckte durch den Speisesaal wie ein gewaltiger Blitz. Ian ließ Keira sofort aus seinem Klammergriff los. Als er aufstand, stützte er sich auf ihr ab und stieß ihren Kopf nach unten. Keira gelang es nicht, der Scherbe auszuweichen. Ein spitzer Schmerz durchfuhr ihre Stirn, als die scharfe Kante in ihre Haut schnitt. Ms Killingworths feste Schritte ertönten auf dem Dielenboden, als Keira sich aufsetzte und an sich herabsah. Ihre Uniform war vollgeschmiert mit Fett und Joghurt. Einige Erbsen rollten von ihr herab und fielen platt zu Boden. Die Kartoffeln waren endgültig Matsch.

Im Speisesaal war es mucksmäuschenstill. Die Mitschüler blickten gespannt zur Schulleiterin, als diese den Raum durchquerte. Scarlett stand mit offenem Mund da, Brooke sah Keira mit ernster Miene an.

»Ich will wissen, was hier los ist«, forderte Ms Killingworth und bäumte sich vor Ian auf.

»Nur eine kleine Unstimmigkeit.«

Ian wich einen Schritt zurück. Der aggressive Großkotz von eben war verschwunden. Feigling.

Keira rutschte fast auf dem Essensmatsch weg, als sie aufstand. Benommen tastete sie nach ihrer Stirn. Bei dem Anblick des dünnen Streifen Blutes auf ihrer Fingerspitze biss sie die Kiefer fest aufeinander. Sie verspürte den Drang, sich bei Ian zu revanchieren. Der bittere Geschmack des Zorns stieg in ihrem Hals auf.

Keira musste sich zusammenreißen. Sie versuchte, der Wut eine Form zu geben und sie festzuhalten, wie Ms de Witt es ihnen erklärt hatte. Keira durfte Ian nicht angreifen. Nicht hier. Nicht vor der Schulleiterin. Sie durfte jetzt nicht die Kontro… Bevor Keira den Gedanken zu Ende denken konnte, landete ihre fettverschmierte Faust in Ians Gesicht.

FÜNFUNDVIERZIG

Keira starrte auf ihre Handknöchel. Sie waren an den Stellen geschwollen, mit denen sie Ians Kinn erwischt hatte. Knochen auf Knochen. Ob sein Gesicht genauso schmerzte wie ihre Hand?

Sie fixierte die schmalen Male in ihrer Handinnenfläche. Ihre Fingernägel waren bei dem Schlag in die Haut gefahren und hatten dort vier kleine Halbmonde zurückgelassen.

»Setzen!«, befahl Ms Killingworth, als sie hinter Keira und Ian in ihr Büro trat.

Die beiden folgten dem Befehl wortlos. Ms Killingworth hatte die zwei auf der Stelle in ihr Büro gebracht.

Keira hoffte, dass sie keine allzu große Strafe für ihr Verhalten erwartete. Andererseits war dies ihr zweiter Regelverstoß. Und was für einer. Sie hatte Ian vor den Augen der Schulleiterin einen Kinnhaken verpasst. Keira biss sich auf die Unterlippe. Konnte sie nicht ein Mal ihrem Verstand folgen? Sie war die letzten Tage auf so einem guten Weg gewesen.

»Was denkt ihr euch eigentlich?«, schnitt Ms Killingworths Stimme in ihre Selbstzweifel. »Dies ist ein Ort des Respekts. Und ihr macht den Speisesaal zu einer Stierkampfarena.«

Wenn Keira in diesem Vergleich die Torera war, nahm sie ihn gerne an. Ian ähnelte tatsächlich einem wilden Bullen.

»Ms Killingworth, es ist nicht so, wie es aussieht«, verteidigte dieser sich.

Keira blies sich eine Strähne aus dem Gesicht. Auf diese Einleitung konnte nur eine schlechte Entschuldigung folgen.

»Ist es nicht?« Ms Killingworth ließ ihn nicht ausreden. »Wisst ihr eigentlich, wie *ihr* ausseht? Vor mir sitzen die zwei einzigen Ira meiner Schule, die ganz offensichtlich nicht dazu in der Lage sind, sich zu beherrschen, geschweige denn miteinander auszukommen. Der eine ist knapp einem Kieferbruch entgangen, die andere ist mit Essen und Blut verschmiert. Ihr seht erbärmlich aus.«

Ihr harter Gesichtsausdruck verdeutlichte, dass sie keine Ausreden akzeptierte.

Keira erwartete eine weitere schwache Begründung von Ian. Stattdessen saß er mit finsterer Miene da und knetete nervös seine Finger.

»Hat es euch die Sprache verschlagen?«, fragte Ms Killingworth.

Keira starrte auf ihre Fingerknöchel. »Ian hat angefangen. Er hat mich geschubst.«

Kaum hatte sie die Worte ausgesprochen, schlug ihr Sitznachbar mit der Faust auf die Armlehne. »Sie lügt.«

»Gar nicht!«

»Du hast mich durch den Wald gejagt wie Wild«, fuhr er sie an.

»Nachdem du mir Gin ins Gesicht gekippt hast!«

Dachte Ian, dass er mit diesen Lügen durchkam?

»Hört damit auf.« Ms Killingworths Handfläche knallte so fest auf die Tischplatte, dass die beiden zusammenfuhren. »Das ist ja kaum auszuhalten.«

»Ms Killingworth, ich sage die Wahrheit«, bestand Ian auf seiner Aussage. »Seitdem Keira hier ist, legt sie sich mit mir an.«

War das die Geschichte, die er sich selbst einredete, damit er nachts ruhig schlafen konnte?

»Und da fiel dir nichts Besseres ein, als sie durch den Speisesaal zu schubsen?«, fragte die Schulleiterin. »Ian, deine Eltern unterrichten hier. Du besuchst diese Schule seit drei Jahren. Solch einen Vorsprung hat sonst kein Schüler. Hast du in der Zeit gar nichts gelernt? Wenn du dich bis heute nicht zu kontrollieren weißt, wirst du es nie können.«

Mit Genugtuung beobachtete Keira, wie sich Ians Augenbrauen zu traurigen Dreiecken verformten.

»Und du, Keira, brauchst gar nicht so zu grinsen«, wies Ms Killingworth sie zurecht.

Die Schulleiterin deutete mit dem Finger auf die zwei. »Ich warne euch. Morgen ist die Gründerfeier. Wenn ihr auch nur daran denkt, die Feierlichkeiten zu stören, dann fliegt ihr hochkant von dieser Schule. Reißt euch gefälligst zusammen und benehmt euch.« Missbilligend wandte Ms Killingworth den Blick von den beiden ab. »Und jetzt raus.«

Ohne Widerworte standen die zwei auf. Keira wusste nicht, was sie von dieser Ansprache halten sollte. Sie war froh, dass die Schulleiterin ihr eine weitere Chance gab, aber einmal mehr schien sich alles um die Gründerfeier zu drehen. Beinahe klang es so, als stünde ihnen frei, sich gegenseitig die Köpfe einzuschlagen – solange sie nicht die Feierlichkeiten störten.

Prügelt euch bitte draußen.

Draußen. Ian hatte den Raum bereits verlassen, als Keira zögernd vor der Türschwelle stehen blieb. Dann schloss sie die Tür von innen. Die folgenden Worte waren ausschließlich für Ms Killingworths Ohren bestimmt.

»Wissen Sie, dass die anderen an dem Abend draußen waren?«

Langsam wandte Keira sich der Schulleiterin zu, die noch immer hinter ihrem Schreibtisch saß. Sie hatte genug von den Geheimnissen. Wenn die anderen nicht mit der Wahrheit herausrückten, dann tat sie es. Keira würde sich selbst nicht unnötiger Gefahr aussetzen, um andere vor einem dämlichen Verweis zu schützen.

»Einige der Schüler«, fuhr sie fort. »Sie haben in der Nacht, in der Caprice gestorben ist, das Gelände verlassen, um zu feiern. Sie haben getrunken, es gab Streit. Und am Ende des Abends waren einige von ihnen verschwunden.« Keira zögerte. »Also könnte es einer von ihnen getan haben.«

»Könnte einer von ihnen *was* getan haben?«, fragte Ms Killingworth.

Nicht die kleinste Regung hatte sich während Keiras Bericht in ihrem Gesicht gezeigt. Die Schulleiterin saß mit durchgestrecktem Rücken da. Selbst im Sitzen verlieh es ihr Anmut.

»Caprice ermordet.«

Einen Augenblick lang war nur das Pendel der großen Standuhr in der Ecke des Zimmers zu hören. Klack, klack, klack, zählte es die Sekunden runter. Dann breitete sich ein Lächeln auf Ms Killingworths Lippen aus. Es war höflich und unverbindlich.

»Ich danke dir für deine Ehrlichkeit«, sagte sie. »Ich weiß das zu schätzen.«

Hatte Ms Killingworth ihr zugehört? Keira hatte soeben enthüllt, dass womöglich einer der Schüler Caprice ermordet hatte. Und alles, was sie dafür bekam, war ein knappes Danke, als hätte sie Ms Killingworth nach dem Niesen Gesundheit gewünscht?

Die Schulleiterin tastete sorgfältig ihren Dutt ab. »Aber du liegst falsch. Es war auf keinen Fall ein Schüler der CSE«, sagte sie. »Sie haben den Täter vor wenigen Stunden gefasst.«

Damit verschlug es Keira endgültig die Sprache. Die Fragen in ihrem Kopf brachen in eine Massenpanik aus. Sie stürmten alle auf einmal auf ihren Mund zu. Heraus schaffte es keine.

»Ein Durchreisender«, erklärte Ms Killingworth, als sie Keiras fragendes Gesicht las. »Er war für einige Tage in Canterbury. Auch in der Nacht, in der Caprice starb. Die Polizei hat ihn heute gefasst. Er hatte Caprice' Zigarettenetui und Feuerzeug bei sich, beides Erbstücke. Außerdem hat er an dem Tag nach dem Mord ihren Mantel in einem Laden verkauft. Damit ist die Sache eindeutig.«

Keira bekam noch immer keinen Ton heraus.

»Sie gehen von einem Raubüberfall aus«, sagte Ms Killingworth. »Den DuPonts ist aufgefallen, dass einige von Caprice' Sachen fehlten. Vermutlich hat er auch die verkauft oder verpfändet und lediglich Etui und Feuerzeug behalten.«

Keiras Verstand fühlte sich an wie ein alter Rechner, auf dem sie zu viele Programme geöffnet hatte. Ratternd versuchte er, all diese Informationen auf einmal zu verarbeiten.

»Dachtest du wirklich, einer deiner Mitschüler sei zu so etwas in der Lage?«, fragte Ms Killingworth. Keira kam sich töricht vor. Wieder hatte sie impulsiv gehandelt. Anstatt sich um ihre eigenen Probleme zu kümmern, hatte sie ihre Mitschüler des Mordes verdächtigt. Warum hatte sie nicht auf Avery gehört und die Informationen für sich behalten?

»Du brauchst dir keine Sorgen zu machen«, fuhr Ms Killingworth fort. »Weder um dein eigenes Wohl noch um das deiner Mitschüler. Keine Angst. Ich werde den anderen nicht sagen, dass du hinter ihrem Rücken zu mir gekommen bist und sie verraten hast.«

Keira massierte die Druckstellen an ihrer Hand. Verrat. Das Wort ritzte sich mit spitzer Klinge in ihren Verstand ein. Sie hatte ihre Mitschüler verraten.

Die Schulleiterin griff nach einem Füller und richtete den Blick auf den Briefblock vor sich. Das Gespräch war damit beendet. Gut. Keira bekam sowieso kein Wort heraus. Stumm wandte sie sich zum Gehen.

»Oh, und bevor ich es vergesse«, erhob Ms Killingworth erneut die Stimme.

Keiras Hand verharrte auf der Türklinke.

»Das war dein zweiter Regelbruch, Keira. Es wird keinen dritten geben. Wir haben dich in unserer Mitte aufgenommen, dir ein Bett und ein Zuhause gegeben. Setz das nicht aufs Spiel. Du machst gute Fortschritte, bist stark, lernst fleißig, aber misch dich nicht in die Angelegenheiten anderer ein. Verstehst du mich?«

Keira räusperte sich. Ihre Stimme kam zurück.

»Ich verstehe«, sagte sie über ihre Schulter hinweg.

In Wirklichkeit verstand sie gar nichts mehr.

SECHSUNDVIERZIG

Nach dem Gespräch mit Ms Killingworth ging Keira auf ihr Zimmer. Hunger hatte sie keinen mehr. Sie hatte die Neuigkeit über den Mörder noch nicht verdaut.

Die anderen waren bereits mit dem Abendessen fertig, als sie in den Raum gestampft kam. Avery probierte gerade Ohrringe an, Brooke machte auf ihrem Bett Hausaufgaben und Lazy schlief. Auf Keiras Bett stand ein Tablett mit Essensresten. Avery musste es dort abgestellt haben. Sobald Keira das Essen erblickte, nahm sie den Teller und schleuderte ihn in den Mülleimer.

Avery sprang von ihrem Bett auf, als das Fischfilet und die Möhrchen zwischen Porzellanscherben im Papierkorb landeten. Aus Lazys Bett ertönte bei dem plötzlichen Krach ein Grummeln. Brooke hingegen fand deutliche Worte: »Geht's noch? Die Teller wachsen hier nicht auf Bäumen, falls du es noch nicht mitbekommen hast.«

»Was du nicht sagst«, entfuhr es Keira.

Brookes Kommentare waren das Letzte, was ihr fehlte. Aber auf die Invidia war Verlass.

»Lass mich raten. Du hast Ärger von Killingworth bekommen und jetzt bist du so richtig wütend«, sagte Brooke und legte ihr Schulbuch beiseite. »Kleiner Tipp: Wenn du keinen Stress haben willst, dann solltest du selbst keinen machen.«

»Als bräuchte ich von dir Tipps«, zischte Keira.

Brooke konnte von Glück reden, dass sie ihr noch nicht an die Gurgel gegangen war.

»Wie du meinst.« Die Invidia zuckte mit den Schultern. »Dein Problem, wenn du von der Schule fliegen willst. Nicht meins.«

»Und was genau *ist* dein Problem?«, fragte Keira.

Ihre Nägel stachen in die kleinen Wunden in ihren Handinnenflächen, als sie die Hände zu Fäusten ballte.

»Willst du mich jetzt auch verprügeln?«, fragte Brooke unbeeindruckt.

Gar keine schlechte Idee.

»Hey«, sagte Avery und fasste Keira beschwichtigend am Arm. »Das bringt doch nichts.«

Sie hatte recht. Wenn sie Brooke schlug, dann gab Keira ihr nur, was sie wollte. Dabei hatte diese Schnepfe Keiras Aufmerksamkeit gar nicht verdient. Brooke war ein chronisch neidisches Mädchen, das seine Gefühle genauso wenig verbergen konnte wie Keira ihren Zorn. Sie empfand Genugtuung dabei, Keira anzustacheln, weil es von ihren eigenen Unzulänglichkeiten ablenkte. Der Neid nagte an Brooke wie ein Wurm an einem faulen Apfel.

Keira tappte in die gleiche Falle wie mit Vicky Walker. Sie ließ sich wieder und wieder von Brooke provozieren, bis die Situation eskalierte. Dann war egal, wer angefangen hatte. Dann würden alle in Keira sehen, was die Menschen in Parsons End seit Jahren in ihr sahen. Das Mädchen mit den schwarzen Augen. Das Mädchen, von dem man sich besser fernhielt. Creepy Keira.

Wer Wind sät, wird Sturm ernten.

Bei dem Gedanken riss Keira sich von Avery los und stürmte so schnell aus dem Zimmer, wie sie hereingekommen war.

Keira strich sich ein paar Strähnen aus der Stirn, die der Wind durcheinandergebracht hatte. Der Abend trieb kühle Böen über den Sportplatz. Sie rochen nach Erde und Moos, Pilzen und Regen.

»Sie haben Caprice' Mörder gefasst«, sagte Keira, als Avery sie hinter dem Anwesen fand.

»Was? Woher weißt du das?«

»Ms Killingworth hat es mir gerade erzählt. Es war irgendein Kerl, ein Durchreisender.«

Eigentlich hätte Keira über diese Nachricht erleichtert sein müssen. Der Mörder war gefasst. Die Gefahr war gebannt. Stattdessen machte es sie, wie so vieles, wütend. Vielleicht war es die beängstigende Sinnlosigkeit, die sich vor ihr auftat. Hinter Caprice' Tod verbarg sich keine große Intrige, kein schockierendes Geheimnis. Caprice war gestorben, weil sie einen teuren Mantel und ein schönes Feuerzeug besessen hatte. Mehr nicht.

»Meine Mum hat meinen Vater umgebracht«, sprach Keira aus, was sie bis jetzt verschwiegen hatte. »Es war Notwehr. Ich war noch klein. Er hat uns beide bedroht und meine Mum mit dem Messer attackiert. Sie wurde dabei lebensbedrohlich verletzt.«

Sie fuhr mit den Fingern ihre Kehle herab. »In Panik hat sie nach einer Flasche gegriffen und …«

Keira konnte es bis heute nicht aussprechen. Ihre Mutter hatte ihrem Vater den Kopf eingeschlagen. So wie man Caprice den Kopf eingeschlagen hatte. »Sie hatte keine andere Wahl.«

»Das ist schrecklich«, sagte Avery.

Keiras Blick wanderte über das Grundstück. Die Sonne verkroch sich hinter den gelb-grünen Baumwipfeln des Parks und ließ einem kalten Windstoß den Vortritt.

»Mein ganzes Leben lang war ich davon überzeugt, dass das alles meine Schuld ist«, sagte sie. »Ich dachte, er wäre meinetwegen gestorben. Weil ich diesen Fluch mit mir herumtrage.«

Keiras Stimmbänder zitterten beim letzten Satz. Die Worte schnürten ihr die Kehle zu.

»Und dann komme ich hierher und erfahre, dass mein eigener Vater ein Ira war.« Sie blickte auf die Wunden an ihrer Hand. »Er hat mich einfach mit diesen Kräften alleingelassen. Meine Mum und ich sind nicht schuld an seinem Tod. Er hat sich selbst umgebracht. Er allein ist daran schuld. Und er hat uns mit den Konsequenzen zurückgelassen. Ich weiß, wozu ein Saligia fähig ist, wenn er die Kontrolle verliert.«

Keira trug seit dreizehn Jahren die tiefen Narben in ihrem Inneren, die ein absoluter Kontrollverlust zurückließ.

»Vielleicht war ich deshalb so überzeugt von der Idee, dass einer von uns Caprice umgebracht haben könnte.«

Die Erkenntnis kam Keira erst, nachdem sie es ausgesprochen hatte.

Sie war an diese Schule gekommen, um ein besserer Mensch zu werden. Sie wollte endlich dazugehören, ein normales Leben führen. Doch anstatt sich einzufügen, vermutete sie in jedem ihrer Mitschüler einen Lügner oder Mörder. Sie konnte nicht erwarten, dass ihre Mitschüler sie akzeptierten, wenn sie selbst jeden von ihnen vorverurteilte.

Ira neigten dazu, sich selbst auszugrenzen, hatte Ms Killingworth gesagt. Genau das tat Keira. Sie projizierte ihre eigenen Ängste und Unsicherheiten auf ihre Mitschüler und machte sich selbst damit zur Außenseiterin. Vielleicht hatte Brooke recht, wenn sie Keira in die Schranken wies.

»Elliot hat gesagt, dass der Bär anpassungsfähig ist. Ich bin es anscheinend nicht.«

»Sei nicht wütend auf dich selbst«, sagte Avery.

»Bin ich nicht.«

»Keira, deine Augen funkeln rot und deine Hände sind zu Fäusten geballt.« Die Ira sah auf ihre Hand herab. Ihre Knöchel traten spitz unter der lädierten Haut hervor. Okay, sie war wütend.

»Das mit deinem Dad tut mir leid. Wirklich«, sagte Avery. »Ich kann verstehen, dass dir das alles verdächtig vorkam. Die ganzen Auseinandersetzungen und Lügen. Wir machen alle Fehler. Ich dachte auch, ich hätte das mit dem Klauen hinter mir.«

Sie blickte auf die vielen Ringe an ihren Fingern.

»Ich habe dir doch von dem Fleischmesser erzählt, das ich für meine Mum geklaut habe. Ich dachte, ich mache ihr damit eine Freude, aber als sie erfahren hat, dass ich es geklaut habe, ist sie ausgerastet. Danach wollte sie mir das Klauen ein für alle Mal abgewöhnen. Weißt du, wie?«

Keira antwortete mit einem Kopfschütteln.

»Sie hat mich jeden Samstag ohne Geld oder Kreditkarte durch *Harrods* geschickt«, erzählte Avery. »Kein Witz. Ich sollte einmal durch das gesamte Kaufhaus gehen, ohne etwas zu stehlen.

Am Anfang kam ich damit nicht klar«, gestand Avery. »Als ich zum ersten Mal beim Klauen erwischt wurde, war mir das echt peinlich. Ich musste mich beim Kaufhausdetektiv entschuldigen. Das ist mir noch zwei Mal passiert, dann wurde mir klar, was die Habgier aus mir macht. Ich will keine Kriminelle sein. Ich will das Gefühl haben, die Sachen verdient zu haben.«

Avery drehte den goldenen Ring an ihrem Mittelfinger, bis der Stein mittig saß.

»Und hier stehle ich Sachen von meinen eigenen Freunden«, sagte sie und seufzte.

Sie alle waren lange nicht an ihrem Ziel angekommen. Und auf dem Weg dorthin würden sie noch viele Fehler begehen.

Keira war froh, Avery zur Freundin zu haben. Denn das war sie: ihre allererste Freundin. Keira hatte nicht völlig in ihrem Plan versagt, an der CSE dazuzugehören.

Jetzt, da sie wusste, dass die anderen Schüler unschuldig waren, würde sie sich auch nicht mehr von ihnen fernhalten müssen. Bis auf Brooke. Mit der würde Keira auf keinen Fall mehr Zeit verbringen als nötig. Und mit Ian auch nicht, wenn sie genauer darüber nachdachte. Unschuld hin oder her, die beiden waren schlicht unerträglich.

Keira biss sich auf die Unterlippe, als ihr Taran in den Sinn kam. Er hatte nichts mit Caprice' Mord zu tun. Plötzlich schämte sie sich, dass sie das jemals in Betracht gezogen hatte.

Aber was war mit seinen vielen Beziehungen? Keira hatte noch immer keine Ahnung, ob er mit ihr spielte oder ob da mehr war. Sie musste wissen, wie Taran wirklich für sie empfand.

Teil IV

DIE WAHRHEIT

SIEBENUNDVIERZIG

Ms Venins Augen lugten wachsam durch den Türspalt. Die Kette sorgte dafür, dass die Tür nur wenige Zentimeter aufging.

»Ms Venin, ich würde gerne mit Ihnen sprechen«, setzte Elliot an, als er in das Paar haselnussbrauner Augen blickte.

Nach einigen vergeblichen Versuchen und drei Nächten in Parsons Ends schlechtester Pension hatte er Keiras Mutter endlich zu Hause erwischt. Elliot hätte schwören können, dass sie für drei arbeitete.

»Kein Interesse.« Ms Venin wollte die Tür bereits zuschlagen, als Elliot die Spitze seines Regenschirms in den Spalt schob.

»Es geht um Keira.«

Der Druck auf den Regenschirm ließ nach.

»Ich weiß, wo sie ist«, sagte er.

Die Haustür schloss sich langsam, dann erklang das Rasseln der Türkette.

Kurz darauf traten die beiden gemeinsam in die Küche. Die Einrichtung erschien Elliot so kühl wie Ms Venin selbst. Die Wände waren einfallslos in Weiß gehalten. Lediglich eine Küchenuhr in der Form eines Huhns diente zur Zierde. Die toten Plastikaugen des Huhnes bewegten sich im Sekundentakt von links nach rechts.

»Wie geht es ihr? Kann ich mit ihr reden?«, Ms Venin lehnte sich gegen die Anrichte, der Messerblock zum Greifen nahe.

»Keira wird sich melden, sobald sie dazu bereit ist.«

»Wo steckt sie?«

»Ich kann Ihnen Keiras genauen Aufenthaltsort nicht mitteilen«, erklärte Elliot und blieb an der Türschwelle stehen. »Aber es geht ihr gut. Keira ist an einem Ort, der auf ihre Bedürfnisse ausgerichtet ist. Wenn Sie verstehen, was ich meine.«

Ms Venins Augen verengten sich. »Ich befürchte, dass Sie deutlicher werden müssen.«

Ein leichtes Zucken um ihre Mundwinkel verriet Elliot, dass sie sehr wohl wusste, wovon er sprach.

Er hatte die Frau mehrmals aus der Ferne gesehen, aber erst aus der Nähe wurde ihm bewusst, wie jung sie war. Die beiden trennten nicht einmal zehn Jahre. Doch Ms Venin sah bereits derart verbraucht aus, als hätte jemand die Vorspultaste in ihrem Leben gedrückt.

Elliots Blick wanderte zu der langen Narbe an ihrem Hals. Sie verlief knapp neben der Halsschlagader.

»Ich verstehe, dass Sie die Vergangenheit hinter sich lassen wollen«, sagte er. »Aber tiefe Schnitte hinterlassen Narben.«

Ms Venins Hand fuhr zu der schwülstigen Linie an ihrem Hals. Sie zupfte am Kragen ihres Pullovers.

»Wollen Sie Keira nicht helfen, die Wunden der Vergangenheit zu heilen?«, fragte Elliot. »Sie hat das Recht, die Wahrheit über ihren Vater zu erfahren.«

Ms Venins Augen weiteten sich merklich.

»Bemühen Sie sich nicht um eine Lüge«, sagte er. »Ich weiß, dass Adam nicht Keiras Vater war.«

»Was wollen Sie wirklich hier?« Ms Venin misstraute ihm. Elliot konnte es ihr nicht verübeln.

»Ehrlichkeit«, sagte er und machte einen Schritt auf sie zu. »Ich bin nicht Ihr Feind, Veila. Ich stehe auf der richtigen Seite.«

»Und welche Seite ist das?«, warf sie zurück. »Beantworten Sie mir eine Frage: Waren Sie jemals gezwungen, einem Menschen, den Sie lieben, Gewalt anzutun? Ihn zu töten, um ihr eigenes Leben zu schützen?«

»Nein.«

»Dann erzählen Sie mir nicht, was richtig und was falsch ist«, sagte Ms Venin und sah ihn kühl an.

Keira mochte ihre Kräfte von ihrem Vater haben. Das Misstrauen hatte sie eindeutig von ihrer Mutter geerbt.

»Wissen Sie überhaupt, wer Keiras leiblicher Vater ist?«, fragte Elliot.

»Natürlich weiß ich das.« Beleidigt wandte sie sich von ihm ab und blickte starr auf die Anrichte. »Aber ich habe mir geschworen, niemals über diese Beziehung zu sprechen.«

»Hat er Sie bedroht?«

»Er hat mir nicht nur gedroht.« Ms Venin wirkte verloren. Ihr kraftloser Ausdruck erzählte, was sie mit Worten nicht hervorbringen konnte.

»Wir waren nicht lange zusammen«, sagte sie. »Ich hatte gerade meine Ausbildung beendet, kam frisch nach London. Ich hatte kein gutes Verhältnis zu meinen Eltern und war froh, zum ersten Mal finanziell unabhängig zu sein. Ich ging viel aus. Nahm Drogen. Machte, worauf ich Lust hatte. Und ich war naiv.« Sie schüttelte den Kopf, als wolle sie nicht wahrhaben, dass sie einmal diese Person gewesen war. »Nach wenigen Wochen habe ich erkannt, wie gefährlich er war.«

Keiras leiblicher Vater musste *ein Anderer* sein.

»Da war ich bereits schwanger, ohne es zu wissen«, erklärte Ms Venin und sah zu Elliot auf. »Kurz darauf traf ich Adam. Er war völlig anders als Chad. Fröhlich, offen … so hell. Ich weiß, das klingt seltsam. Aber genau so war es. Ich wollte einen Neuanfang wagen. Habe mir eingeredet, dass es Adams Kind sei. Und dann kam Keira auf die Welt.«

Sie schien in sich zusammenzufallen, als sie tief ausatmete. »Mir war sofort klar, dass Keira von Chad war.«

Elliot bemerkte, dass sie den Namen ihrer Tochter scharf aussprach. Schneidend wie die Klinge eines Messers. *Keira*. Es war nicht der Tonfall einer liebenden Mutter. Ms Venin wusste anscheinend bis heute nicht, wie sie für ihr eigenes Kind empfinden sollte.

»Und Adam?«

Ms Venin zuckte mit den Schultern. »Wir wussten es wohl beide, aber wir haben nie darüber gesprochen. Er hat Keira wie sein eigenes Kind behandelt. Er hat sie geliebt. Vielleicht mehr als ich.« Ihre Stimme drohte, beim letzten Satz zu versagen.

»Warum hat Adam an dem Abend derart die Kontrolle verloren? Worüber haben Sie sich gestritten?«, hakte Elliot nach.

»Gestritten? Nein. In einem Moment saßen wir beim Essen und im nächsten – wir waren so unfassbar wütend.«

»Was ist geschehen?«

Ms Venin schüttelte den Kopf, als wäre sie eine unbeteiligte Augenzeugin, der die Erinnerung einen Strich durch die Rechnung machte. »Sagen Sie es mir.«

Sie schluckte schwer. Ms Venin wusste, dass Keiras Kräfte der Auslöser gewesen waren. Es konnte nicht anders sein. Anscheinend fehlten ihr die Worte, es auszusprechen.

»Ich kann verstehen, dass Sie sich vor Keiras Art fürchten«, sagte Elliot. »Sie haben viel in ihrem Leben mitgemacht. Dinge, die kein Mensch erleben sollte.«

Er ging auf sie zu und fasste ihr an die dünne Schulter. Sie zuckte unter der Berührung zusammen. »Keira ist nicht wie Chad. Sie wird niemals wie er sein.«

»Wie können Sie sich da so sicher sein?«

»Weil sie anders ist. Stärker.«

Ms Venin schüttelte den Kopf. »Sie haben keine Ahnung.«

»Weitaus mehr, als Sie denken. Keira hat genauso viel Angst wie Sie. Sie beide können nicht rückgängig machen, was geschehen ist. Die Zukunft hingegen liegt noch vor Ihnen und Ihrer Tochter. Sie ist sechzehn und sie weiß bis heute nicht die ganze Wahrheit.«

»Was wollen Sie von mir hören?«

»Keira sollte erfahren, dass Chad ihr Vater ist.«

»Vater«, spottete Ms Venin und sah ihm geradewegs in die Augen. »Ich glaube, Sie haben mir nicht richtig zugehört. Chad Mordred ist kein Vater. Er ist kein Mensch. Er ist ein Monster.«

Elliot musste sich zurückhalten, den Namen nicht laut zu wiederholen. Mordred? Wie die Gründerfamilie?

»Das Schlimmste, was Keira oder irgendjemandem widerfahren kann, ist, diesem Mann zu begegnen«, sagte Veila Venin.

Anscheinend verbarg sie unter der Oberfläche ein weitaus größeres Narbengewebe, als auf den ersten Blick zu erkennen war. Was hatte er ihr angetan? Chad Mordred war allem Anschein nach ein verlorener Ira, der von seinen Kräften konsumiert worden war. Wenn er bereits damals dem Abgrund nahe gewesen war, wie stand es dann sechzehn Jahre später um ihn?

Elliot dachte an die Horrorgeschichten, die sein Vater ihm über *die Anderen* erzählt hatte. Oftmals endeten sie mit dem Tod – von Unschuldigen oder dem der Saligia selbst. Leider entsprangen diese Geschichten nicht Mr Hammonds Fantasie, sondern der Realität.

»Sind Sie ihm jemals wieder begegnet?«, fragte Elliot.

»Gott, nein.«

Der bloße Gedanke daran schien Ms Venin zu verängstigen.

»Chad weiß nicht, dass Keira existiert?«

»Nicht dass ich wüsste. Warum fragen Sie?«

Elliot war sich nicht sicher, ob er seine Vermutung äußern sollte. Andererseits war Ms Venin so offen zu ihm gewesen, dass er ihr wenigstens eine Antwort schuldete.

»Ich glaube, Sie müssen sich nicht sorgen, dass Keira von Chad erfährt«, sagte Elliot. »Sie müssen sich sorgen, dass Chad von Keira erfährt.«

ACHTUNDVIERZIG

Elliots Gefühle waren mehr als gespalten, als er in seinen Wagen stieg. Sie zerfielen in Tausende kleine Einzelteile. Wie eine Brausetablette, die sich in Wasser auflöste. Gedankenverloren starrte er auf das hölzerne Lenkrad seines Aston Martin.

Keiras Kräfte waren der Auslöser für Adams Wutausbruch, für den Angriff auf ihre Mutter, für seinen Tod. Aber schuldig war Keira nicht. Sie war gerade einmal drei Jahre alt gewesen. Sie wusste zu dem Zeitpunkt vermutlich nicht einmal, was Zorn war.

Andererseits musste sie bereits als Kleinkind außergewöhnlich stark gewesen sein, wenn sie für solch ein Familiendrama gesorgt hatte. Stark und gefährlich. Lag es daran, dass sie eine Mordred war?

Das war die viel größere Nachricht. Adam war nicht Keiras leiblicher Vater. Ihr wahrer Vater war allem Anschein nach ein Nachfahre der Gründerfamilie und lief womöglich noch frei durch England. Elliot wusste nicht, wie er die Sprengkraft dieser Bombe würde dämpfen können. Zwar schien Keira kaum eine Erinnerung an Adam zu haben, aber sie lebte seit Jahren in dem Irrglauben, dass sie sein Kind war.

»Scheiße«, fluchte Elliot und fuhr sich mit der Hand durch das müde Gesicht.

Keira konnte Lügen und Geheimnisse nicht ausstehen, das hatte er am eigenen Leib zu spüren bekommen. Und doch konnte er Ms Venin ihr Handeln nicht verübeln. Sie war eine einsame, gebrochene Frau. Sie hatte sich in die private Isolationshaft begeben, um nie wieder so verletzt zu werden, wie es ihr vor dreizehn Jahren widerfahren war. In Notwehr hatte sie den Mann getötet, den sie liebte. Über die Vergangenheit zu sprechen, war für sie, wie Fäden aus den verwachsenen Narben zu ziehen.

Das Klingeln seines Handys riss den Sucher aus seinen Gedanken. Elliot erwog, es in seinem Handschuhfach verschwinden zu lassen, um endlich Ruhe zu haben, besann sich aber eines Besseren.

»Elliot, wo sind Sie? Die Feier beginnt bald«, wies Ms Killingworth ihn zurecht, noch bevor er sie begrüßen konnte.

»Ich bin auf dem Weg«, log er und warf einen Blick auf seinen Chronografen. »Ich weiß nicht, ob ich zum Ritual da sein werde.«

»Das dürfen Sie auf keinen Fall verpassen. Diese Feier wird eine ganze besondere«, sagte die Schulleiterin. »Wo stecken Sie überhaupt?«

Elliot presste seine Augen zusammen. Sie brannten vor Erschöpfung.

»Ich erkläre Ihnen alles, wenn ich in Canterbury bin.«

Er konnte ihr jetzt nicht von seiner Recherche berichten. Elliot befürchtete, unter dem Gewicht der Informationen zusammenzubrechen.

»Gibt es Neuigkeiten von unserem Verdächtigen?«, fragte er stattdessen.

Ein Rauschen drang durch den Hörer. Nein, kein Rauschen. So klang es, wenn Ms Killingworth seufzte.

»Kommen Sie mir nicht mit diesem Ungeheuer. Er streitet alles ab. Will Caprice nie begegnet sein. Unfassbar. Er trug ihre verdammten Sachen bei sich. Mal sehen, was der Mann sagt, wenn wir mit ihm durch sind.

Aber wir werden uns diesen Abend nicht davon verderben lassen. Im Gegenteil«, fiel Ms Killingworth in ihre optimistische Tonlage zurück. »Diese Gründerfeier wird einmalig, das versichere ich Ihnen.« Ms Killingworth wollte anscheinend nichts mehr von den Problemen der letzten Tage hören. Im Wortschatz der Schulleiterin befanden sich nur noch die Begriffe *Ritual*, *Gründung* und *Feier*. Zum ersten Mal seit Wochen klang sie entspannt. Für ihre Verhältnisse.

»Wir sehen uns also später?«, hakte sie nach.

»Sicher.«

Sobald sie aufgelegt hatte, warf Elliot das Handy auf den Beifahrersitz und startete den Motor. Er hatte knapp fünf Stunden Zeit, sich zu überlegen, wie er Keira die Wahrheit vermitteln sollte. Vielleicht setzte er sich in der Zeit lieber in einen Flieger ans andere Ende der Welt. Dort konnte er sich bis an sein Lebensende vor ihrer Reaktion verstecken. Dann musste Elliot sich auch nicht zum gefühlt hundertsten Mal dieses nervige Ritual ansehen. Ganz ehrlich, zukünftige Oscarpreisträger waren die Schüler nicht.

In Gedanken versunken, streifte Elliot fast den schwarzen Wagen, der breit auf der gegenüberliegenden Straßenseite parkte, als wäre sie seine private Einfahrt. Elliot blies die Wangen auf. Eine Schramme in seinem Aston Martin hätte ihm gerade noch gefehlt. Kopfschüttelnd fuhr er davon. Er hatte jetzt weitaus größere Sorgen.

NEUNUNDVIERZIG

Zum ersten Mal in ihrem Leben fühlte Keira sich schön. Sie blickte an sich herab und strich den seidigen Stoff ihres Kleides glatt. Die Schneiderin hatte es ihr auf den Leib genäht. Es passte perfekt und schmeichelte ihrer schlanken Figur.

Keira konnte sich nicht erinnern, wann sie zuletzt ein Kleid getragen hatte. Sie kam sich in den kurzen Flügelärmeln vor wie in einem Jane-Austen-Roman.

Ihre Mitbewohnerinnen entpuppten sich an diesem Abend als gute Feen. Avery hatte ihr passende Ohrringe und eine Kette geliehen. Die Betonung lag auf *geliehen*.

»Leihen ist nicht Schenken«, stellte Avery klar.

Scarlett half Keira derweil mit der Hochsteckfrisur und dem Make-up. Es war das erste Mal, dass die beiden wieder richtig miteinander sprachen.

»Du siehst heiß aus«, sagte Scarlett, als Keira sich in der Mitte des Zimmers drehte und anschließend einen Knicks machte.

Brooke nahm dies zum Anlass, das Zimmer stöhnend zu verlassen und vorauszugehen.

Die anderen Mädchen ignorierten die Geste.

Für einen Moment fühlte Keira sich wie Aschenputtel kurz vor dem Ball. Seitdem Caprice' Mörder gefasst war, war die Atmosphäre an der CSE merklich entspannter. Auch wenn nicht jeder den Täter unter den Mitschülern vermutet hatte, war die

Situation für alle Schüler belastend gewesen. Endlich konnten die Saligia sich wieder sicher fühlen.

»Moment«, sagte Scarlett und kramte in ihrem Make-up-Täschchen.

Sie zog einen Lippenstift hervor, der genauso blutrot war wie die Seidenstola, die zu Keiras Outfit gehörte. Sanft hob Scarlett Keiras Kinn an und legte ihr in ein paar raschen Zügen den Lippenstift auf. Die Luxuria zwinkerte Keira zu, als sie mit dem Makeover fertig war, dann betrachtete sie gemeinsam mit Avery ihr Kunstwerk. »Ist sie nicht zum Niederknien, Ave?«

»Die Lippen würde ich auch küssen.«

»Was noch nicht ist ...« Scarlett klatschte freudig in die Hände. »Die Jungs werden dir reihenweise nachschauen.«

Keiras Herz seufzte bei diesem Gedanken. Einerseits hoffte sie, dass sie Taran in dem Kleid den Atem verschlug. Aber nur, wenn er es ernst mit ihr meinte.

»Dir auch«, erwiderte Keira und sah an der Luxuria herab.

Scarlett hatte die Schneiderin dazu überredet, ihren Rock zu kürzen. Statt einem Abendkleid glich ihres eher einem Nachthemd. Keira bezweifelte, dass eine einzige Frau im frühen neunzehnten Jahrhundert freiwillig so etwas angezogen hätte.

Als die Mädchen das Zimmer verließen, fasste Scarlett die Ira am Arm und hielt sie zurück.

»Ich hoffe, du hast das neulich nachts nicht falsch aufgefasst«, sagte sie.

»Wie hätte ich es denn auffassen sollen?«

Keira war davon ausgegangen, dass Scarlett die Aktion bereits vergessen hatte. Abgelegt zwischen Affären und nächtlichen Sex-Dates.

»Schau mal, mir ist es relativ egal, was du tust«, sagte Scarlett. »Ich verstehe diese ganzen Wutanfälle nicht, aber ich akzeptiere sie trotzdem. Was mir nicht egal ist, ist, wenn du andere in Schubladen steckst. Und noch weniger, wenn du mich in irgendeine Schublade steckst.«

»Ich wollte nur nicht, dass du einen Fehler machst«, erklärte Keira.

Sie war mehr denn je davon überzeugt, dass Scarlett besser die Finger von Ian ließ.

Die Luxuria schüttelte ablehnend den Kopf. »Genau da liegt das Problem, Süße. Das Letzte, was ich gebrauchen kann, sind Leute, die mir vorschreiben wollen, wie ich mich anzuziehen habe oder mit wem ich schlafe. Es gibt schon genug Menschen, die mich für das verurteilen, was ich bin.«

Langsam dämmerte Keira, worauf sie hinauswollte.

»Du weißt am besten, was gut für dich ist«, sagte sie.

Scarlett konnte tun und lassen, was sie wollte.

»Wir müssen doch zusammenhalten. *Girl Power.*« Scarlett formte ein Peace-Zeichen mit den Fingern, dann legte sie den Arm um Keiras Schulter und verpasste ihr einen dicken Kuss auf die Wange.

»Und jetzt wird gefeiert«, sagte sie und schob sie durch die Tür.

Keira war wacklig auf den halbhohen Absätzen, als sie auf den Flur traten. Wieso sah das bei den anderen so einfach aus?

»Das mit Ian ist übrigens endgültig vorbei«, verkündete Scarlett, als sie über den Gang schritten – oder, in Keiras Fall, schlurften.

»Die Aktion im Speisesaal war mir 'ne Nummer zu krass«, erklärte Scarlett. »Und so gut im Bett war er auch nicht.«

Keira musste sich ein Lachen verkneifen. Sie hatte Scarlett noch nie so sehr gemocht wie in diesem Moment.

Kurz darauf gesellten die beiden sich auf der Terrasse zu Lazy und Avery. Über ihren Köpfen verliefen Lichterketten fächerförmig bis zu einer kleinen Bühne am Ende der Terrasse. Die Bühne war mit menschenhohen Pappwänden dekoriert. Goldene Symbole von Tieren und babylonischen Gottheiten bedeckten den dunkelblauen Hintergrund. Dort würden ihre Mitschüler später das Ritual nachspielen. Averys großer Moment. Ms Killingworth ahnte nicht, dass die Avaritia den Wahrheitsgehalt des Rituals auf null Prozent schätzte. Sonst hätte sie ihr die Rolle nie gegeben.

Keira hatte gelesen, dass gut die Hälfte der Saligia daran festhielten, die Kräfte seien ihren Vorfahren auferlegt worden. Aber auch bei ihnen gingen die Meinungen auseinander. Einige glaubten an die vorgeburtliche Seelenreise. Andere behaupteten, die Kräfte kämen vom Teufel. Wieder andere spekulierten, ob die Saligia in Wirklichkeit von Aliens abstammten.

Keira ließ den Blick über die Rasenfläche gleiten, auf der die meisten Saligia standen und sich lautstark unterhielten. Sie wusste nicht, was sie glauben sollte, aber wie Aliens sahen ihre Mitschüler nicht aus.

»Also, Mädels«, sagte Scarlett. »Wir sehen uns später.«

Mit diesen Worten trabte sie die Treppe hinab und huschte zu Lorenzo, der sie vor Begeisterung über ihr Outfit anhob und herumwirbelte, sodass ihr mindestens die Hälfte der Anwesenden unter den Rock schauen konnte.

Als Zweite trennte sich Avery mit einem »Oh, es gibt Wein« von der Gruppe und lief zur Bar.

Keira blickte ihr kopfschüttelnd hinterher. In Sachen Alkohol schienen ihre Mitbewohnerinnen nicht dazulernen zu wollen.

Sie atmete die abendliche Luft ein und musterte Lazy aus den Augenwinkeln. Obwohl sie sich ein Hochbett teilten, wechselten die zwei nie ein Wort miteinander. Dabei war Lazy das Mädchen, das alles wusste. Sie bekam alle Gespräche mit, die Streits, die Regelbrüche. Auch sie hatte gewusst, dass Caprice und die anderen in der Nacht gefeiert hatten. Auch sie hatte nichts unternommen.

Trägheit. Das bedeutete absolute Gleichgültigkeit allem und jedem gegenüber.

Die Acedia stand regungslos da. Ihre Schultern waren leicht gekrümmt. Auch wenn sie nicht dick war, war alles an Lazy weich und rund. Ihre Arme waren schlaff wie Lakritzschlangen.

»Lazy«, sprach Keira sie an. »Was sind eigentlich deine Kräfte?«

»Ich bin die Trägheit«, antwortete sie und schob sich die Brille auf der Nase zurecht.

Keira seufzte. »Ich weiß. Aber was kannst du damit anstellen?«

Lazy drehte sich wie in Zeitlupe zu ihr. »Interessiert dich das wirklich?«

Keira nickte. Sie konnte sich nicht vorstellen, was für Kräfte in Lazy schlummerten. Im wahrsten Sinne des Wortes. Lazy schien das komplette Gegenteil von ihr zu sein. Keira musste sich ständig zurückhalten. Lazy hingegen konnte fast nichts dazu bewegen, am Morgen aufzustehen. Deshalb tat sie es in neun von zehn Fällen auch nicht.

»Okay«, nickte sie und deutete auf die Bar. »Siehst du den Kerl hinter der Theke? Sieh genau hin. Ich werde es kein zweites Mal wiederholen.«

So unaufgeregt Lazy sprach, in Keira weckte sie doch Neugierde. Gespannt blickte diese zu dem jungen Saligia, der mit schnellen Bewegungen Wasser, Sekt und Wein ausschenkte.

»Bereit?«, fragte Lazy.

Längst.

Ein grauer Nebel verschleierte ihre Augen, als sie durch ihre dicken Brillengläser auf den Jungen an der Bar starrte. Der Möchtegernbarkeeper schenkte gerade ein Glas Wein für Avery ein. Doch mitten in der Bewegung hielt er inne. Wie in Trance stellte er die Flasche ab und fuhr sich mit der Hand über das Gesicht.

Avery sprach ihn an und verlangte gierig nach dem Glas Wein. Der Junge reagierte nicht. Stattdessen zuckte er gleichgültig mit den Schultern. Avery redete weiter auf ihn ein, doch der Barkeeper schaute an ihr vorbei, als wäre sie durchsichtig. Einen Augenaufschlag später fiel er in sich zusammen wie eine Hüpfburg, aus der man die Luft abließ.

»Tada«, sagte Lazy leise.

Verblüfft sah Keira zu ihrer Mitbewohnerin. »Du hast ihn in Ohnmacht versetzt.«

»Ist eher eine Art Sekundenschlaf.«

Als Avery erkannte, dass die Acedia schuld an ihrem halb leeren Glas Wein war, sah sie irritiert zu den beiden herüber und verzog das Gesicht.

Keira erwiderte dies mit einem entschuldigenden Schulterzucken. Jedem sein Laster.

Sie konnte nicht fassen, wie stark Lazy war. Ständig lag sie im

Bett. Aber wenn sie wollte, konnte sie dafür sorgen, dass andere apathisch wurden und auf der Stelle einschliefen.

»Lazy, das ist unglaublich.«

»Ist es das?«

Die Acedia schob erneut die Brille auf ihrer Nase zurecht. Sie wirkte genauso gleichgültig wie der Barkeeper wenige Sekunden zuvor.

»Ich leg mich wieder hin«, verkündete sie und gähnte sichtlich ermüdet. »Weck mich, wenn die Show losgeht.« Lazy zögerte. »Oder lass mich einfach schlafen.«

Daraufhin schlurfte sie zurück in das Gebäude. Ihr Kleid hätte sich die Schneiderin sparen können. Es saß eh schief, weil Lazy bei der Anprobe nicht aus dem Sessel hatte aufstehen wollen.

Als sie im Inneren des Gebäudes verschwunden war, ließ Keira erneut den Blick über die Rasenfläche schweifen, auf der sich die Mitschüler im silberblauen Schein der Abenddämmerung unterhielten. In ihren Kleidern und Fracks sahen die jungen Saligia fast erwachsen aus. Einige lehnten über der Theke, an der sich der Aushilfsbarkeeper in diesem Moment hochzog und schüttelte wie ein nasser Hund. Avery trank ihr halb leeres Glas Wein in einem Zug aus. Brooke stand derweil mit verschränkten Armen an der Bar an und starrte auf den Boden, als fänden sich darin die Gründe ihrer Existenz. Sie besaß die Fähigkeit, in allen Lebenslagen todunglücklich auszusehen.

Ein warmer Luftzug erfasste Keira, bereits bevor sie ihn erblickte. Sie wandte sich der Steintreppe zu, die zu der Grünfläche führte. Taran stand am Absatz und sah sie mit einem vorsichtigen Lächeln an. Sofort konnte Keira das Glühen auf ihren

Wangen fühlen. Zum ersten Mal seit Tagen wich sie Tarans Blick nicht aus.

Diesmal war sie es, die den ersten Schritt machte und auf ihn zuging. Keira entging das kurze Flackern in seinen Augen nicht, als er an ihr herabsah. Ihr Herz schlug einen Takt schneller. Ihr Outfit hatte die gewünschte Wirkung auf Taran.

»Schickes Kleid«, sagte er.

»Schicker Frack«, erwiderte sie und musterte seinen schwarzen Anzug. Die dunkelblaue Weste und Krawatte ließen Tarans Augen noch blauer erscheinen.

Das Licht, die festliche Stimmung, die traditionelle Kleidung. Für einen Moment fühlte es sich so an, als befänden sie sich tatsächlich auf einem Ball. Die Auseinandersetzung im Computerraum erschien Keira so fern, als läge sie Wochen zurück. Dabei war es erst wenige Tage her.

»Taran«, begann sie, »tut mir leid, dass ich so abweisend war. All die neuen Eindrücke und dann noch der …«

Er hob verständnisvoll die Hände. »Du musst dich nicht entschuldigen. Es war für alle eine schwierige Zeit.«

Keira war erleichtert, dass Taran ihre Entschuldigung so schnell annahm. Die letzten Tage hatte sie ihn gemieden, als hätte er eine hochansteckende Krankheit. Jetzt hatte sie ein schlechtes Gewissen, Taran mit Caprice' Tod in Verbindung gebracht zu haben.

»Wie wäre es, wenn wir noch mal von vorne anfangen?«, bot er an.

Genau das brauchte Keira. Einen Neustart. Vielleicht würde ihr das dabei helfen, endlich klare Gedanken zu fassen.

»Klingt gut.«

»Na dann.« Ein breites Lächeln erstreckte sich über Tarans Gesicht, als er ihr den Arm entgegenhielt. »Darf ich Sie zur Bar geleiten, Mylady?«

»Seit wann bist du so ein Gentleman?«

»Schon immer. Du hast es nur nicht bemerkt.«

Keira schob ihren Arm durch seinen und Taran führte sie die Stufen hinab. Sie klammerte sich an ihm fest, als müsste sie bei ihm Halt finden. Diesmal lag es nicht an den Absätzen. Wenn es jemand verstand, ihre Gefühle durcheinanderzubringen, dann war es Taran. Keira hoffte, dass es für sie am Ende des Abends kein böses Erwachen geben würde.

FÜNFZIG

Ms Venin starrte mit leerem Blick auf die Küchenuhr an der kahlen Wand. Die Zeiger zerflossen vor ihren Augen wie Spiegeleier. Zwischen den Fingern hielt sie eine Zigarette, von der ein langes Stück Asche abbrach und auf die Tischplatte fiel. Sie hatte seit Monaten nicht geraucht. Ms Venin fragte sich, ob es richtig gewesen war, Elliot die Wahrheit über Chad zu sagen. Nach sechzehn langen Jahren hatte sie ihr Schweigen gebrochen. Zugleich verspürte sie Erleichterung. All die Zeit hatte Veila dieses Geheimnis mit sich herumgetragen. Nicht einmal ihrer eigenen Tochter gegenüber hatte sie preisgegeben, wie es in ihr aussah.

Sie wollte Keira lieben. Sie wollte, dass es ihrer Tochter gut ging. Zugleich verspürte sie so viel Hass auf Chad, dass es ihr die Luft zum Atmen nahm. Jedes Mal, wenn sie in die schwarzen Augen ihrer Tochter sah, erkannte sie ihn darin wieder. Ms Venin betete, dass Elliots Worte sich bewahrheiteten. Vielleicht gab es eine Zukunft für die beiden. Wenn Keira sich bemühte, konnte aus ihr ein guter Mensch werden. Und Chad? Der konnte von ihr aus in der Hölle schmoren.

Das Klingeln an der Tür ließ Ms Venin zusammenschrecken. Das war Elliot. Er hatte seinen Regenschirm im Flur vergessen. Der Griff aus Hirschhorn war ihr direkt ins Auge gesprungen. Das war nicht kein billiger Schirm, der sich schnell ersetzen ließ.

Sie drückte die Zigarette auf der ohnehin abgenutzten Tischplatte aus und stand auf. Auf dem Weg zur Haustür griff sie nach dem Schirm.

»Ich dachte schon, Sie bemerken es nicht recht...« Die Worte blieben Ms Venin in der Kehle stecken, als sie sich an der Türschwelle ihrer dunklen Vergangenheit gegenübersah.

»Veila. Lange nicht gesehen.«

Diese Stimme. Tief wie ein Bass.

Seine schwarzen Augen sogen Ms Venin in sich auf. Früher hatte sie gedacht, dass sich Leidenschaft dahinter verbarg. Heute wusste sie, dass es etwas weitaus Gefährlicheres war.

Sie wollte die Tür zuschlagen, doch so schnell, wie sie zuflog, schwang sie wieder auf. Ms Venin stolperte einige Schritte zurück, als Chad in den Hausflur trat. Er überragte sie um zwei Köpfe. Sein Blick fiel abschätzig auf den Regenschirm in ihren Händen, den sie abwehrend zu einem Schlagstock erhob.

Seine Augen funkelten sie bedrohlich an. »Was hast du ihm erzählt?«

Veila hielt den Atem an. Sie war ihm ausgeliefert. Nur ein Wunder würde sie noch retten können.

EINUNDFÜNFZIG

»*Keira, Adam ist nicht dein Vater.*« Elliot biss sich auf die Zunge. »Zu direkt.«

Die Leitpfosten sprossen entlang der Straße aus dem Boden wie Pilze. Gelegentlich kamen ihm Autos entgegen, deren aufleuchtende Scheinwerfer in der Dunkelheit Raubtieraugen glichen.

»*Keira, was ich dir jetzt sage, wird dich überraschen*«, setzte er erneut an und schlug mit der Hand aufs Lenkrad. »Überraschen? Wirklich, Elliot?«, rügte er sich selbst. »*Keira, du hast Adam mit deinen Kräften dazu gebracht, deine Mum anzugreifen, und dein echter Vater ist anscheinend ein gewalttätiger Psychopath. Überraschung!*«

Erschöpft sank er tiefer in den Fahrersitz. Am liebsten hätte er nicht nur mit der Hand auf das Lenkrad geschlagen, sondern mit seinem Kopf. Wie um Himmels willen sollte er Keira schonend die Wahrheit beibringen, ohne dass sie die Fassung verlor?

Ein grelles Licht stach Elliot in die Augen, als hinter ihm ein Wagen mit eingeschaltetem Fernlicht aufschloss. Es brach sich scharf im Rückspiegel und ließ Elliot für einen Moment erblinden. Fluchend blendete er den Spiegel ab, als er sah, dass sein Hintermann gefährlich nah auffuhr, das Fernlicht noch immer eingeschaltet.

»Idiot.«

Elliot war so viel unterwegs, dass er es mindestens einmal die Woche mit solchen Rasern zu tun bekam. Er selbst gab auch gerne Gas, aber er hängte sich dabei nicht an die Stoßstange seiner Vordermänner wie ein Koalababy an seine Mutter. Was war so schwer daran, Abstand zu halten?

Die Nadel auf dem Tacho kroch nach oben, als er beschleunigte, um den Kerl hinter sich loszuwerden. Kurz gewann er an Abstand, doch je weiter er auf das Gaspedal trat, desto schneller wurde sein Verfolger. Verfolger. Das traf es viel besser.

Irritiert blickte Elliot in den Rückspiegel. War er so sehr in Gedanken gewesen, dass er den Wagen nicht hatte kommen sehen?

Für einige Kilometer spielten sie Verfolgungsjagd. Sie fuhren mittlerweile weit über Tempolimit. Elliots Griff schloss sich fest um das Lenkrad, während er das Gaspedal durchtrat und überlegte, wie er den Kerl am besten loswurde. Sollte er ihn ausbremsen?

Nach der nächsten Kurve scherte sein Hintermann aus und zog mit ihm gleich. Der Raser hatte mehr Kilowatt unter der Motorhaube als sein Aston Martin. Elliots Blick wechselte zwischen Windschutzscheibe und Fahrerfenster hin und her. Im Vergleich zu seinem kleinen Flitzer war der Wagen neben ihm ein echtes Biest. Mit seinen getönten Scheiben und dem schwarzen Lack verschwamm der Ford Mustang in der Tarnung der Dunkelheit. Unerwartet schwenkte er nach links aus und drohte, Elliot von der Straße zu drängen.

Reflexartig zog Elliot das Lenkrad ebenfalls nach links. Zu weit. Der Aston Martin riss aus und kam von der Straße ab. Elliots Hände klammerten sich fest um das Holz, als sein Wagen ins Schleudern geriet und ins dunkle Nichts schoss.

ZWEIUNDFÜNFZIG

»Cheers«, sagte Taran und stieß sein Glas gegen Keiras.

Die nippte zaghaft an ihrem Sekt. Sie hatte nicht vor, sich an diesem Abend zu betrinken. Zu viel Sekt führte zwangsläufig zu impulsiven Reaktionen, schlechten Entscheidungen und Kopfschmerzen. Obwohl Keira sich gerne ein wenig Mut angetrunken hätte, konnte sie nichts von alldem gebrauchen.

Die Säure des Sekts brannte scharf in ihrem Magen, als sie ihn herunterschluckte. Sie hatte keine Ahnung, wie sie Taran auf seine Absichten ansprechen sollte.

Über seine Schulter hinweg sah sie Ms Killingworth auf die Terrasse treten.

»Es geht los«, sagte Keira.

Die Schulleiterin war ebenfalls im Stile des frühen neunzehnten Jahrhunderts gekleidet. Ihr Kleid hatte im Gegensatz zu denen der Mädchen lange Ärmel und war in majestätischem Purpur gehalten. Dazu trug Ms Killingworth ihr Markenzeichen: den straffsten Dutt Englands.

Ein zufriedenes Lächeln lag auf den Lippen der Schulleiterin, als sie erhobenen Hauptes auf die Bühne trat und das Mikrofon ergriff.

»Jungen, Mädchen. Schön, dass ihr so zahlreich erschienen seid«, begrüßte sie die Anwesenden. »Nicht dass ihr eine Wahl gehabt hättet.«

Ihr Lachen schallte durch die Lautsprecher. Niemand lachte mit ihr. Wenigstens hatte sie alle zum Schweigen gebracht.

Die Schulleiterin schien den Moment der Autorität auszukosten, während sich die Schüler vor der Bühne versammelten.

»In wenigen Augenblicken beginnt das Ritual«, sagte sie. »Ich freue mich, dass wir diese Tradition auch in diesem Jahr fortführen können. Gerade in diesen schweren Zeiten ist es wichtig, dass wir uns an unsere Wurzeln erinnern.«

Caprice' Namen würde die Schulleiterin an diesem Abend wohl nicht in den Mund nehmen. Vermutlich nie wieder.

»Vor knapp zweihundert Jahren kamen die Gründerfamilien zusammen, um diese Schule zu errichten. »Alle sieben Hauptlaster erschufen gemeinsam etwas, von dem wir noch heute die Früchte ernten. Dabei blickten unsere Gründerväter hoffnungsvoll in die Zukunft und demütig in die Vergangenheit.

Das Ritual zeigt, dass wir Teil eines Größeren sind. Es ist unsere Aufgabe, unsere Kräfte über Generationen fortzutragen. Das ist nur möglich, indem wir uns selbst und einander schützen.

Wenn ihr euch umschaut, seht ihr keine Feinde oder Konkurrenten. Ihr seht Freunde und Gleichgesinnte.«

Keira beobachtete, wie Ian versuchte, sich neben Scarlett und Lorenzo zu drängen. Er trat dabei fast auf Brookes Füße, die ihm dafür einen Hieb auf den Oberarm verpasste. Augen flackerten rot, blau und grün. Es war ein wahrer Regenbogen der Sünde. Offenbar sah Ms Killingworth nicht das Gleiche wie Keira.

»Mit wem ihr euch heute ein Zimmer teilt, mit dem teilt ihr euch morgen ein Studentenzimmer und übermorgen ein Büro. Wir sind eine Familie aus Brüdern und Schwestern. Ein Band, das durch nichts zerschnitten werden darf.«

Keira wurde ein bisschen übel bei der Vorstellung, dass sie sich eines Tages mit Brooke ein Büro teilen könnte.

»Und darum freue ich mich, heute eine ganz besondere Neuigkeit verkünden zu dürfen. Dazu möchte ich meine gute Freundin Alicia McCoy auf der Bühne begrüßen.«

Vor der Bühne rückten einige Schüler beiseite. Aus ihrer Mitte trat eine klein gewachsene Frau hervor. Sie sah aus, als wäre sie aus einem Wahlplakat gefallen, so aufgesetzt war ihr Lächeln.

»Wer ist das?«, fragte Keira.

»Die Leiterin der Staatsanwaltschaft«, sagte Taran.

Das erklärte das biedere Auftreten der Dame.

»Sie kümmert sich mit um den Mordfall.«

Was hatte die dann auf dieser Feier zu suchen? Die Suche nach dem Täter war beendet. Sie konnte nach Hause fahren, sich einen Wein einschenken und tun, was auch immer Leiterinnen der Staatsanwaltschaft an einem Sonntagabend taten.

»Liebe Schüler, liebe Lehrer«, sprach sie mit leicht nasaler Stimme in das Mikrofon. »Wir haben eine turbulente Zeit hinter uns. Ich möchte euch für eure Geduld und Ruhe danken. Vor allem aber möchte ich an dieser Stelle Rebecca Killingworth danken. Für ihren Einsatz, ihre Hingabe und ihre Stärke.«

Bei diesen Worten verschluckte sich Keira fast an ihrem Sekt.

»In den letzten Tagen hat Rebecca ihr Führungspotenzial auf ein Neues unter Beweis gestellt. Das hat mich und den Rat ein für alle Mal davon überzeugt, unseren lang gehegten Plan in die Tat umzusetzen. Und welchen besseren Anlass gäbe es für diese Verkündung als unsere alljährliche Gründerfeier?«

Ein Knacksen fuhr aus den Lautsprechern, als Alicia McCoy sichtlich stolz ausatmete. »Ich freue mich, euch mitteilen zu dürfen, dass wir ab dem nächsten Halbjahr die Spezialeinheit *Quaesitio* bilden werden.«

Taran und Keira wechselten bei diesen Worten fragende Blicke. *Quae*-was?

»*Quaesitio* wird langfristig die Arbeit der Sucher übernehmen und diese auf Colleges und Universitäten ausweiten, mit dem Ziel, unsere Familie schneller und effizienter wachsen zu lassen«, erklärte die Staatsanwältin. »Im ersten Jahr werden wir vier bis fünf Saligia für diese Aufgabe ausbilden. Wir haben bereits eine Vorauswahl getroffen und werden in den nächsten Wochen auf die entsprechenden Kandidaten zukommen und erste Gespräche führen.«

Eine Vorauswahl. Die rosa Mappe mit den »Schulunterlagen« kam Keira in den Sinn. *Caprice DuPont. Raus. Avery Evermoore. Rein.* Natürlich. Sie zogen Avery als zukünftige Sucherin in Betracht.

»Die Ausbildung findet im letzten Schuljahr parallel zu den Unterrichtsinhalten statt«, sagte Alicia McCoy. »Das alles unter der Leitung unserer vorzüglichen Rebecca Killingworth.«

Die Brust der Schulleiterin schwoll bei diesen Worten zu neuen Maßen an. Für sie konnte es nichts Schöneres geben. Ihre Augen glühten purpur, als sie an das Mikrofon trat.

»Ich möchte mich ganz herzlich bei dir und dem Rat bedanken, Alicia. Ich freue mich auf die Zusammenarbeit. Und nachdem das Geheimnis endlich gelüftet ist, können wir zum klassischen Teil der Veranstaltung übergehen. Dem Ritual.«

Unter schwachem Applaus traten die zwei Frauen von der Bühne. Unter den Schülern herrschte offenbar Verwirrung über die unerwartete Ankündigung der Spezialeinheit.

»Was passiert dann mit den Suchern?«, fragte Keira.

Taran zuckte mit den Schultern. »Keine Ahnung. Aber es klingt zur Abwechslung mal nach einem guten Plan.«

Er hatte recht. Je mehr Saligia wussten, was sie waren, desto besser. Dies konnte nur erreicht werden, indem es mehr Sucher gab. Allerdings klang das so, als wäre Elliot bald seinen Job los.

Die Lichterketten über ihren Köpfen erloschen ohne Vorwarnung. Keira vermutete erst einen Stromausfall. Für einen Moment war es stockduster auf der Terrasse.

Taran nutzte die Gelegenheit, um näher an Keira heranzutreten und ihr die Hand auf den Rücken zu legen. Er tat es nonchalant, als würden sie ständig Arm in Arm dastehen. Für Keira hingegen fühlte sich die Berührung seiner Hand glühend heiß an. Er machte bereits den ersten Schritt und sie hatte ihn noch mit keiner Silbe auf seine Absichten angesprochen.

Ein Summen ertönte, gefolgt von einem warmen, flackernden Licht. Das Ritual begann. Acht Saligia schritten in einer Reihe über die Terrasse zur Bühne. Sie trugen lange weiße Roben über ihrer Abendkleidung und summten im Einklang. Jeder von ihnen hielt eine Fackel in der Hand, die die Bühne in eine geisterhafte Kulisse verwandelte. Dort stellten sich die Schauspieler in einem Halbkreis auf.

Eine der verkleideten Saligia trat an den Rand der Bühne und zog sich die Kapuze vom Kopf. Es war Avery. Ihre Brust hob und senkte sich merklich. Keira war sich nicht sicher, ob sie tief durchatmete oder stumm seufzte.

»In Babylon zu Zeiten des Nebukadnezars begab es sich, dass wenige Weise die Kräfte des Gottes Marduk in sich sammelten«, sagte Avery ihren Text auf. Dafür, dass sie kein Wort davon glaubte, klang sie recht überzeugend. Ganz die Musterschülerin. »Sie nutzten diese göttlichen Kräfte für Weissagungen, Beschwörungen und Heilungen. Alle, die krank waren, die besessen waren und denen Unrecht widerfahren war, kamen zu ihnen, um ihre Hilfe zu erbitten. Die Weisen würden sie mit den Kräften des Himmels und der Erde heilen.«

Keira versuchte, sich auf das Gesagte zu konzentrieren. Doch sosehr sie sich bemühte, Tarans Hand auf ihrem Rücken holte sie immer wieder aus dem Ritual. Die Ungewissheit lag von Sekunde zu Sekunde schwerer auf ihrer Brust. Sie wagte nicht, zu ihm aufzublicken.

»Eines Tages traten sieben zum Streite vor die Weisen«, klang Averys Stimme von der Bühne. »Sie waren getrieben von Hochmut, Neid, Wollust, Völlerei, Habgier, Trägheit und Zorn. Ein jeder sah sich selbst im Recht.«

Die anderen sieben Schauspieler auf der Bühne erhoben der Reihe nach ihre Stimme:

»Er meint, er wäre den Göttern gleich!«

»Wenn er es ist, so bin ich es auch!«

»Erst stahl er mir die Schwester, dann die Frau!«

»Und sie aß uns die Vorräte weg!«

»Was soll es? Du nahmst alles andere an dich!«

»Und du sahst tatenlos zu!«

»Der Tod durch Götterhand soll sie ereilen!«

Die sieben Darsteller versuchten, ihr fehlendes Talent mit einer übertriebenen Portion Dramatik zu überspielen. Die nächste Meryl Streep war nicht unter ihnen, so viel stand fest.

Avery deutete der Reihe nach auf ihre Schauspielkollegen. »Ich kenne euch. Ihr seid nicht krank. Nein. Es mangelt euch an

Einsicht. Euer Vergehen ist, dass ihr nur die Sünden der anderen seht, aber eure eigenen nicht vor den Göttern anerkennt.«

Avery entzündete mit einem langen Streichholz ein Feuer in einem Kessel, der am Rande der Bühne stand. Dann zog sie einen alten Dolch aus ihrem Umhang hervor.

Die sieben streckten die Handflächen aus, und Avery tat so, als würde sie ihnen die Innenseite aufschneiden. Der Reihe nach ließen die Sünder künstliches Blut in den Kessel tropfen, das zischend in die Flammen fiel.

Tarans Hand fuhr langsam über Keiras Rücken.

»Von diesem Tage an sollt ihr nicht mehr blind sein. Ihr sollt anderen ein Vorbild sein für den irdischen Makel«, sprach Avery.

Sie zog eine kleine Papiertüte gefüllt mit einem Pulver hervor und warf es in die Flammen, die sich daraufhin grün und blau färbten. Um sie herum war es totenstill, als Avery die darauffolgenden Worte sprach: »Ihr sollt in die Wüste ziehen. Dort sollt ihr jeden Augenblick des Tages eure eigenen Sünden leben. Ihr sollt sie zu eurem Eigenen machen und sie säen unter jenen, in denen ihr euch wiederfindet. Ihr sollt dies tun, bis über euren Tod hinaus. Denn das Endliche gibt es nicht.«

Keira konnte sich den Quatsch nicht länger anhören. Tarans Hand schob sich immer weiter in Richtung ihrer Taille. Sie spürte die Hitze in sich aufsteigen wie die Flammen aus dem Kessel.

»Können wir reden?«, fragte sie endlich.

Die Flammen des Rituals flackerten in Tarans Augen, als er eine Augenbraue nach oben schob. »Jetzt?«

Keira spürte seinen Atem auf ihrer Haut. Sein Arm zog sich sanft um ihren Körper, als sie ihm zunickte. Zeit, herauszufinden, was sich wirklich hinter diesen Berührungen verbarg.

DREIUNDFÜNFZIG

Keiras Herz zündete in ihrem Brustkorb wie Raketenfeuer, als Taran sie durch die große Halle führte.

»Hier lang«, sagte er.

Seine Hand umschloss ihre fest. Vor der Bibliothek blieb er stehen, schob die schwere Tür auf und zog Keira herein. Das Licht des Mondes fiel bleich durch das Oberlicht und tränkte den Raum in Schattierungen aus Blau, Grau und Schwarz. Taran wandte sich Keira zu, als er sie tiefer in die Bibliothek führte.

Ihr Puls trommelte rhythmisch in ihren Ohren, als sie zu ihm aufsah.

»Du wolltest reden?«

»Ja.« Das Wort kam dünn aus Keiras Kehle. Sie fragte sich, ob ihm auch so warm war. »Über uns.«

»Uns?«

Tarans Augen flackerten blau im Dunkel der Bibliothek auf. Seine Berührung glühte auf Keiras Haut, als er ihr Kinn anhob. So nah waren sie sich bisher erst ein Mal gewesen. Im Computerraum. Bevor Keira vor ihm weggelaufen war.

Diesmal würde sie nicht davonlaufen.

Tarans Muskeln spannten sich unter dem Stoff seines Anzugs an, als er sie an sich zog. Ihre Körper passten perfekt aneinander.

Keira musste es wissen. Jetzt.

»Was willst du …«

Sie verstummte, sobald Tarans Lippen auf ihre trafen. Ein Gefühl der Hitze erschütterte Keira wie ein Erdbeben. Ihr Herz schlug so heftig in ihrer Brust, dass sie befürchtete, es würde im nächsten Moment aus ihr herausbrechen. Es war fast wie bei einem ihrer Wutausbrüche – nur fühlte es sich gut an. Alle Gefühle, die sich in den letzten Tagen aufgestaut hatten, entluden sich in diesem Kuss.

Keira brauchte keine Erfahrung, um zu wissen, was sie tun musste. Ihre Hände fuhren über Tarans Nacken, als er sie gegen das Bücherregal presste. Die Küsse zwischen den beiden wurden intensiver. Keiras Hände wanderten durch sein blondes Haar, als Taran ihre Wange, ihr Kinn, ihren Hals küsste. Jede seiner Berührungen ließ ein Prickeln auf ihrer Haut zurück. Seine Hände fuhren ihren Rücken entlang und glitten weiter hinab. Keira zerriss bei dieser Berührung fast seinen Frack.

Das Geräusch der reißenden Naht ließ sie innehalten.

Das ging zu schnell. Viel zu schnell.

Sie mussten aufhören. Sie würde die Kontrolle verlieren. Über sich. Über diese Situation.

Aber wenn es falsch war, warum fühlte es sich dann so gut an?

»Was willst du wirklich von mir?«, schoss es aus ihr heraus.

Da war sie. Die Frage, die sie seit Tagen beschäftigte, kam im unpassendsten Moment aus Keiras Mund.

Taran stoppte mitten in der Bewegung. Seine Lippen ruhten auf ihrem Schlüsselbein. »Was?«

Sein Atem lag heiß auf ihrer Haut.

»Was ist das?« Ihre Stimme gewann an Kraft. »Zwischen uns.«

Taran wich zurück und sah sie verwundert an.

»Was?«, wiederholte er verwirrt.

»Ist das so ein Luxuria-Ding? Lande ich am Ende auf irgendeiner Liste?« Keira wurde mit jedem Wort lauter, als kenne sie die Antworten auf diese Fragen bereits.

»Wie kommst du darauf?«

»Scarlett, Caprice, Brooke«, zählte sie auf. »Denkst du, ich wüsste nichts davon?«

»Brooke? Ich hatte nichts mit Brooke«, stellte Taran klar. »Also, fast nichts.«

»*Fast* nichts?«

Was zur Hölle sollte das bedeuten? Fiel diese Begegnung etwa auch in diese Kategorie? Ein Schauer durchfuhr Keira.

Taran fasste sich mit der Hand ins Haar und rang offensichtlich nach Worten. »Wir hatten auf einer Party was miteinander, okay? Das war's.«

»So wie wir jetzt«, entwich es Keira.

»Nein.« Tarans Halsmuskeln spannten sich an, als er sie ernst ansah. »Wenn du schon fragst, dann lass mich wenigstens ausreden. Das mit Brooke war eine einmalige Sache. Das weiß sie auch. Und Caprice …« Er hielt inne. »Darüber kann ich nichts sagen.«

Keira hatte das Gefühl, durch eine dünne Eisdecke in kaltes Wasser einzubrechen. Hinter ihr kippte eine Reihe dicker Wälzer um, als sie gegen das Regal stieß. Eine metallene Buchstütze fiel klirrend auf das Holz wie ein Warnschuss. Keira zuckte bei dem Geräusch zusammen.

»Was soll das heißen?«

»Du musst dir keine Sorgen machen«, sagte Taran. »Glaub mir.«

Er war ihrer Frage ausgewichen. Mal wieder.

»Wie soll ich dir glauben, wenn du mir ganz offensichtlich nicht die Wahrheit sagst?«

Einen Moment lang sahen sie sich in der grauen Dunkelheit der Bibliothek an. Irgendetwas hielt Taran davon ab, über Caprice zu sprechen.

»Taran?«, fragte Keira fordernd.

»Ich kann nicht.« Er schüttelte den Kopf.

»Taran, was ist mit Caprice passiert?« Sie hatte ihre Stimme wiedergefunden. Sie musste wissen, was zwischen den beiden vorgefallen war.

»Das mit Caprice war anders«, sagte er endlich.

Als er tief durchatmete, ahnte Keira bereits, dass ihr die Wahrheit nicht gefallen würde.

»Wir hatten Spaß miteinander. Freunde mit gewissen Vorzügen. Du weißt, wie das läuft«, erklärte er.

Keira hatte keine Ahnung.

»Aber irgendwann war da mehr.«

Bei diesen Worten zog sich alles in Keira zusammen. Vor wenigen Sekunden hatte Taran sie geküsst, als wäre sie das einzige Mädchen auf der Welt. Jetzt sprach er von den Gefühlen seiner Exfreundin. Seiner toten Exfreundin.

Keira hatte es nicht anders gewollt. Sie hatte Antworten von Taran verlangt, jetzt bekam sie welche. Warum eigentlich? Bei genauerer Überlegung wollte sie die Wahrheit nicht hören. Sie wollte nicht länger wissen, was zwischen Taran und Caprice gewesen war oder was er mit anderen Mädchen tat.

»An dem Abend, an dem sie gestorben ist ... Wir waren feiern und die ganze Sache ist eskaliert«, erzählte er. »Caprice war betrunken, hat sich mit Gray und den anderen Mädchen angelegt.

Nach dem Streit ist sie wie eine Furie zurück zur Feuerstelle gestürmt. Ich bin ihr hinterher. Da hat Caprice verlangt, dass wir gemeinsam von hier weggehen, um es *mir* leichter zu machen.« Taran schüttelte ungläubig den Kopf. »Sie wollte weg von den anderen Mädchen, damit ich nicht in Versuchung komme. Anscheinend dachte sie ähnlich über mich wie du.«

Autsch.

»Aber ich wollte Canterbury auf keinen Fall verlassen. Ich meine, wir waren ja nicht einmal richtig zusammen. Da hat Caprice erst begriffen, dass ich nicht so empfinde wie sie. Sie war verletzt, ist ausgerastet, hat gesagt, dass ich abhauen soll, dass sie mich nie wiedersehen will …« Tarans Stimme brach ab.

Keira war wie erschlagen von dieser Ehrlichkeit. Sie hatte nach der Wahrheit gefragt. Sie bekam sie.

Gray hatte recht gehabt. Caprice wollte wirklich weglaufen. Nur hatte sie nicht gewusst, dass die Gula zusammen mit Taran durchbrennen wollte, weit weg von den Mädchen aus Zimmer 107. Das war der Schlüssel zu dem Tagebucheintrag. Caprice hatte die Mädchen als Konkurrenz gesehen. Neben all den Streitigkeiten hatte sie vor allem Angst gehabt, dass ihr eine von ihnen Taran wegschnappte.

»Was ist dann passiert?«, fragte Keira. Ihre Stimme fühlte sich so dünn an wie Reispapier.

»Ich bin gegangen.« Taran sah schuldbewusst zu Boden. »Ich Idiot bin gegangen und habe sie da zurückgelassen. Ganz alleine. Hätte ich mich anders entschieden, wäre Caprice vielleicht noch am Leben. Ich war vielleicht die letzte Person, mit der sie gesprochen hat.«

»Du konntest nicht ahnen, was passieren würde.«

Taran schüttelte ablehnend den Kopf. »Ich habe Caprice verletzt. Und sie dann alleine gelassen.«

»Du warst nur ehrlich zu ihr«, widersprach Keira. »Caprice wusste, worauf sie sich einlässt.«

Bei diesem Kommentar sah Taran sie an, als hätte sie ihm soeben eine Ohrfeige verpasst.

»Das denkst du von mir? Dass ich von einer Affäre zur nächsten springe – wie meine Mum?«

Keira grub ihre Fingernägel in die Hände. »So meinte ich das ni…«

»Die Lust ist ein Teil von mir. Ein großer«, sagte Taran. »Aber du verprügelst doch auch nicht jeden, nur weil du eine Ira bist.«

»Nicht jeden«, gestand Keira zögerlich. Aber fast.

Genau wie sie wollte Taran sich nicht auf sein Hauptlaster reduzieren lassen. Sie waren mehr als lateinische Begriffe. Ira. Luxuria. Saligia. Was sagten diese Worte aus?

Die ganze Zeit über war Keira auf die Idee versteift gewesen, dass Taran mit jedem Mädchen schlief, das ihm über den Weg lief, nur weil er ein Luxuria war. Dabei hatte sie vergessen, den echten Taran zu sehen. Den Jungen, der unter der Abwesenheit seiner Mutter litt. Der zeichnete, um sich abzulenken. Der Keira seine Schuhe lieh, wenn sie fror.

»Tut mir leid«, sagte sie.

»Das kann doch nicht alles sein. Jemand verpasst dir bei deiner Geburt einen Stempel und den trägst du dann für den Rest deines Lebens mit dir rum? Ich will mehr als das sein.«

»Du bist mehr als das«, sagte Keira und machte einen Schritt auf ihn zu. Direkt konnte sie die Nähe seines Körpers spüren.

»Du, ich, all die anderen. Wir sind mehr als Todsünden. Sonst wären wir nicht hier, oder?«

»Daran erinnerst du dich?«

Ein Lächeln huschte über Tarans Lippen. Diese Worte hatte er auf der Terrasse zu Keira gesagt, nachdem sie in seine Turnschuhe geschlüpft war.

»Ich habe übrigens immer noch deine Sneakers«, bemerkte sie.

»Da sind sie gut aufgehoben«, sagte Taran mit einem Lächeln. Er ergriff ihre Hand und zog sie zu sich.

Für Keira fühlte es sich gut an, ihm nahe zu sein, ohne dass die Ungewissheit zwischen ihnen hing.

»Ich wusste es übrigens schon, bevor du es mir gesagt hast«, sagte er.

»Dass ich deine Sneakers habe?«

»Nein.« Taran schob seine Finger zwischen Keiras. »Dass du nicht so bist wie die anderen.«

»Du magst mich also wirklich?«

Taran entwich ein Lachen. »Zweifelst du immer noch daran?«

Zum ersten Mal hatte Keira das Gefühl, hinter das Blau seiner Augen zu blicken. Und zum ersten Mal fühlte sie sich wie sie selbst. Sie hatte sich doch nicht geirrt. Taran sah in ihr, was bisher kein anderer Junge gesehen hatte.

»Warum hast du mir das alles nicht schon viel früher erzählt?«, fragte sie.

»Ist nicht gerade eine Geschichte, die man beim ersten Date erwähnt«, antwortete er. »Oder würdest du mir direkt von den dunkelsten Kapiteln deines Lebens berichten?«

Touché.

»Außerdem durfte ich es dir nicht sagen.«

»Hat Gray es dir verboten?«

»Gray?« Taran schüttelte den Kopf. »Als könnte die mir irgendetwas vorschreiben. Ich meine, sie wollte es, aber ich habe mich nicht dran gehalten. Ms Killingworth hat mich darum gebeten, niemandem etwas zu sagen.«

Moment.

»Ms Killingworth wusste davon?«, fragte Keira ungläubig.

»Ich bin am gleichen Tag zu ihr, an dem wir Caprice gefunden haben. Ich konnte das nicht für mich behalten.«

Keira wusste nicht, ob sie lachen oder schreien sollte. Sie tendierte zum Zweiten. Caprice' Tagebuch. Die Geheimnisse. Grays Abreise. Und Ms Killingworth hatte die ganze Zeit über Bescheid gewusst?

»Wie hat sie reagiert?«, fragte Keira.

»Sie hat sich bei mir für meine Ehrlichkeit bedankt. Dann hat sie gesagt, dass ich mir keine Sorgen machen soll und dass sie sich um alles kümmern wird.«

Das klang ganz nach Ms Killingworth.

Aber wenn der Täter von außen kam, warum war es der Schulleiterin so wichtig, dass niemand von den Regelverstößen der Schüler erfuhr? Warum hatte sie keinen einzigen Verweis verteilt?

»Was ist?«, fragte Taran, als er Keiras nachdenkliches Gesicht musterte.

»*Quaesitio*«, erkannte sie. »Ms Killingworth wollte, dass nichts davon herauskommt, damit ihre Kompetenz nicht infrage gestellt wird. Deshalb durfte keiner von den Regelverstößen erfahren. Deswegen war ihr auch die Gründerfeier so wichtig.

Sie wollte die Gründung der Spezialeinheit unbedingt heute verkünden, um es endlich offiziell zu machen.«

»Also ging es ihr nie um Caprice«, sagte Taran. »Killingworth kann von Glück reden, dass sie den Mörder rechtzeitig gefasst haben.«

»Haben sie das?«

Der Klang der tiefen Stimme drang bis in die hohen Decken der Bibliothek.

Keira blickte erschrocken auf. Dann sah sie die kräftige Gestalt hinter Taran aus der Dunkelheit treten.

VIERUNDFÜNFZIG

Ian war Keira und Taran in die Bibliothek gefolgt und hatte sich ihnen unbemerkt genähert. Bevor Keira ein Wort hervorbringen konnte, schnappte er sich Taran und schleuderte ihn kräftig beiseite, als wäre er nicht schwerer als eine Schaufensterpuppe. Stöhnend ging Taran zu Boden.

Alles ging so schnell, dass Keira keine Zeit zum Überlegen blieb. Bevor sie auf den Angriff reagieren konnte, stürzte Ian sich auf sie. Seine Augen blitzten sie feuerrot an.

Keira griff hastig nach der Buchstütze hinter sich, doch Ian fing ihre Hand in der Bewegung ab. Adrenalin schoss ihr durch die Adern, als er Keira mit festem Druck mindestens einen ihrer Mittelhandknochen brach. Sie verzog das Gesicht vor Schmerz, als das Knacken ertönte.

»Keira!«, schrie Taran.

Er hatte sich aufgerappelt und riss Ian von ihr los. Doch Ians Zorn war enorm. Er schien ihm übermenschliche Kräfte zu verleihen. Der Ira schüttelte Taran ab und schlug ihm zweimal kräftig ins Gesicht, dass ihm Blut aus der Nase schoss.

Keira schrie auf, als Taran bewusstlos zu Boden fiel. Sie wollte zu ihm stürzen, aber Ian fing sie ab und schleuderte sie so heftig gegen das Regal, dass sie ächzend zu Boden ging. Bei dem Aufprall wich ihr alle Luft aus den Lungen. Ein Buch knallte auf ihren Kopf.

»Du kriegst ihn nicht«, fauchte Ian.

Keira wusste nicht, wie ihr geschah. Sie wusste nicht, warum er sie angriff. Sie wusste nur, dass sie aus dieser Ecke wegmusste, bevor Ian ihr Schlimmeres antat. Benommen kroch sie über den Boden, doch ihr Angreifer war schneller und packte sie am Bein. Ihr Schuh löste sich von ihrem linken Fuß, und der Saum ihres Rockes riss ein, als Ian sie über den Teppich zog und herumwirbelte.

Verzweifelt griff Keira nach einem der Bücher und schmetterte es Ian gegen den Kopf. Der Aufprall hatte keine Wirkung. Das Buch prallte kampflos von ihm ab wie ein Vogel an einer Fensterscheibe. Ian stürzte sich auf Keira und griff nach ihrer Kehle. Sie versuchte, ihn abzuwehren, doch seine kräftigen Hände legten sich um ihren Hals wie Ketten und schnürten ihr die Luftröhre zu. Keira versuchte, seine Hände von ihrer Haut zu lösen, aber sie waren wie festgeschweißt. Ian nahm ihr die Luft zum Atmen. Er würde sie umbringen.

Die ganze Zeit war Keira der Überzeugung gewesen, dass sie Ian übermannen konnte. Immer wieder hatte man ihr eingeredet, dass sie stark war. In diesem Moment, unter seinem tödlichen Griff, erkannte sie, dass es nicht so war. Ian war viel stärker als Keira.

Verzweifelt suchte sie den Kontakt mit seinen Augen. Doch Ians Blick war so sehr von Zorn erfüllt, dass er durch sie hindurchzusehen schien. Ihr Angreifer war buchstäblich blind vor Wut. Er würde ihr weiter die Kehle zudrücken, bis sie keinen Widerstand mehr leisten konnte und alles Leben aus ihr wich.

Keira versuchte, nach seinem Gesicht zu greifen, doch seine Arme waren zu lang. So würde sie Ians Griff niemals entkommen. Sie brauchte irgendetwas zur Verteidigung. Schnell. Hilflos sah sie sich um. Die Buchstütze vor dem Regal war zu weit entfernt. Ihre Stola lag darunter wie ein Streifen Blut in der Dunkelheit. Sterne tanzten vor ihren Augen. Keira tastete nach Averys Kette, aber sie klemmte fest unter Ians Händen und schnitt ihr in die Haut.

Sie rang nach Luft, während ihre Augen den Raum absuchten. Taran lag noch immer bewusstlos auf dem Boden. Erst glaubte sie, zu halluzinieren, als Keira die Silhouette neben ihm sah. Nein, das war keine Einbildung. Über Taran kniete eine Person und fühlte seinen Puls.

Brooke?

Hoffnung keimte in Keira auf, als sie ihre Mitbewohnerin erblickte. Brooke würde ihr helfen. Für den Bruchteil einer Sekunde schien sich Ians Griff zu lockern, als sich die Blicke der beiden Mädchen trafen. Ein schwacher Laut kam aus Keiras Kehle und sie streckte die gebrochene Hand nach ihrer Mitbewohnerin aus. Mit der anderen kämpfte sie weiter gegen Ians Würgegriff an. Keira schnappte nach Luft. Versuchte, Brookes Namen auszusprechen. Zu ihrem Entsetzen blieb die Invidia starr an Tarans Seite sitzen. Warum unternahm Brooke nichts?

»Du kriegst ihn nicht«, zischte sie.

Dann sah Keira das elektrisch grüne Knistern in den Augen der Invidia.

»Nein«, stöhnte sie.

Tränen traten ihr in die Augen, als Keira das Gefühl der Ohnmacht überfiel. Ihr würde niemand helfen. Brooke würde zuschauen, wie Ian sie tötete. Nicht Schmerz, sondern purer Zorn durchströmte Keira bei diesem Gedanken. Sie hasste Ian.

Sie hasste Brooke. Sie hasste den Schmerz und das Leid. Das Gefühl breitete sich in ihr aus wie ein Strom heißer Lava. Keira wurde rot vor Augen. In ihr brodelte ein Vulkan, der kurz vor dem Ausbruch stand.

Sie war kein Opfer. Sie war nicht schwach, Ian war es. Er war der Feigling. Ein Muttersöhnchen. Wenn er angriff, dann nur aus dem Hinterhalt. So hatte er es im Speisesaal getan. So tat er es hier. Und so hatte er es auch bei Caprice getan.

Keiras Hände schlossen sich fest um Ians Handgelenke, als sie all ihren Zorn auf ihn lenkte. Sie konnte seinen Puls unter ihren Fingerspitzen spüren. Das pumpende Herz, das gegen seine Rippen trommelte. Das schmerzhafte Brodeln im Magen. Die Hitze, die sich wie ein Schnellfeuer in der Brust ausbreitete. Die verkrampften Muskeln, die sich zum Kampf bereit machten. Der Vulkan in ihr brach aus.

Keira drückte so fest zu, dass es in ihrer gebrochenen Hand knackte. Sie spürte keinen Schmerz mehr. Sie spürte nur noch rohen Zorn. Ihre Fingernägel fuhren in Ians Haut, als sie all ihre Kraft zusammennahm und seine Hände von ihrem Hals wegzog. Die Luft strömte kalt in Keiras Lungenflügel.

Ian brachte einen schmerzerfüllten Schrei hervor, als die Ira ihn langsam von sich wegschob.

Deutlich konnte sie sein rasendes Herz vor ihrem inneren Auge sehen. Ein zuckender roter Muskel, der in kräftigen Schüben Blut durch Ians Adern pumpte. Genau so hatte sie es von seiner Mutter gelernt. Schon jetzt schlug sein Herz zu schnell, zu hart. Keira würde dafür sorgen, dass es noch schneller und noch härter schlug. Bis es diese Tortur nicht länger mitmachte. Der Zorn sollte ihn von innen zerreißen.

Ian wand sich unter Keiras Griff, während sich der Schmerz flutartig in ihm ausbreitete. Keira konnte es klar spüren. Die ersten Gefäße platzten in seinem Körper. Sein Herz hämmerte jetzt wie ein Schlagbohrer in seinem Brustkorb. Das Atmen fiel ihm zunehmend schwer.

Mit glühendem Blick stieß Keira ihn von sich weg. Ian fasste sich mit schmerzverzerrtem Gesicht an die Brust und fiel vor ihr auf die Seite. Keira sah zu, wie sein Körper sich selbst angriff. Sie wusste, was als Nächstes geschehen würde. Sie war dafür verantwortlich. Ians Herz würde stets fester schlagen. Bis es versagte.

Unter großer Anstrengung griff er in seine Hosentasche. Ein kleiner Gegenstand glitt ihm aus der Hand und fiel zu Boden. Ein Taschenspiegel. Dachte Ian, dass er sie damit aufhalten konnte? Ein Knacken ertönte, als Keira auf die Glasscheibe trat und diese in kleine Stücke zersprang. Bestimmt nicht.

Sie ließ sich nicht mehr aufhalten. Das musste auch Ian erkennen, als sie ihren rechten Fuß auf seiner Brust abstellte. Genau da saß der Schmerz. Keira verlagerte ihr Gewicht, bis Ian sich stöhnend auf dem Boden wand. Die Gefäße traten dick an seiner Stirn hervor.

»Keira!«

Sie hörte nicht auf den Ruf ihres Namens. Ian würde genauso leiden müssen wie seine Opfer. Er hatte es nicht anders verdient. Dies war die gerechte Rache für all seine Taten.

Er krümmte sich vor Schmerz, und Keira fühlte, wie sein Körper unter ihrer Kraft nachgab. Gut so.

»Keira!«

Diesmal schoss ihr mit dem Ruf ihres Namens ein scharfer Schmerz in den Kopf. Keira fasste sich mit beiden Händen an die Schläfen und wollte ihn ausblenden. Stattdessen hallte die Stimme bis in den letzten Winkel ihres Schädels.

Unter Schmerzen riss sie den Kopf herum und blickte zum Eingang der Bibliothek. Dort stand Ms Killingworth.

»Du bringst ihn um.«

Ihre Worte schallten durch Keiras Kopf wie ein Echo. Die Stimme der Schulleiterin verdrängte all ihre Gedanken.

Angestrengt wandte Keira sich Ian zu. Er regte sich kaum noch. Sie konnte jetzt nicht aufhören. Sie war noch nicht fertig mit ihm.

»Du bist besser als das«, sagte die Stimme in ihrem Kopf. »Du bist keine Mörderin.«

Keira geriet ins Schwanken. Die Worte der Schulleiterin schlugen in ihrem Bewusstsein ein wie Pistolenkugeln. Sie begann zu taumeln.

Sie war besser.

Sie war keine Mörderin.

»Wenn du jetzt aufhörst, ist es noch nicht zu spät.«

Keira wurde schwindelig. *Aufhören,* schallte es durch ihren Kopf. *Nicht zu spät. Du bist besser …* Auf einmal schien sämtliche Energie aus ihren Gliedern zu weichen. Es war, als hätte sie all ihre Kräfte verbraucht. Keiras Beine zerflossen unter ihrem Körper. Noch bevor sie auf dem Boden aufkam, wurde ihr schwarz vor Augen.

FÜNFUNDFÜNFZIG

Die Stimmen klangen dumpf in Keiras Ohren. Weit, weit weg wie in einem Wassertank. Ihr schmerzten die Augen, als sie in das grelle Licht blinzelte. Ihre Lider waren schwer wie Tresortüren. Sie konnte sie nicht offen halten.

Eine Gestalt beugte sich über Keira. *Schwärze*. Ein Engel? *Schwärze*. War sie tot? *Schwärze*. Ja. Sie war im Himmel angekommen – oder in der Hölle. Keira blinzelte erneut. Karamellbraune Augen. Avery.

Schwerfällig drehte Keira den Kopf zur Seite. Sofort schoss ein weiterer spitzer Schmerz durch ihren Hals. Jetzt erkannte sie, dass sie auf einem der Tische in der Bibliothek lag. Das war definitiv nicht der Himmel, aber ihrer eigenen Hölle kam es nahe. Ein Gefühl tiefen Hasses sickerte durch Keiras Körper, als die Erinnerungen an Ians Angriff zurückkamen. Sie versuchte sich aufzustützen, doch ihre Muskeln gaben unter ihr nach.

»Ganz ruhig«, sagte Avery und fasste ihr an die Stirn.

»*Du kriegst ihn nicht*«, murmelte Keira.

»Sie haben ihn schon.«

»Taran?«, fragte Keira.

Sie bekam kaum einen Ton heraus. Ihre Kehle fühlte sich an, als hätte sie mit Nägeln gegurgelt.

»Taran geht es gut.«

»*Du kriegst ihn nicht*«, wiederholte Keira heiser.

Das hatte Ian gesagt, bevor er versucht hatte, sie umzubringen. Bevor er ihr die Knochen gebrochen hatte. Bevor er ihr den Hals zugeschnürt hatte. Übelkeit stieg in Keira auf, als die Bilder wie Blitze an ihr vorbeizuckten. Sie hatte abermals das Gefühl, zu ersticken. Keiras Finger fuhren an ihren Hals, um ihn von den Ketten zu befreien, doch da war nichts. Ian war nicht hier. Er konnte ihr nichts mehr anhaben.

»Brooke«, sagte Keira.

»Was ist mit ihr?«

Du kriegst ihn nicht.

Brooke hatte es ebenfalls gesagt, als sie neben Taran gekniet hatte. Knisternder Neid in den Augen.

Es waren ihre Worte, nicht Ians. *Du kriegst ihn nicht* bedeutete *Du kriegst Taran nicht.*

»Brooke«, wiederholte Keira. »Es war Brooke.«

SECHSUNDFÜNFZIG

Brookes nackte Füße rutschten über die kratzige Fußmatte, als sie tiefer in den Beifahrersitz sank. Ihre Fußsohlen waren zerschnitten. Sie hatte ihre Schuhe ausgezogen, nachdem sie aus der Bibliothek geflüchtet war. Sobald sie den Zorn in Keiras Augen gesehen hatte, war ihr klar gewesen, dass sie die CSE so schnell wie möglich verlassen musste, und gut auszusehen half nicht, wenn man auf der Flucht war.

Dabei war sich Brooke so siegessicher gewesen. Sie hatte Keira und Taran auf frischer Tat ertappt und es war genauso wie in ihren schlimmsten Albträumen. Erst ließ Taran sie für Caprice fallen, und kaum war die aus dem Weg, stürzte er sich auf das nächstbeste Mädchen. Dieser Bastard.

Aber hatte es unbedingt eine Ira sein müssen? Keira war erfüllt von Hass. Sie war als Freundin ungeeignet. Vom ersten Tag an hatte sie bewiesen, wie gefährlich sie war. Anstatt sich anzupassen, mischte Keira sich in fremde Angelegenheiten ein, griff ihre Mitschüler an und zerstörte Schritt für Schritt das Porzellan der Schule. Aus irgendeinem Grund sahen die anderen immer wieder darüber hinweg. *Supergirl*? Superätzend.

Warum erkannte keiner, was Brooke von Anfang an klar und deutlich gesehen hatte? Keira war egomanisch und eine Gefahr für die Allgemeinheit. Da kam selbst Gray nicht ran.

Brooke hätte es den anderen so gerne heimgezahlt. Ihnen den

Spiegel vorgehalten. Und dabei dachte sie nicht an diese dämlichen Taschenspiegel, die die Saligia mit sich herumtrugen. Sie alle hatten einen kräftigen Schlag auf den Kopf verdient. Wie Caprice.

Brooke musste sich dazu nicht einmal die Hände schmutzig machen. Ian war der Täter. Caprice' Blut klebte an seinen Händen, nicht an ihren. Es hatte Brooke viel Geduld gekostet, die Gula nicht selbst aus dem Weg zu räumen. Im Speisesaal, wenn Caprice gierig Essen in sich hineinschlang, hätte sie ihr am liebsten die Gabel zwischen die Augen gerammt. Beim Sport, wenn die Französin zu faul war, sich für das Team einzusetzen, wollte Brooke ihr den Hockeyschläger über die Schläfe ziehen. Und jedes Mal, wenn sie Taran nahe kam, wollte Brooke sie mit bloßen Händen erdrosseln.

Sie hatte die beiden lange beobachtet, und je öfter Brooke sie zusammen sah, desto mehr wollte sie Taran. Der Anblick der beiden bereitete ihr physische Schmerzen, wie ein Dolch, der sich langsam zwischen ihre Rippen schob. Aber Brooke hatte nicht wegschauen können. Sie war besessen von Taran. Von seinem schlanken, muskulösen Körper, den weichen Lippen, den himmelblauen Augen. Brooke wollte all das für sich haben und dabei stand Caprice ihr im Weg.

Als sie den Streit zwischen Taran und Caprice belauscht hatte, hatte es ihr endgültig gereicht. Jetzt wollte die dicke Gula auch noch mit Taran durchbrennen. Caprice musste verschwinden, bevor sie weiteren Schaden anrichten konnte. Sobald Taran außer Sichtweite war, schlugen Brooke und Ian zu.

Es war ein Leichtes gewesen, den Ira zu beeinflussen. Er war eindeutig nicht der hellste Stern unter den Saligia. Viel mehr glich er einer durchgebrannten Glühbirne. Er hatte keine Ahnung, dass er seit Tagen unter Brookes Einfluss stand. Sie hatte Ian mit ihrem Neid vergiftet, jeden Tag ein bisschen mehr. Dass Scarlett sich nicht binden wollte, spielte Brooke in die Hände. Ian war verletzt und bereit, seine Frustration auszulassen.

Auch bei Keira war alles nach Plan verlaufen. Zwar hatte Brooke nicht gewollt, dass Taran verletzt wurde, aber das gab ihr die Chance, als seine Retterin in Erscheinung zu treten. Sonst hätte sie sich in der Bibliothek nie zu erkennen gegeben. Doch dann war etwas geschehen, mit dem sie nicht gerechnet hatte: Keira war stärker als Ian.

Brooke würde den glühenden Zorn in Keiras Blick so schnell nicht vergessen. Zum ersten Mal in ihrem Leben hatte sie Angst bekommen. Sie fragte sich, ob Ian den Gegenangriff überlebt hatte. Keira schien ihn mit puren Emotionen töten zu wollen.

Der bloße Gedanke an ihre Kräfte trieb Brooke den Schweiß auf die Stirn. Sie spielte an der Lüftung des Autos herum, bis ihr die kühle Luft ins Gesicht blies. Sie war froh, dass sie eine Mitfahrgelegenheit gefunden hatte.

Brooke war in den Wald gelaufen und durch das dichte Braun-Grün geirrt, bis sie auf einer der Landstraßen gelandet war. Kurz darauf war ihr dieser sportliche Ford Mustang entgegengekommen. Wie ein Rennwagen war er über die Straße geheizt und hatte nach zweihundert Metern quietschend eine Kehrtwendung vollzogen, um Brooke aufzugabeln. Der Fahrer war ein düsterer, schweigsamer Kerl. Aber jede Mitfahrgelegenheit war besser, als weiter den Straßenrand entlangzuirren.

Brooke stützte sich an der Beifahrertür ab und musterte ihn aus den Augenwinkeln. Der Mann starrte auf die Straße, als würde vor ihnen ein Film ablaufen. Von ihm ging eine gefährliche Attraktivität aus. Die Ärmel seines schwarzen Hemdes spannten sich über den muskulösen Armen. Unter dem Hemdkragen kroch spitz ein Tattoo hervor wie lodernde Flammen. Brooke hatte immer ein Tattoo gewollt. Vielleicht würde sie sich eines stechen lassen, sobald sie ankamen.

Aber wo eigentlich? Ihr fiel auf, dass der Fahrer sie nicht gefragt hatte, wo sie hinwollte. Sie wusste nur, dass sie in Richtung London fuhren. Er hatte generell nicht viele Fragen gestellt. Hatte nur ihr Gründerkleid gemustert und wissen wollen, wo sie herkam. Seitdem schwiegen sie einander an.

Der Gesichtsausdruck des Fahrers blieb regungslos, als er eine zerknitterte Packung Zigaretten aus seiner Brusttasche zog. Er hielt Brooke die Schachtel entgegen. Als diese kopfschüttelnd ablehnte, schob er sich eine Zigarette zwischen die Lippen und zündete sie an.

»Brooke«, sagte er. Seine Stimme war tief wie ein Bass. »So heißt du doch?«

Brooke nickte stumm.

Der Fahrer sah sie mit seinen dunklen Augen an und stieß eine Wolke Zigarettenrauch aus. Der Qualm füllte den Innenraum des Wagens. Zum ersten Mal ging ihm so etwas wie ein Lächeln über die Lippen. Erst auf den zweiten Blick erkannte Brooke, dass es seine Augen nicht erreichte. Das war kein freundliches Lächeln, es war nahezu diabolisch. Ein seltsam bekanntes Gefühl der Furcht überfiel sie.

Die Augen des Mannes begannen, feuerrot zu funkeln.

SIEBENUNDFÜNFZIG

Keira blickte über das weite Grundstück hinter der CSE. Sie wärmte ihre Hände an dem heißen Porzellan ihrer Teetasse. Die rechte Hand war provisorisch in einen Verband gewickelt.

Die Nacht trieb eine kühle Brise über den Rasen und brachte die Lichterketten auf der Terrasse zum Klappern. Ihr Schein vom Abend war längst verblasst. Die Feierlichkeiten waren sofort abgebrochen worden, nachdem man Keira, Taran und Ian in der Bibliothek gefunden hatte.

»Ein neuer Tag, eine weitere verschwundene Saligia«, verkündete Elliot und trat neben Keira auf die Terrasse.

Ein Pflaster zierte seine linke Augenbraue. Darunter lugte ein glatter Schnitt hervor.

»Was ist mit deinem Gesicht passiert?«, fragte Keira.

»Unerwarteter Zwischenstopp«, antwortete der Sucher knapp und zog eine kleine Tüte Kekse aus seiner Jacketttasche hervor. »Dafür habe ich die hier.«

Er drehte die Packung in seiner Hand, als wüsste er selbst nicht, was er damit anstellen sollte.

»Kekse essen, Tee schlürfen …«, wiederholte Keira die Worte, die Elliot vor seiner letzten Abreise gesprochen hatte, und hielt ihre Tasse hoch.

»Es ist zugegebenermaßen nicht ganz so, wie ich mir meine Rückkehr vorgestellt hatte«, sagte er.

Keira lächelte ihn müde an. Sie war geschwächt von ihrem Wutausbruch und von Ms Killingworths Kräften. Sie konnte sich nur bruchstückhaft an den Kampf erinnern. Vielleicht war es besser so.

Langsam führte sie die Tasse zum Mund und blies in die dampfende Flüssigkeit, bevor sie daran nippte. Die Quetschungen machten jeden Schluck zu einer Tortur. Ihr Hals war steif von den Verletzungen.

»Für Kekse ist es wohl noch zu früh«, kommentierte Elliot und warf das Tütchen achtlos beiseite.

»Hast du irgendeine Ahnung, wo sie steckt?«

Der Sucher schüttelte den Kopf. Die anderen hatten das Gebäude nach Brooke abgesucht, nachdem Keira sie als Täterin verdächtigt hatte. Zu dem Zeitpunkt hatte die Invidia den Pförtner längst überwältigt. Nicht mit ihren übernatürlichen Kräften, sondern mit einer Buchstütze. Der arme Harry. Ms Killingworth war daraufhin höchstpersönlich in den Wagen gestiegen, um nach Brooke zu suchen. Ohne Erfolg.

»Wir werden sie finden«, sagte Elliot und legte Keira die Hand auf die Schulter.

Die blickte mit versteinerter Miene in die Ferne.

»Ich hätte Ian ihretwegen beinahe umgebracht.«

Ihre eigene Stärke verwirrte sie. In Keira schlummerte eine dunkle Kraft, schwärzer als ihre Augen. Einerseits hatte sie in der Bibliothek die Kontrolle über ihre eigenen Gefühle verloren. Andererseits hatte sie dadurch im letzten Moment Ian überwältigt und somit ihr eigenes Leben gerettet. Es war befreiend und beängstigend zugleich.

»Du hast dich selbst verteidigt.« Elliot drückte ihr bestärkend die Schulter. »Du hattest keine andere Wahl. Ian kommt wieder auf die Beine.«

Keira blickte über den Park, der sich in der nächtlichen Dunkelheit zu einer geisterhaften Kulisse wandelte. Nebel verfing sich in den Baumwipfeln hinter dem Sportplatz.

»Ich bin besser als das. Ich bin besser als Brooke«, sagte sie.

Die Worte stammten aus Ms Killingworths Mund. Jetzt waren es Keiras. Die Superbia hatte sie in ihren Kopf gepflanzt wie eine Saat, die dichte Wurzeln schlug und zu einer festen Überzeugung heranwuchs.

»Und ich bin keine Mörderin.«

Für einen Moment standen sie schweigend da. Die graue Wolkendecke schob sich über sie hinweg und brachte eiskalte Luft mit sich. Die Lichterketten über ihren Köpfen klimperten erneut.

Zögerlich blickte Keira zu Elliot auf.

»Hast du etwas herausgefunden, während du weg warst?«, fragte sie. »Über meinen Vater, meine ich.«

Sie sah ihn erwartungsvoll an, doch der Sucher erwiderte ihren Blick nicht. Stattdessen sah er auf die Flut von Wolken, die über sie hinwegrollte.

»Keira«, begann er.

Als Elliot auf sie herabschaute, fühlte sie sich zerbrechlich. Die Anstrengung der letzten Tage saß tief in ihren Knochen. Dabei ruhte so viel Kraft in ihr. Dessen war sie sich jetzt bewusst. Sie hatte Ian mit reiner Gedankenkraft besiegt.

Trotzdem spürte Keira das erdrückende Gewicht, das auf Elliots folgenden Worten lag. Der Kampf gegen Ian war ein Hügel im Vergleich zu dem unbezwingbaren Berg, der ihre Vergangenheit war.

Der Sucher seufzte. »Ich kann dir nicht die Antworten geben, die du dir vielleicht erhofft hast. Es ist wohl so, wie wir dachten. Adam muss an dem Tag endgültig die Kontrolle verloren haben. Vermutlich hat er bis zum Schluss nicht gewusst, wer er wirklich war.«

Keira konnte das beißende Gefühl der Enttäuschung nicht verbergen. Ihr wurde bewusst, wie viel Hoffnung sie auf Elliots Nachforschungen gesetzt hatte. Ihr Vater war ein Fremder für sie. Ein weiteres sinnloses Todesopfer. Und sie würde keine Chance mehr bekommen, ihn kennenzulernen.

Auf einmal konnte Keira jede schmerzende Stelle in ihrem Körper spüren. Die gebrochene Hand, die Prellungen an ihrem Rücken, die Quetschungen an ihrem Hals. Enttäuscht wandte sie den Blick von Elliot ab. Ihr Vater war eine verlorene Seele. Der Zorn hatte ihn vernichtet.

»Hey«, sagte Elliot. »Das wird dir nicht passieren. Weißt du, warum? Weil du den nötigen Willen hast, an dir zu arbeiten. Dein Herz sitzt am rechten Fleck. Du bist hier. Du lernst unglaublich schnell dazu. Du bist jetzt schon viel weiter, als dein Vater es jemals war.«

Keira nickte.

»Ich bin besser als das«, wiederholte sie und wusste, dass es stimmte.

Sie war keine Mörderin.

ACHTUNDFÜNFZIG

Als Elliot und Keira in das Hauptgebäude traten, wartete Taran bereits auf sie. Ian hatte ihn übel zugerichtet. Auf seiner geschwollenen Nase klebte ein Pflaster und sein linker Wangenknochen glühte blau-lila. Dennoch lächelte er Keira verschmitzt an.

»Als hätte ich es vorhergesagt«, bemerkte Elliot, als er das Leuchten in Keiras Augen sah. »Hatte ich dir erzählt, dass ich auch mal mit einer Luxuria zusammen war?«

»Wirklich?«

Elliot nickte. »Ihr Name war Leila. Ist nichts draus geworden.«

»Was ist passiert?«

»Sie ist mit einem Avaritia durchgebrannt. Sie haben gemeinsam ein Bordell aufgemacht. Er hat viel Geld mit ihr verdient.«

Keira sah ihn erschrocken an.

Ein Grinsen breitete sich auf Elliots Gesicht aus. Sie fiel immer wieder auf seine Witze herein.

»Natürlich nicht«, sagte er.

Das bezahlte er mit einem Ellenbogenhieb. Elliot fasste sich an die schmerzenden Rippen. Obwohl sie geschwächt war, steckte viel Kraft in Keiras schmalem Körper. Er musste sich damit abfinden, dass sie keinen Sinn für Humor hatte.

»Geh schon«, forderte er sie auf und blickte ihr nach, als Keira zu Taran hinüberging.

Der Luxuria schloss sie direkt in seine Arme. Für einen kurzen Moment wirkten die zwei wie ganz normale Teenager, die drauf und dran waren, sich ineinander zu verlieben. Bei dem Anblick des jungen Paares musste Elliot zwangsläufig an Violet denken. Wie einfacher wäre alles zwischen ihnen, wenn sie auch ein Teil dieser Welt wäre.

Das Gefühl schwerer Erschöpfung überfiel ihn. Elliot gähnte schwach und streckte die Arme, bis es in seiner linken Schulter knackte. So lange hatte er noch nie für die Fahrt nach Canterbury gebraucht. Sein Unfall war ein geeigneter Grund gewesen, die Konfrontation mit Keira hinauszuzögern. Auf der Zielgeraden hatte Elliot das Lenkrad herumgerissen und war ihr ausgewichen.

Der Raser hatte ihn eiskalt von der Straße gedrängt. Als sein Wagen auf dem Acker gelandet war, hatte Elliot sich die Stirn am Lenkrad aufgeschlagen. In den ersten Minuten nach dem Unfall war ihm sein Wagen wichtiger gewesen als sein Kopf. Anstatt in ein Krankenhaus zu fahren, steuerte er den nächstbesten Rasthof an und begutachtete seinen DB5. Die Stoßstange war leicht zerkratzt, sonst war der Wagen von größeren Schäden verschont geblieben.

Erst als der Tankwart ihn auf das blutige Rinnsal in seinem Gesicht hinwies, kam Elliot auf die Idee, in einen Spiegel zu sehen und die Wunde an seiner Augenbraue zu prüfen. Je genauer er darüber nachdachte, desto unsicherer war Elliot, ob er sich bei dem Unfall nicht schwerwiegende Kopfverletzungen zugezogen hatte …

»Finden Sie es richtig, ihr nicht die Wahrheit zu sagen?«, unterbrach Ms Killingworths Stimme seine Gedanken.

Die Schulleiterin stand mit strenger Miene am Treppenansatz und gab Elliot einen Wink, ihr die Stufen hinauf zu folgen.

Er hatte ihr noch nicht von seinen Entdeckungen erzählt. Elliot hatte sie nicht einmal darüber in Kenntnis gesetzt, dass er sich die letzten Tage mit Keiras Familiengeschichte befasst hatte. Anschneidend hatte sie ihn und Keira auf der Terrasse belauscht. Sie schien bestens informiert.

»Es war nicht der richtige Moment«, sagte er, als er ihr die Treppe hinauffolgte.

»Wird es ihn je geben?«, fragte die Schulleiterin.

Elliot wusste darauf keine Antwort. Er war in der Überzeugung nach Canterbury zurückgekehrt, dass er Keira die Wahrheit über ihren Vater sagen musste. Aber als er sie verletzlich und geschwächt auf der Terrasse erblickt hatte, war ihm klar geworden, dass sie nicht bereit für die Wahrheit war. Der Mann, von dem Keira dachte, dass er ihr Vater war, war unschuldig. Keiras Kräfte hatten Adam Nighy umgebracht. Nach den Ereignissen in der Bibliothek würde sie mit diesen Neuigkeiten nicht umgehen können. Dessen war Elliot sich sicher. Sie musste an das Gute in sich glauben können. Ihre düstere Vergangenheit stand ihr dabei nur im Weg.

Die Worte seines Vaters spukten durch seinen Kopf, als er Ms Killingworth in ihr Büro begleitete. Manchmal konnte die Wahrheit mehr Schaden anrichten als eine Lüge.

»Sie ist eine Mordred, nicht wahr?«, fragte Ms Killingworth und schloss die Tür hinter Elliot.

»Woher wissen Sie das?«

»Ich hatte von Anfang an ein komisches Gefühl bei ihr. Diese dunklen Augen. Irgendwie unheimlich. Heute Abend, als ich ihr

Gesicht sah, so völlig mit Zorn erfüllt, kam mir die Erkenntnis«, sagte Ms Killingworth.

Elliot seufzte. Er hätte sich eine lange Reise erspart, wäre sie früher darauf gekommen.

»Chad Mordred ist Keiras Vater«, bestätigte er. »Ms Venin hat es mir erzählt.«

»Er war einer meiner Schüler in meinem ersten Jahr als Schulleiterin.«

»Er ist auf die CSE gegangen?«

Mit nachdenklichem Blick setzte Ms Killingworth sich an ihren Schreibtisch. »Nicht lange. Chadwick ist der Sohn eines Ira und einer Superbia. Ein sehr außergewöhnlicher Fall. Das Paar bekam Zwillinge, Chad und Eric. Chad ist ein Ira, Eric hingegen ein Superbia.«

Elliot meinte, sich vage an diesen Fall zu erinnern. Sein Vater hatte ihm vermutlich davon erzählt.

»Als Chad an unsere Schule kam, war er bereits völlig von seinem Zorn bestimmt«, erklärte Ms Killingworth. »Es schien fast, als hätte er all die schlechten Eigenschaften und Eric all die guten geerbt.

Chad hatte diese furchtbar aggressiven Episoden. Keine der Lehrmethoden fruchtete bei ihm. Ich versuchte, ihn mit meinen Kräften umzupolen, aber es misslang. Das war das letzte Mal, dass ich meine Kräfte auf einen Schüler angewandt habe. Bis heute.« Sie blickte Elliot besorgt an. »Weiß er von Keiras Existenz?«

»Ich denke nicht. Ms Venin und er waren nicht lange zusammen. Anscheinend war er«, Elliot zögerte, »gewalttätig ihr gegenüber.«

Keiras Mutter hatte so viel Verletzlichkeit ausgestrahlt. Ihren verängstigten Blick, als sie von Chad gesprochen hatte, würde Elliot nicht vergessen.

»Das sieht ihm ähnlich.« Ms Killingworth nahm ihren Füllfederhalter und schrieb etwas auf. »Keira ist eine Mordred. Das erklärt ihre Kräfte. Die Mordreds haben äußerst starke Ira in ihrer Blutlinie.«

Sie reichte Elliot ihre Notiz. »Das ist die Anschrift von Chads Mutter. Gloria. Sie war viele Jahre im Rat. Vielleicht kann sie Ihnen mehr Informationen über Chads Aufenthaltsort geben.«

Elliot sah nachdenklich auf das Stück Papier. Noch mehr Verwandte, von denen Keira nichts wusste.

»Erzählen Sie Gloria bitte nichts von Keira. Dafür wissen wir zu wenig«, sagte Ms Killingworth. »Ich denke, es ist besser, wenn wir Keira gegenüber ebenfalls Stillschweigen bewahren. Zumindest solange wir nicht mehr über ihren Vater wissen – falls er noch lebt. Keira ist in einer fragilen Phase. Wir können von Glück sprechen, wenn sie sich von dieser Nacht erholt.« Ms Killingworth schüttelte erschöpft den Kopf. »Sie hätten ihr Gesicht sehen sollen, Elliot. Ich dachte, sie bringt Ian um. Sie ließ sich kaum aus ihrem Zorn reißen.«

»Sie haben sie mit Ihren Kräften überwältigt?«

»Kurz dachte ich, ich würde es nicht schaffen«, gestand die Schulleiterin.

Dunkle Augenringe zeichneten sich unter ihrem Make-up ab. Ihr Angriff auf Keira hatte sie geschwächt.

»Der Mantel, der Verdächtige. Es gab genug Gründe anzunehmen, dass der Mörder von außen kommt«, sagte sie.

Der Mantel. Auch Elliot hatte sich von dem Beweisstück in die

Irre führen lassen. Letztendlich hatte das Kleidungsstück nichts mit Caprice' wahrem Mörder zu tun. Der Verdächtige, den man festgenommen hatte, hatte angegeben, den Mantel auf einer Bank in der Nähe des Friedhofes gefunden zu haben. Er hatte die Gunst der Stunde genutzt und ihn geklaut. Ein dummer Fehler. Damit hatte er alle Beteiligte auf die falsche Fährte gelockt und war zum Hauptverdächtigen in einem Mordfall geworden.

Ms Killingworth stieß einen tiefen Seufzer aus. »Wie stehe ich denn jetzt da? Unfähig, meine eigenen Schüler in den Griff zu bekommen. Jetzt liegt ein Schüler auf der Intensivstation, ein weiterer ist verletzt, die andere wäre fast stranguliert worden und die eigentliche Täterin ist auf der Flucht«, beklagte die Schulleiterin. »Ganz zu schweigen von dem verletzten Pförtner. Ich weiß nicht, wie der Rat dies aufnehmen wird.«

Elliot faltete den Zettel in seiner Hand zu einem kleinen Würfel.

»Und wenn Sie dem Rat eine abgeschwächte Version erzählen?«

Es wäre nicht die erste Notlüge. Obwohl vier Verletzte schwer herunterzuspielen waren. Ms Killingworth schüttelte den Kopf. »Dafür ist es zu spät. Alicia McCoy war vor Ort. Sie hat mit eigenen Augen gesehen, was passiert ist. Warum musste das ausgerechnet heute passieren? Das ist alles Brookes Schuld«, fluchte sie. »Owen Wellesley ist überzeugt, dass sie Ian mit ihren Kräften die Entscheidungsfähigkeit genommen hat. Ian kann sich an nichts erinnern, wusste angeblich nicht, was er tat. Und Owen gibt *mir* die Schuld, dass es so weit kommen konnte. Es ist absurd. Hätte Ian nicht eine Kopie seiner Schlüssel gehabt, wäre das alles nie passiert.«

Als Schulleiterin war sie dafür verantwortlich, für Ordnung und Gehorsam zu sorgen. Stattdessen hatten die Schüler reihenweise die Regeln gebrochen. Bis in den Tod. Ms Killingworth hatte nicht wahrhaben wollen, dass einer ihrer Schüler schuldig war. Nicht, weil sie es ihnen nicht zutraute, sondern weil sie sich nicht eingestehen wollte, dass dergleichen unter ihrer Führung geschah. Sie hatte alles dafür getan, die Wahrheit zu verschleiern, um ihren eigenen Ruf zu wahren. Hochmut kam bekanntlich vor dem Fall.

»Das könnte das Ende meiner Karriere bedeuten«, sagte sie. »Alles, was ich mir so mühsam aufgebaut habe.«

Elliot hätte Ms Killingworth gerne gut zugesprochen, aber in den letzten Wochen war zu viel vorgefallen. Zudem war sie auch ihm gegenüber nicht vollkommen ehrlich gewesen.

»So wie diese Spezialeinheit. Wie hieß sie auch gleich? *Quae…, Quaesitio?*«, sprach er es aus. Ms Killingworths Schultern sackten bei diesen Worten merklich ab, ein Hauch Vorwurf schwang darin mit. »Ach, kommen Sie, Elliot. Auch Sie werden mir zustimmen, dass wir mit drei Suchern schlecht aufgestellt sind.«

»Und Sie hielten es nicht für nötig, mich vorzuwarnen?«

»Das konnte ich nicht. Es war bis heute Abend nicht offiziell. Bis auf die Mitglieder des Rates wusste niemand darüber Bescheid«, verteidigte sie ihr Schweigen. »Und Liam natürlich.«

Elliot traute seine Ohren nicht.

»Mein Onkel?« Ms Killingworth zuckte wie selbstverständlich mit den Schultern. »Er hat mich auf die Idee gebracht.«

»Natürlich hat er das.« Elliot fuhr sich sprachlos mit der Hand durch das Haar. War das Liams und Großvater Hammonds Art, ihn aus dem Team zu werfen?

»Sehen Sie mich nicht so vorwurfsvoll an, Elliot. Wir werden eine passende Aufgabe für Sie finden. Ich würde Sie doch nicht einfach gehen lassen«, sagte Ms Killingworth.

Elliot wusste nicht, ob er der Schulleiterin glauben konnte.

»Zudem brauche ich jemanden für die Erstausbildung«, sagte sie, gefolgt von einem weiteren tiefen Seufzen. »Falls das Projekt überhaupt noch stattfindet. Nach der heutigen Nacht steht alles auf der Kippe. Auch mein Verbleib an der CSE. Deshalb gilt es jetzt, die Schäden zu beseitigen. Erst dann können wir über die Zukunft sprechen.«

Sie hatte recht. Die Wahrscheinlichkeit war groß, dass Ms Killingworth diese Schule in Zukunft nicht mehr leiten würde. Und als Urheberin von *Quaesitio* würde zusammen mit ihr vielleicht auch die Spezialeinheit verschwinden. Elliot tat am besten daran, seinen Job zu erledigen, bis sich die Situation klärte.

»Wir werden Brooke finden«, sagte er. »Und danach werde ich mich auf die Suche nach Chad Mordred machen.«

»Danke, Elliot.« Ms Killingworth tastete ihren Dutt ab. Sie hatte sich wieder gesammelt.

»Das Mädchen ist äußerst gefährlich. Sie hat Ians Schwächen gezielt ausgenutzt. Wenn stimmt, was Keira behauptet, dann hat Brooke ihn dazu gebracht, Caprice aus Neid anzugreifen. Ihrem Neid. Gepaart mit Ians Zorn war das eine fatale Mischung.«

»Und das alles für einen Jungen.«

»Oh, nicht doch. Brooke ging es in Wirklichkeit nie um Taran«, sagte Ms Killingworth. »Es ging ihr um die anderen Mädchen.«

»Wie muss das sein? Wenn man immer genau das will, was die anderen haben? Das muss einen innerlich zerfressen.«

»Einfach ist es nicht«, gestand Ms Killingworth. »Aber wir

alle haben unser Päckchen zu tragen. Ob Saligia oder nicht. Es ist nicht wichtig, welche Stärken und Schwächen wir besitzen, Elliot. Wichtig ist, wie wir mit diesen Stärken und Schwächen umgehen. Wer wir sein wollen. Brooke hat den falschen Weg gewählt.« Ms Killingworth empfand kein Mitleid für die Invidia. Sie erwartete von jedem Schüler die nötige Willensstärke, mit den eigenen Kräften zurechtzukommen und das Beste daraus zu machen. Die Ironie wollte es, dass genau das der Schulleiterin in den letzten Wochen nicht gelungen war. Nur war sie zu eitel, um dies einzusehen.

Hochmut kam in der Tat vor dem Fall.

NEUNUNDFÜNFZIG

Keira lehnte an der kühlen Mauer und lauschte dem aufgeregten Gerede, das aus dem Klassenzimmer auf den Flur drang. Sie stand alleine auf dem Gang, wenige Meter von ihren Mitschülern entfernt, und doch hatte sie das Gefühl, dass sie mehr trennte als eine Wand.

»Keira, kommst du?«, fragte Ms Killingworth.

Ihr Haupt stach aus dem Türrahmen wie der Kopf eines Vogel Straußes. Die Schulleiterin sah müde aus. Da half auch das viele Make-up nicht.

Als Keira über die Türschwelle trat, sah sie die Lehrer der CSE aufgereiht vor der Tafel stehen. Mr Wellesley fehlte, Ms de Witt hingegen war nach einem kurzen Abstecher im Krankenhaus pünktlich zur Versammlung zurück.

Keira spürte alle Blicke auf sich ruhen, als sie gemeinsam mit Ms Killingworth vor die rund sechzig Schüler trat. Wie eine Mutter fasste die Schulleiterin ihr an die Schulter. Keira zuckte unter der Berührung zusammen.

»Nach letzter Nacht gehen euch gewiss viele Fragen durch den Kopf«, sagte Ms Killingworth. »Ich werde nicht alle beantworten können.«

Eine dramatische Pause entstand, als sie tief einatmete. Keira wechselte genervte Blicke mit Avery, die in der ersten Reihe saß. Die Schulleiterin übertrieb es mit der Theatralik.

»Einigen von euch ist sicherlich zu Ohren gekommen, dass es in den letzten Wochen zu Regelverstößen gekommen ist, nicht zuletzt zutage gefördert durch den grausamen Mord an unserer lieben Caprice DuPont. Die ganze Zeit über befand sich die Gefahr direkt unter uns und wir hatten keine Ahnung.« Ms Killingworth ließ die Worte für einen Moment im Raum hängen. Ihr Griff um Keiras Schulter verstärkte sich. »Das mussten wir gestern auf so schmerzliche Weise erfahren.«

Keira unterdrückte den Impuls, die Hand der Schulleiterin wegzuschlagen. Wenn es jemand auf schmerzliche Weise erfahren hatte, dann war sie das. Sie fuhr sich mit den Fingern an den Hals. Eine schmale, blutige Kruste verlief dort, wo ihr Averys Kette in die Haut geschnitten hatte.

Keiras Blick wanderte zu Taran, der an der Wand am anderen Ende des Raumes lehnte. Er schenkte ihr ein aufmunterndes Lächeln, das sie direkt erwiderte.

»Ja, Ivy?«, rief Ms Killingworth eine Luxuria auf, die sich meldete.

»Stimmt es, dass Brooke Ian zu diesen Taten getrieben hat?«

»Davon gehen wir aus.«

»Wo steckt Brooke?«, rief jemand in den Raum.

»Das ist ein Thema, mit dem sich die Sucher beschäftigen«, antwortete die Schulleiterin.

»Sie haben keine Ahnung«, erkannte Taran. Ms Killingworth gab es sichtlich ungern zu: »Wir haben einige Hinweise. Nichts Konkretes.«

Im Raum wurde es laut, als die Schüler untereinander zu tratschen begannen. Eine Mörderin lief frei herum. Vielleicht war sie noch in der Nähe.

»Ruhe!«, wies Ms Killingworth die Schülerschaft zurecht. »Ich weiß, dass dies keine befriedigende Antwort ist. Ich versichere euch, dass wir alles tun, um Brooke so schnell wie möglich zu finden. Sie wird die volle Verantwortung für ihr Handeln tragen. Brooke Newell hat diese Schule verraten, sie hat uns alle verraten.«

Der Brustkorb der Schulleiterin schwoll an. »Ich denke, dass wir dies als eine wichtige Lektion sehen müssen. Und als Mahnung. Brookes Verhalten sollte uns dazu animieren, in Zukunft noch härter zu arbeiten. Unsere Kräfte kontrollieren nicht uns, wir kontrollieren unsere Kräfte. Nichts ist stärker als der eigene Wille.«

Keira fand es bezeichnend, dass Ms Killingworth die Ereignisse nutzte, um ihre ganz eigene Botschaft zu vermitteln. Ivy hob erneut die Hand. Diesmal wandte sie sich mit ihrer Frage direkt an die Ira.

»Wie hast du es gemacht?«

»Was?« Die Heiserkeit ihrer eigenen Stimme erschreckte Keira. Als hätte jemand einen Schraubstock um ihren Hals gespannt.

»Wie hast du Ian überwältigt? Er ist doch viel stärker und größer als du.«

»Stimmt es, dass du ihn mit deinen Kräften bezwungen hast?«, rief jemand anderes dazwischen.

»Das ist so krass«, sagte ein weiterer Mitschüler, mit dem Keira noch nie ein Wort gewechselt hatte.

Im Raum wurde es laut, als mehr und mehr Schüler begannen, Keira mit Fragen zu bombardieren.

»Das reicht«, fuhr Ms Killingworth dazwischen. »Die Versammlung ist beendet. Solltet ihr noch Fragen oder Hinweise zu Brooke haben, dann wendet euch bitte direkt an mich.«

Sobald sie die Worte ausgesprochen hatte, sprangen die ersten Schüler von ihren Stühlen auf und stürmten auf Keira zu. Innerhalb weniger Sekunden befand sich die Ira in einer Blase aus Schuluniformen und fragenden Gesichtern. Sie alle wollten wissen, wie sie Ian in die Knie gezwungen hatte. Jemand tippte Keira auf die Schulter und bedankte sich bei ihr. Ein fremdes Mädchen fiel ihr um den Hals.

Keira war überwältigt von der Aufmerksamkeit, den bewundernden Blicken, den aufmunternden Worten. Auf einmal war sie der Star der Schule. *Supergirl. Super-Keira.* Dafür hatte sie einen hohen Preis gezahlt.

Suchend blickte Keira sich nach der Schulleiterin um und sah den perfekten Dutt durch die Tür verschwinden.

»Entschuldigt mich«, sagte sie und schob sich an einem Dutzend Ellenbögen vorbei. Sie folgte der Schulleiterin auf den Gang. »Ms Killingworth.«

Die Schultern der Schulleiterin sackten ein Stück nach unten, als sie ihren Namen hörte. Mit steifer Miene wandte sie sich Keira zu. »Bitte?«

»Stimmt es, was Sie da eben behauptet haben?«, fragte Keira. »Werden Sie alles tun, um Brooke zu finden?«

»Selbstverständlich. Warum fragst du das?«

»Sie haben gesagt, sie hätten ihn gefasst.«

»Wen?«

»Caprice' Mörder. Sie haben gesagt, dass keiner der Schüler als Täter infrage käme. Und ich habe Ihnen geglaubt«, brodelte es aus der Ira hervor.

»So war es auch.«

»War es nicht!«, fuhr Keira sie an. Ihre Stimme kratzte schmerzhaft in ihrem Hals, als sie lauter wurde.

Hinter ihr strömten die Schüler aus dem Klassenzimmer in den Flur.

»Er hatte Caprice' Sachen, Keira«, sagte Ms Killingworth bestimmt. Ihr Blick wanderte nervös zu den Schülern, die den Gang füllten. »Alles wies darauf hin, dass er der Mörder ist.«

»Ein Saligia hat Caprice umgebracht. Einer von uns. Sie wussten die ganze Zeit über, dass Caprice in der Nacht nicht alleine das Grundstück verlassen hat. Aber Ihnen waren die Feier und diese dämliche Spezialeinheit wichtiger. Hätten Sie innerhalb der Schule …«

Ms Killingworth hob bestimmt die Hand und schnitt Keira das Wort ab. »Das ist genug. Was geschehen ist, ist geschehen. Du solltest dich jetzt ausruhen. Du bist gestern Nacht an die Grenzen deiner Kräfte gegangen. Ich übrigens auch.« Sie streckte das Kinn hervor. »Um dich zu retten.«

Das sah der Schulleiterin ähnlich. Anstatt zu ihren Fehlern zu stehen, redete sie Keira ein schlechtes Gewissen ein. Diesmal fiel die Ira nicht darauf herein. Auch Keira hatte Fehler gemacht. Sie hatte sich abgeschottet. Sie hatte ihre Kräfte oft nicht im Griff. Sie hatte einigen ihrer Mitschüler zu Unrecht misstraut. Aber im Gegensatz zu der Schulleiterin hatte sie sich für die Wahrheit eingesetzt. Ihr war Caprice nicht egal.

»Fahren Sie zur Hölle«, entfuhr es Keira.

Ein überlegenes Lächeln zog über Ms Killingworths Gesicht. »Aber, aber.« Sie schürzte die Lippen, wie eine Nanny, die ein Kind tadelte. »Ich befürchte, du verwechselst Stärke mit Überlegenheit, Keira. Du bist lange nicht so weit, wie du zu glauben scheinst. Vor dir liegt ein steiniger Weg. Sei nicht überrascht, wenn ich dich an der Ziellinie in Empfang nehme.«

Damit wandte sich die Schulleiterin um und schritt hocherhobenen Hauptes davon.

Keira sah ihr mit zusammengeballter Faust hinterher. Ms Killingworth verbarg ihren Hochmut hinter einer Fassade aus Regeln und Befehlen, doch auch sie war nur eine Saligia.

»Da bist du ja«, sagte Taran, als er zu Keira trat und den Arm um ihre Schulter legte. »Ich dachte schon, du wärst weggelaufen.«

Keira lehnte den Kopf an seine Brust und sog Tarans Geruch in sich auf. Chili und Schokolade. In seiner Nähe fühlte sie sich wie eine andere Person. Eine bessere Person. Er sah etwas in ihr, das sie selbst lange nicht hatte sehen können. Dank ihm wusste Keira, dass sie mehr verspüren konnte als Zorn.

In den vergangenen Tagen hatte sie sich selbst von einer anderen Seite kennengelernt. Sie hatte sich ihren Ängsten gestellt, auf die Gefahr hin, verletzt zu werden. Jetzt sah sie, was ihre Mitmenschen längst erkannt hatten. Keira besaß eine außergewöhnliche Stärke. Eine Stärke, mit der sie gerade erst umzugehen lernte.

Sie ließ sich in den Schutz von Tarans Umarmung fallen und sah zu ihm auf.

»Ich laufe nicht weg«, sagte Keira. »Nicht mehr.«

DANKSAGUNG

Mein Dank gilt …

… meiner Familie. Allen voran meiner Mutter, die – bis auf die Tätigkeit als Krankenschwester – zum Glück so gar nichts mit Veila Venin gemein hat.

… meinen Freunden, die immer ein offenes Ohr für mich und die Saligia hatten: Nadine, Alicja, Ingo, Barbara, Daphne, Esther, Amanda, Linzi und Thomas. Danke für eure Geduld. Einen herzlichen Dank auch an meine Testleser Michael und Anna.

… Annette Wolf und Lisbeth Körbelin von der Literarischen Agentur Kossack. Danke, dass ihr an Keira und die Saligia geglaubt habt.

… dem gesamten Team bei Beltz & Gelberg und Gulliver, insbesondere meiner Lektorin Isabelle Ickrath für ihre Ideen, Ratschläge und das entgegengebrachte Vertrauen.